KLEINKRIEG UND FRIEDEN

Eine Collage internationaler Familiengeschichten

KLEINKRIEG UND FRIEDEN

Eine Collage internationaler Familiengeschichten

Herausgeber/Übersetzer:
Frank Joußen
D C Hubbard

Bibliografische Information der Deutschen Nationalbibliothek:
Die Deutsche Nationalbibliothek verzeichnet diese Publikation in der
Deutschen Nationalbibliografie; detaillierte bibliografische Daten
sind im Internet über http://dnb.dnb.de abrufbar.

Herstellung und Verlag: BoD – Books on Demand, Norderstedt
ISBN: 978-3-7528-4072-8

Covergestaltung: Maria Virnich

Inhalt

DANKSAGUNG

Wir möchten uns bei allen Autorinnen und Autoren bedanken, die uns ihre Familiengeschichten zum Übersetzen ins Deutsche anvertraut haben. Die vielen Namen findet der Leser/die Leserin im Inhaltsverzeichnis neben den Titeln ihrer Geschichten.

Eine ganze Reihe von FreundInnen hat sich bereit erklärt, die Texte auf alle möglichen Fehler zu überprüfen. Unser Dank an Bruno Bürger, Monika Esser, Helga Kugler Schön, Gisela Lochner, Ulrike Janisch und Iris Hammill. Ohne Eure scharfen Augen wäre die Fertigstellung des Buches nicht möglich gewesen.

VORWORT

Die Familie, die Einheit, der jeder von uns in irgendeiner Form seine Geburt zu verdanken hat, kommt in vielen Konstellationen vor und wird geprägt von der jeweiligen Kultur, in die wir gänzlich per Zufall hineingeboren werden. Diese Anthologie besteht aus Erzählungen und Memoiren von Schriftstellern aus vielen verschiedenen Kulturkreisen. Somit haben wir eine Collage der modernen Familie zusammengestellt, welche die Problematik widerspiegelt, die entsteht, wenn ein Mensch sich entscheidet, mit einem anderen seine Zukunft, gar sein Schicksal, zu teilen.

Traditionen, kulturelle Zusammenstöße, das Verhältnis zwischen verschiedenen Generationen oder Geschwisterrivalitäten werden zum Gegenstand der Kurzgeschichten, wie auch Erinnerungen an bessere oder schlechtere Zeiten, die eine Familie manchmal zusammenbinden, manchmal auseinandertreiben. Der Verlust eines geliebten Familienmitglieds kann eine Familie vereinen, oder genauso oft entzweien. Vertrauen kann aufgebaut, aber ebenso schnell wieder zerstört werden.

Der erste Satz von Leo Tolstoys brillantem Roman Anna Karenina fasst auf zeitlose und kulturneutrale Weise die Lage der Familie zusammen:

„Alle glücklichen Familien gleichen einander,
jede unglückliche Familie ist auf ihre eigene Weise unglücklich."

Und so entstehen Geschichten, in denen wir entweder Gemeinsamkeiten über alle religiösen und kulturellen Unterschiede hinweg erkennen oder eben solche, die universelle Konflikte spürbar machen.

Entstehen viele der Konflikte in den Geschichten hauptsächlich in der jeweiligen Klein- oder Großfamilie selbst, so handelt es sich bei anderen um solche, die von außen in die Familie hineingetragen werden, und auf welche die verschiedenen Familienmitglieder einzeln oder als Kollektiv reagieren müssen: Krieg und Vertreibung, Besatzung und Diskriminierung sind beispielhaft für die Probleme, die oft noch Generationen später bewältigt werden müssen oder auf Kosten aller verdrängt werden.

Was auch immer der Anlass für die hier thematisierten Familien-Ereignisse ist – politische Umwälzung, schwere Krankheit, Tod oder eine Hoch-Zeit des Lebens, die gebührend gefeiert werden soll: Wir erhalten eine Vielzahl tiefer, wenn auch subjektiver Einblicke in das Familienleben unterschiedlicher Kulturen aus fünf Kontinenten.

Wir möchten uns zum Abschluss bei den Autorinnen und Autoren dieser Anthologie ganz herzlich bedanken: Ohne Sie hätten wir nie erfahren, wie es sich anfühlt, in einer Familie Ihrer Kultur zu leben.

Wir wünschen unseren Leserinnen und Lesern viele solcher einzigartigen Erfahrungen.

Frank Joußen
Deborah C Hubbard

Vielleicht Paris – Barbara Leahy

Tante Mamies Zehen sind gekrümmt, wie die Klauen eines Papageis. Ihre nackten Füße ragen unter der Decke hervor, die man nach oben gezogen hat, um ihr Gesicht zu verdecken. Gekrümmte dicke Zehen greifen über auf den nächsten Zeh und zwingen jeden Zeh, sich mit seinem Nachbarn zu überlappen. Ihre Zehennägel sind trockene Hülsen, staubig weiß gegenüber der weißen Haut. Ich sehe sie zum ersten Mal, ohne dass sie mit Hollywood Red oder Baby Blush lackiert sind. Ich stelle mir vor, wie Pflegerinnen diese Zehennägel schneiden, jeder Nagel so zerbrechlich wie altes Pergament. Ich erinnere mich daran, dass sie es nicht ertrug, wenn jemand ihre Füße berührte.

***

„Ich war Tänzerin in Paris, als ich ein junges Mädchen war", erzählte Tante Mamie mir vor Jahren, während sie ihre grotesken Füße massierte. Ich war neun, als ich zum ersten Mal ihre Geschichte hörte – alt genug, um das verächtliche Schnauben meiner Mutter in der Küche zu hören, jung genug, um Tante Mamie jedes Wort zu glauben.

Tante Mamie knetete jeden Zeh einzeln, sie drückte auf die knochigen Schwellungen, so dass die Zehen sich spreizten und deformiert aussahen. Sie trug Flipflops, Sommer wie Winter. „Entzündete Fußballen", erzählte sie mir. „Davor muss deine Mutter keine Angst haben."

Meine Mutter trug robuste Arbeitsschuhe im Winter, die sie im Sommer gegen nicht viel weniger strenge Stützsandalen tauschte. In der Schule trug ich Lederschuhe oder derbe Stiefel mit viereckigen Absätzen. Als ich einen Sommerjob bekam, gab ich meinen ersten Lohn für ein Paar roter Satinschuhe mit hohen Absätzen aus. „Wo glaubst du wohl in den Dingern hingehen zu können?", fragte mich meine Mutter herausfordernd.

„Wer weiß?", sagte ich. „Eines Tages vielleicht bis Paris."

Als sie sechzehn war, ging Tante Mamie nach London. Sie nahm zunächst einen Job im Haushalt an, tanzte aber schon bald nachts in einem Varietétheater. „Damals waren meine Füße mein Kapital", sagte sie, als wir zusammen auf der Gartenbank saßen. Ich baumelte mit meinen Füßen, die in den hässlichen Schuhen der Schuluniform steckten und meine Beine wie Klopfhölzer aussehen ließen, und starrte auf Tante Mamies geschrumpftes Kapital. An diesem Punkt der Geschichte frage ich immer: „Warum bist du nach Paris gegangen, Tante Mamie?"

Dann wartete ich auf die Antwort, die ich schon viele Male zuvor gehört hatte.

„Wegen der Liebe", sagte sie mit einem Seufzer. „Wegen der Liebe."

Eines Abends kam ein junger Franzose in das Varieté, in dem Tante Mamie tanzte. Eine Woche lang schickte er ihr jeden Abend Rosen. Er war ein gutaussehender Dichter namens Rudolphe. „Jetzt verdrehst du aber die Tatsachen", sagte meine Mutter.

Binnen eines Monats waren Tante Mamie und Rudolphe nach Paris durchgebrannt. „Wir lebten in einer Mansarde im Quartier Latin", erzählte sie. „Es war so kalt, dass wir drinnen Mäntel und Handschuhe tragen mussten. Wir lebten von der Musik, dem Tanz und der Poesie. Zu arm um zu heiraten."

Meine Mutter schnaubte noch einmal.

Das war die Stelle, an der die Geschichte endete. Ich konnte nie herausbekommen, was aus Tante Mamies Franzosen geworden war. Ich wusste, was geschehen würde, falls ich nachfragen würde: Sie würde ihre großen Zehen wie Fühler im Gras ausstrecken, sie in die abgetragenen Lederriemen einhaken und ihre Flipflops langsam auf sich zu ziehen. Dann würde sie ins Haus schlurfen, um mit meiner Mutter über den Preis fürs Gemüse zu reden.

Meine Mutter sagte mir, sie hätte kein Geld für Tanzstunden. Als sie mir schließlich erlaubte, in die Disco zu gehen, war ich enttäuscht. Dort gab es zwar Musik und Bewegung, aber keine Romantik, keine Poesie. Ich begann mich zu fragen, ob Tante Mamie wirklich eine Tänzerin gewesen war. Als ich die Schule beendet hatte, schrieb ich mich für ein Wirtschaftsstudium ein. „Das wird dir nützlich sein", sagte meine Mutter.

Nachdem ich mein Diplom erhalten hatte, nahm ich eine Stelle an und zog in eine Wohnung in der Stadt. Zu dieser Zeit sah ich Tante Mamie nicht oft. Jeden Sonntagabend rief ich zu Hause an. „Mamie hat angerufen und den üblichen Schwachsinn geredet", mochte meine Mutter dann gesagt haben, und ich erinnerte mich daran, wie ich auf die alten Geschichten hereingefallen war.

Tante Mamie kam nicht zu meiner Hochzeit. Die Absage der Einladung kam prompt, der Satz „Ich komme nicht" war mit zittriger Hand unterstrichen. Ich ließ sie damit aber nicht so leicht durchkommen. Ich rief sie an und hörte mir mehr von ihren Geschichten an, diesmal über ihre Gesundheit. „Aber ich würde dich so gerne tanzen sehen", sagte ich, um sie zu testen. Sie legte nicht auf, nachdem wir uns verabschiedet hatten, und ich verbrachte ein paar ungemütliche Sekunden damit, mich zu fragen, worauf sie warten würde. Dann legte ich den Hörer auf und dachte nicht mehr an sie.

***

Ich betrachte noch einmal Tante Mamies krumme Nägel. Ich nehme an, dass sie in Pflegeheimen keinen Nagellack erlauben. Sie hatte jedenfalls keinen bei sich. Man hat mir eine kleine Reisetasche mit ihren Habseligkeiten ausgehändigt.

Ich sage der Heimleiterin, dass sie Tante Mamies Kleidung den anderen Bewohnerinnen geben solle. Es gibt niemanden, der sie nehmen kann; sie hat keine Besucher gehabt, seit meine Mutter verstorben ist. Ich versuche auch die alten Opernschallplatten loszuwerden, aber die Heimleiterin möchte sie nicht haben; es gibt keinen Schallplattenspieler in dem Heim. Tante Mamie kann jahrelang keine Musik mehr gehört haben.

Eine junge Pflegerin folgt mir in den Flur. „Ich dachte, sie möchten die hier vielleicht haben", sagt sie und hält mir etwas hin, das wie ein Paar abgetragener Hausschuhe aussieht. Sie balanciert einen Schuh auf jeder Handfläche und hält sie mir wie eine Art religiöse Opfergabe hin.

Die Schleifen sind ausgefranst und der Satin ist abgetragen, aber die Schuhe haben immer noch ihre ursprüngliche Form. Da sind keine von entzündeten Fußballen verursachten Wölbungen, keine Löcher, um gequetschten Zehen Luft zu verschaffen. Als ich sie umdrehe, kann ich die Worte „Repetto Paris" in dünner Schrift auf einer Sole lesen. „Sie erzählte mir, sie sei Tänzerin gewesen. Dass sie auf Bühnen in London und Paris getanzt habe", sagt mir die Pflegerin mit erregter Stimme.

Ich sehe mir ihre wohlgeformten Füße an, die in ihren zweckmä-ßigen Arbeitsschuhen stecken, und ich erinnere mich an die Satinstö-ckelschuhe, die ich mir mit sechzehn gekauft hatte und nie getragen habe. Ich übergebe die brüchigen Schuhe an das Mädchen. „Behalten Sie sie", sage ich. „Vielleicht werden Sie sie eines Tages in Paris tragen."

Übersetzer: Frank Joußen

Die Handtasche – Mary T Bradford

Lisa Matthews wachte um sieben Uhr früh ohne Hilfe eines Weckers auf. Sie wachte jeden Morgen um diese Zeit auf. In Kürze würde das Schlurfen von kleinen Füßen auf der Treppe beginnen und dann in der Küche das Klicken, wenn die Schublade mit dem Besteck geschlossen wurde. Lisa kannte diese Routine, kannte sie gut. Es gab eine Zeit, in der sie über die frühmorgendlichen Aktivitäten ihrer Tochter gelächelt hätte. Jetzt war es einfach das, was sie jeden Morgen tat. Sie warf ihrem Mann einen Blick zu, der neben ihr fest schlief.

Gähnend schlüpfte Lisa in ihren Morgenrock und schlich murrend die Treppe hinunter. Jede Stufe kostete sie Kraft. Obwohl sie sich liebend gern im Bett zusammengerollt hätte, wusste sie, dass das nicht möglich war. Die Ohren spitzend, hörte sie das Knistern der Cornflakes-Packung. Als sie sich der Küche näherte, erinnerte sie sich an das Kichern, das so süß gewesen war und jetzt so hohl klang. Um sich gefühllos zu machen, hielt sie sich die Ohren zu; sie wollte dieses Geräusch ausschalten, aber jeden Morgen füllte es schnell wieder ihren Kopf, das Lachen, das immer lauter wurde. Ein innerer Zwang führte dazu, dass sie die Küche betreten musste. Lisa legte eine Hand auf den Türgriff – würde es jemals für sie aufhören?

Zögernd drückte sie die Küchentür auf, und da stand es: „Ich lieb Mami." Mit ihrem Lippenstift geschrieben, erblickte sie die rubinrote kindliche Handschrift auf dem Edelstahl-Spritzschutz hinter der Spüle. Sie hasste diesen Teil, der Magen drehte sich ihr um, und der warme, ekelhafte Geruch stieg ihr in die Nase, und dann, dann...das Blut!

„Oh Gott, bitte lass es aufhören", schrie sie immer wieder, während heiße, salzige Tränen über ihre Wangen strömten. Sie glitt zu Boden, sie wiegte sich hin und her, sie wusste, dass es niemals aufhören, nie vergehen würde.

***

Es war noch früh am Morgen und Jilly wusste, dass sie ihre Eltern nicht stören durfte. Sie würde sich nach unten schleichen, sich Cornflakes machen und fernsehen. Dora the Explorer würde laufen und auch Bananas in Pyjamas. Sie liebte Dora und Doras Freundinnen. Sie kletterte auf den Stuhl und griff im Schrank nach einer Schale. Sie schaffte es schon recht gut, sich selbst mit Essen zu versorgen. Als sie sich auf die Arbeitsplatte setzte, bemerkte sie die Handtasche ihrer Mutter. Mama ließ sie niemals in der Küche liegen. Die Handtasche war tabu für sie, aber das goldene Dingsda, mit dem man sie aufmachen konnte, glitzerte verlockend. Mami sagte, dass Jilly sie niemals anrühren dürfe. Jilly fragte sich, was wohl darin sei.

Die Tasche lag da auf der Arbeitsfläche, ihr dunkler Lederriemen breitete sich wie eine schlüpfrige Schlange neben dem Küchentuch aus. Ihre trockenen Cornflakes mampfend, behielt Jilly die Handtasche im Auge. Sie wollte so sehr erwachsen sein wie Mami und konnte es nicht erwarten, selbst schöne Dinge und buntes Makeup zu besitzen.

Sie streckte ihre Finger aus und berührte die schlüpfrige Schlange. Sie zog die Tasche ein bisschen näher an sich heran. Die Tasche lockte das kleine Mädchen. Nur ein kurzer Blick wäre okay, dachte Jilly, als ihre plumpen Finger in das Maul der Tasche krochen. Als sie diese ein kleines bisschen weiter öffnete, erblickte sie den rubinroten Lippenstift, den Mami immer benutzte. Sie legte ihre Hand um ihn, nahm ihn heraus und begann damit, ihn auf ihre kleinen rosa Lippen aufzutragen. Sie benutzte die dicht neben ihr stehende Kaffeekanne als Spiegel und bemalte sich den Mund. Jilly kicherte.

Das war lustig. Dann schob sie sich auf der Arbeitsplatte vorwärts und schrieb mit zitternder Hand ‚Ich lieb Mami' auf den Spritzschutz. Jilly kicherte weiter. Sie hatte gesehen, wie das jemand im Fernsehen gemacht hatte. Mami würde sauer sein, aber dann würde sie lachen, wenn sie die Schrift sah. Immer wieder griff sie in die Handtasche und holte andere Kleinigkeiten heraus, wie Parfüm, einen Kugelschreiber, eine Haarbürste, und dann berührte ihre Hand etwas Hartes, Kaltes. Sie zog die Hand zurück. Langsam öffnete sie die Tasche weiter und erspähte am Boden der Tasche einen schwarzen Gegenstand, der die Tasche so schwer machte. Sie schob ihre Hand wieder hinein und befühlte den Gegenstand noch einmal. Er war hart und kalt. Als sie das harte Ding langsam hervorholte, weiteten sich Jillys Augen vor Überraschung. Es war eine Pistole. Eine richtige Waffe für Erwachsene.

***

Lisas Schreie weckten ihren Mann. Er würde sie beruhigen und trösten. Morgen früh um sieben Uhr würde alles von vorne beginnen.

Übersetzer: Frank Joußen

Erinnerungen an Nannu – Antonio Casella

Dies ist ein ins Deutsche übersetzter Auszug aus Antonio Casellas Roman „The Sensualist". Nick Amedeo bereitet gerade ein Spanferkel auf dem Grill zu. Wir befinden uns im Garten seines luxuriösen Hauses am Stadtrand von Perth in Westaustralien. Während sich das Spanferkel am Spieß dreht, erinnert er sich an das Haus seines Großvaters in den Bergen Siziliens, von wo aus er vor ungefähr einem halben Jahrhundert ausgewandert ist.

Vrhh…vrhh…vrhh…macht der Spieß, während er sich über dem Feuer dreht und mit den Flammen flirtet, die sich ihm immer wieder entziehen. Er wirbelt den Staub der Erinnerung auf und zerreißt die Spinnweben vor einer Welt, die für ein halbes Jahrhundert in tiefem Schlaf lag. Kauernde Figuren regen sich, ächzen, schütteln die Erstarrung der Zeit ab. Gesichter öffnen sich wie Blumenkelche, und eine Landschaft nimmt in einer Unzahl von Formen Gestalt, Farben und Gerüche an. Die Erinnerungen steigen herauf wie der Duft des fast fertigen Spanferkels.

Ein Schwein war in jenen Tagen ein großer Luxus. Wenn man so glücklich dran war, eines zu besitzen, mästete man es das ganze Frühjahr und den ganzen Sommer lang, um es dann zu Beginn des Winters zu schlachten, um Würste, Schinken und Schmalz daraus für den Winter herzustellen.

Die Größe des Schweins zeigte den Wohlstand der Familie in dem betreffenden Jahr an. Es gab ein Sprichwort, das lautete:

Vutti ca spanni	Ein überfließendes Weinfass
purceddu cm'penni	Ein dickes Schwein am Haken
giarra a sonu tunnu	Eine volle Ölflasche
e furnu sempri	Ein gefüllter Ofen
Fannu lietu l'invernu	Machen den Winter fröhlich

Natürlich konnte sich die Familie seines Großvaters kein Mastschwein, geschweige denn ein junges Kalb leisten. Für die Amedeos – wie die meisten Familien rund um Cimarra – gab es einen capretto, einen Ziegenbock, zum Weihnachtsfest, zubereitet in dem Ziegelofen, in dem die Frauen einmal in der Woche Brot buken.

Es war unter Nannus Würde, ein normales Essen zu kochen, und mit fünf Töchtern in der Familie mangelte es natürlich nie an Frauen, die diese Aufgabe übernahmen. So hätte Nannu nicht einmal eine gute Suppe kochen können, wenn er es versucht hätte. Aber zu Weihnachten, wie jedermann in der Familie wusste, gehörte der Ziegenbock ihm. Und Gott mochte demjenigen beistehen, der sich am ersten Weihnachtstag in die Nähe des Ofens traute.

Am Tag zuvor schlachtete er den Ziegenbock, dann hängte er ihn über Nacht in den catoiu, einen dafür reservierten Vorratsraum, „um das ganze Blut und das ganze Gift aus ihm herauslaufen zu lassen".

Zur gleichen Zeit schloss Großmutter die große Walnusskiste auf, in der die Wintervorräte an Walnüssen, Mandeln, Haselnüssen sowie getrocknete Feigen, Aprikosen und Äpfel aufbewahrt wurden. Sie waren zu kostbar, um jedermann ständig zum Verzehr angeboten zu werden, aber für das große weihnachtliche Festessen, das am Heiligen Abend begann, kamen sie in großen Bambuskörben auf den Tisch – zur Freude der Kinder, die sie in relativ großen Mengen verdrücken durften.

Obwohl er um Mitternacht erst in der Christmette in San Michele gewesen war, stand Nannu am Weihnachtsmorgen früh auf, um den Ziegenbock zuzubereiten, indem er ihn mit Öl und mit Gewürzen bestrich. Dann mischte er eine reichhaltige Füllung aus Brotkrumen, Käse, Knoblauch und einer Unzahl an ‚geheimen' Zutaten. (Es gab viele hitzige Debatten, die sich um den Versuch drehten, wie man Nannus Geheimnissen auf die Spur kommen könne.) Dann deckte er den Ziegenbock ab und entzündete das Feuer im Ofen. Während das Feuer loderte, füllte er ihn und nähte ihn zu. Schließlich wurde die Kohle entfernt, der Ofen wurde gesäubert, und dann kam der Bock hinein.

Nach dem Gottesdienst versammelten sich alle Kinder, Enkelkinder und angeheirateten Familienmitglieder in der riesigen Küche mit dem gepflasterten Fußboden, und die Stimmen der Kinder, erregt durch den himmlischen Geruch, wärmten die kalte Winterluft dort auf dem Hügel.

„Nannu, Nannu, è prontu?" „Opa, Opa, ist es fertig?"

Und wenn es nicht regnete, tat er so, als wäre er wütend und würde sie hinaus in den Hof jagen.

„Fora, fora di cca. Nun c nne caprettu pi chist'annu." - „Raus mit euch! Dieses Jahr gibt es keinen Bock."

Und sie riefen aus: „C´e, c´e; ca sintenu u sciauru." – „Doch, es gibt einen. Wir können ihn riechen."

Und obwohl Nicola einer der jüngeren Enkel war, blieb er doch bei Nannu und den anderen Männern, die Wein tranken und geröstete Pferdebohnen und Esskastanien mit ihren Zähnen knackten.

In der Zwischenzeit bereiteten die Frauen die Makkaroni vor. Ein großer Klumpen Teig thronte in der Mitte des Tisches, und mehrere Frauen kneteten ihn eine Stunde lang mit riesigen Armen und schwingenden Brüsten. Dann kam die Zeit, um die Nudeln in Stränge zu teilen, wobei die Kinder gerne halfen. Jedes Kind nahm sich ein bisschen Teig, drehte ihn um ein Röhrchen, rollte ihn kräftig und breitete ihn dann in der Form eines Halsbands aus. Die Kinder lösten die Nudeln von dem Röhrchen ab und legten sie über den Rand eines Weidenkorbs, oder sie legten sie auf einem Tischtuch ab, das mit Mehl besprenkelt war, damit es nicht klebte.

Das war natürlich eine gute Zeit, um zu tratschen und Scherze zu machen, so dass jeder, der gerade die steile Zufahrt zu dem großen Haus hochkam, meinen konnte, dass dort ein großer Streit im Gange sei. Und manchmal war es auch so. Es geschah nicht selten, dass eine dieser großen, schweren Tanten in Tränen ausbrach. Dann entstand immer ein Tumult, und schlimmstenfalls musste Großvater einschreiten, um sie zur Räson zu bringen. Dann wurde er zorniger als sie alle zusammen, und er begann so laut zu schreien, dass alle, einschließlich Großmutter, sich so fürchteten, dass sie verstummten.

Manchmal hatten die Tränen einen ernsteren Hintergrund. Zum Beispiel zu den Zeiten, wenn es einen Todesfall in der Familie gegeben hatte: einen älteren Verwandten oder sogar ein Kind. Es begann fast immer, bevor sie sich zum Essen an den Tisch setzten, wenn alle kamen und die Großeltern küssten. Dann begann die Hinterbliebene, eine Ehefrau oder Mutter, ganz in Schwarz gekleidet, zu wimmern, und fast allen standen die Tränen in den Augen. Das verzögerte den Beginn des Essens, sehr zum Missfallen der hungrigen Kinder, weil es nun mal Unglück brachte, das Weihnachtsessen mit Tränen zu beginnen.

Tatsächlich war es so, dass, soweit er sich erinnern konnte, Nick Amedeo niemals ein Weihnachtsfest ohne dieses Weinen erlebt hatte: Zuerst war seine Mutter gestorben, als er gerade einmal fünf war, und die Trauerzeit musste ziemlich lange gedauert haben. Drei Jahre später schon starb sein Vater, so dass zu der Zeit, an die er sich wirklich erinnern konnte, die Weihnachtsfeiern eine recht freudlose Angelegenheit geworden waren. Zudem waren einige Familienmitglieder ausgewandert, einige bis nach Amerika und Australien.

Aber in seiner Erinnerung war es immer so, dass seine Onkels und Tanten jung waren und alle in der Gegend lebten. Für ihn blieben die Hügel der Cimarra-Region immer von den Stimmen der Amedeo-Familie erfüllt.

Selbst zu seiner Zeit waren die Familientreffen noch riesengroß. Und wenn es auch Traurigkeit gab, so wurde sie für ihn doch ganz bestimmt aufgewogen durch den köstlichen, dampfenden Geruch der Makkaroni-Sauce. Die Makkaroni wurden immer zuerst serviert und mussten deshalb auf den Punkt fertig sein. Der richtige Zeitpunkt wurde immer durch den Bock im Ofen bestimmt. Sein Großvater konnte nicht überredet werden, den Bock aus dem Ofen zu nehmen, bevor die Makkaroni verspeist worden waren, weil er Angst hatte, der Bock könnte zu kalt werden; andererseits wollte er ihn nicht zu lange im Ofen lassen, weil er dann zu trocken würde.

Wie viel Freude sie am Weihnachtsfestmahl hatten, hing sehr stark vom Gelingen von Nannus Braten ab. Weil sie das sehr wohl wussten, mussten die Frauen sicherstellen, dass die Makkaroni erst auf Großvaters Geheiß in das kochende Wasser gegeben wurden. In einem Jahr – sei es, dass das Tier besonders zäh war, sei es, dass das Feuerholz noch grün oder nass war – dauerte es ewig, den Bock gar zu bekommen. Die Frauen wachten über das kochende Nudelwasser, steckten immer wieder ungeduldig ihre Köpfe durch die erbsengrüne Küchentür, vergeblich auf das Signal wartend, während Großmutter vor Wut schäumte und sich kaum beherrschen konnte.

Seine Großeltern kamen schon in guten Zeiten nicht miteinander aus. Sie konnten kaum miteinander reden, ohne dass daraus sofort ein Streit entstand. (Alle müssen sich gewundert haben, wie um Himmels willen sie es geschafft hatten, all diese Kinder zu zeugen!) Wie auch immer, zu Weihnachten gaben sie sich besondere Mühe, sich aus dem Weg zu gehen, um die Familienfeierlichkeiten nicht zu verderben.

Das Weihnachtsessen begann in diesem Jahr um drei Uhr nachmittags. Aber abgesehen von dem Gejammer der hungrigen Kinder, verlief es gut, und Großonkel Franciscu erklärte mit einem lauten Zungenschnalzen: „Il capretto é ruiscitu." – „Das Böckchen ist ein Erfolg." Franciscus Aussage zu diesem Thema war bindend und nach Großvater Amedeos Meinung die einzige, die zählte. Das kam daher, dass Großonkel Franciscu in Amerika gewesen war, wenn auch nur für achtzehn Monate, und für Nannu, der alles Amerikanische bewunderte, machte der Aufenthalt seines Bruders in diesem weit entfernten, wunderbaren Land ihn zu einem Experten für so ziemlich alles, nicht zuletzt für gute Küche.

Großmutter erstarrte andererseits nicht gerade in Ehrfurcht vor ihrem Schwager. Erstens, weil sie selbstverständlich gegen alles war, was ihr Ehemann sagte, und zweitens auch deswegen, weil sie Franciscu für faul und frivol hielt. Während eines Streits mit ihrem Mann bezeichnete sie Franciscu als spasulatu, einen Drückeberger, oder als mangia 'n dernu, einen Schmarotzer, der keinen angemessenen Beitrag zum Familienbetrieb leiste und ihren eigenen Kindern das Essen wegesse.

Soweit Nick sich erinnern konnte, hatte Franciscu eine Abneigung gegen Arbeit, aber er war ein guter Gesellschafter und ein begnadeter Geschichtenerzähler, der alle, vor allem die Kinder, mit Geschichten aus seinem enormen Repertoire in seinen Bann zog. Die Geschichten handelten von angeblich wahren Ereignissen aus seiner Zeit in Amerika oder von anderen exotischen Orten, die er als reiselustiger Mann in seiner Vergangenheit besucht hatte - alles Geschichten, in denen er selbst eine zentrale, wenn nicht sogar heldenhafte Rolle spielte. Meistens war er gerade drauf und dran, ein Vermögen zu machen oder eine bedeutende Persönlichkeit kennenzulernen oder einem schrecklichen Schicksal zu entrinnen. Er würzte seine Erzählungen mit ungefähr einem Dutzend englischer Ausdrücke, die alles waren, was er von dieser Sprache kannte. Und das ließ Nannu vor Stolz unter seinem Victor-Emmanuel-Schnauzer strahlen, und die Kinder glucksten vor Vergnügen.

„Chidda vota mi capitau ca nu ‚riccimmenni' – vuia diri nu pezzu grossú". - „Es begab sich, dass ein reicher Mann, womit ich einen Bonzen meine ..."

Seine Geschichten waren so voll von riccimmenni, dass der Ausdruck ein Teil unseres regionalen und überregionalen Dialekts wurde – zunächst, um einen betuchten Müßiggänger zu bezeichnen, und später einen Gammler. Eine Mutter, die ein Kind tadeln wollte, weil es eine bestimmte Aufgabe nicht erfüllen wollte, sagte zum Beispiel:

„Vo fare u riccimmenni, allura!" – "Du möchtest also ein Gammler werden, ja?"

Während dieser Erzählungen versammelten sich die Kinder um ihn herum, und die Männer, die nicht weit entfernt Karten spielten, hörten ebenfalls zu und warfen einander wissende, herablassende Blicke zu, wenn die Geschichte eine ungebührliche Wendung nahm. Aber man konnte sehen, dass sie mehr Interesse hatten als sie zeigen mochten.

Selbst die Frauen, die damit beschäftigt waren, den Tisch abzuräumen oder das Geschirr abzuwaschen, hörten mit ihrem Geklapper auf und lauschten an den entscheidenden Stellen einer Geschichte, in Erwartung der Auflösung, die es immer schaffte, die Zuhörer zu überraschen, zu schockieren oder anzurühren. Dann gingen sie weiter ihrer Beschäftigung nach und flüsterten so leise untereinander, dass die Kinder es nicht hören konnten, weil sie ihnen die Geschichte nicht verderben wollten:

„Madonna mia, ma quantu nni sapi! Eh unni vaci a scavare tutte sti frottoli?" – „Heilige Maria, der steckt bis oben hin voller Geschichten! Wo um alles in der Welt holt der bloß all diesen Unfug her?"

Aber Franciscu bestand darauf, dass alle seine Geschichten wahr seien, und wenn er ihre abwertenden Kommentare mitbekam, schmollte er und erklärte, er werde nie mehr eine Geschichte erzählen. Das verstimmte die Kinder, und die Männer wandten sich gegen die Frauen, und der Lärm in der Küche wurde ohrenbetäubend.

Die einzige Person, die davon keine Notiz nahm, war Großmutter. Sie schwebte überall da herum, wo gerade Arbeit anfiel und schalt die Frauen, damit sie endlich mit ihrer Arbeit weitermachten und nicht den ersten Weihnachtstag mit ihren Händen im Wasser verbringen mussten. Sie sagte, dass sie sich auch für den Rest des Tages ausruhen wolle. In Wahrheit war sie ein Arbeitstier, und sobald sie eine Arbeit erledigt hatte, wandte sie sich einer neuen zu. Nicht, dass es ihr geschadet hätte. Nanna Amedeo lebte bis zum hohen Alter von zweiundneunzig, und von ihr wurde berichtet, in Briefen, die aus Italien kamen, dass sie bis zu ihrem allerletzten Tag noch den Faden in die Nadel gesteckt und die Socken ihrer Urenkel gestopft hätte.

Nannu seinerseits war der Meinung, dass seine Arbeit beendet war, sobald der Bock auf dem Tisch stand. Er überließ es sogar seinen Söhnen, diesen aufzuschneiden und zu servieren. Er wandte sich dann nämlich dem Wein zu und verbrachte den Rest des Tages damit, zu trinken, zu rauchen, Karten zu spielen und seine Enkelkinder zu ärgern.

∗∗∗

Nick konnte sich an all das kaum erinnern, aber sein Onkel Basil hat es oft bestätigt, vor allem in den langen Gesprächen, die sie führten, als er gerade in Australien angekommen und die Erinnerung an Nannu noch frisch und schmerzhaft war. Denn sein Großvater war zehn Monate zuvor im Alter von zweiundachtzig Jahren gestorben.

Übersetzer: Frank Joußen

Verletzte Helden – D C Hubbard

NACHKRIEGS-BABYBOOM

Ich drückte die Gartentür auf und wir drei Maple Kinder purzelten die vier Stufen in den Garten hinab. Wir trugen nur Badeanzüge und hatten Handtücher unter die Arme geklemmt. Ich als älteste führte den Ansturm über die Gärten an. Es gab keine Zäune, die uns den Durchgang versperrten. Hinter uns schlug die Fliegengittertür mit solchem Krach zu, dass es durch die ganze Nachbarschaft hallte.

Ich hörte, wie unsere Mom schimpfte. „Ich habe es satt, es immer wieder sagen zu müssen! Lasst die Tür nicht zuknallen!"

Wir ignorierten sie aber komplett und rannten weiter zu den Nachbarn. Zwei Gärten weiter warteten unsere Freunde. Sie standen schon um eine alte Zinkwanne herum und planschten sich nass. Ihre hohen Quietsche-Stimmen füllten die Luft. Die Wanne war viel zu klein, um mit allen darin zu baden, aber das kühle Nass auf unserer verschwitzten Haut tat gut. Grace Merkel, die Mutter von Jennifer und Tommy, hatte die Wanne im Schatten eines Birkenbaums aufgestellt. Das war der einzige Baum in den ganzen Gärten. Mrs. Merkel hatte die Wanne mit kaltem Wasser vom Gartenschlauch aufgefüllt. Das sollte für uns ein kleines Trostpflaster sein, denn keiner konnte an dem heißen und schwülen Nachmittag zum Strand fahren. Mann, war ich froh, dass es Juli war, und wir nicht in die Schule mussten.

Mindestens ein Dutzend Kinder aus den Doppelhäusern der Lindenstraße kamen zum Spielen. Da lagen Dreiräder, Tretautos und kleine Lernräder überall auf dem ausgetrockneten Rasen verstreut.

Nachdem wir ein paar Meter von Moms Stimme entfernt waren, lief ich langsamer. Ich war damals zwölf, und damit etwas zu alt für die Nachbarschaftsbande. Ich hatte nur eine Freundin dabei in meinem Alter, Rosemary. Wir spielten noch gerne mit Puppen und sie hatte eine wunderschöne Tiny-Tears-Puppe.

Mein Bruder Ben – er war erst sechs Jahre alt – kam als erster an der Wanne an, aber als er Tommys neues Fahrrad sah, ging er schnurstracks dahin. Meine Schwester Colleen hatte ein Buch mitgebracht. Sie machte einen Bogen um die Wanne und ging sofort zur anderen Seite unter dem Baum, um dort sitzen und lesen zu können. Der nächste Tag würde ihr Geburtstag sein. Sie hatte mir gesagt, dass es ihr Herzenswunsch wäre, auch so eine Tiny-Tears-Puppe zu bekommen wie die von Rosemary. Aber ich brauchte ihr nicht zu sagen, dass sie sich wieder mal mit einem Nancy-Drew-Krimi zufriedengeben musste.

Auf dem Bahndamm am Ende der Gärten donnerte ein Frachtzug vorbei. Der Radau der Metallräder auf den Gleisen war so laut, dass er unseren Kinderkrach komplett übertönte. Ich konnte kein einziges Wort, das Rosemary mir sagte, verstehen. Die kleinen Kinder bemerkten aber den Zug gar nicht. Im Grunde waren wir alle an das Getöse des täglichen Zugverkehrs gewöhnt. Tagein, tagaus.

Mrs. Merkel trat aus ihrer Haustür in den Garten mit einer Glaskanne Limonade und einem großen Teller selbstgebackener Kekse. Sie stellte alles auf einen alten Spieltisch und rief uns zu sich. Wir Kinder stürmten zum Tisch und mähten die arme Mrs. Merkel fast nieder. Aber sie war eine ganz liebe Mutter und lachte über unseren Eifer. Die Kleinen vernichteten die Kekse fast so schnell wie Heuschrecken. Es sah aus, als ob sie die ganze Woche nichts zu essen bekommen hätten. Mrs. Merkel konnte auch kaum mit dem Nachschenken der Limonade mithalten.

„Annie, was macht deine Mutter gerade?", fragte sie mich, als die Lage sich beruhigt hatte.

Ich zuckte die Achseln. „Als wir rausgekommen sind, hat sie nur in der Küche gesessen."

„Oh, dann gehe ich hin und frage, ob sie Lust hat, rüber zu kommen."

Mrs. Merkel wischte ihre Stirn mit ihrer Schürze ab und lief in Richtung unserer Haustür.

Ich sah, wie mein kleiner Bruder Ben vor Aufregung herumhüpfte. „Tommy, kann ich dein Fahrrad ausprobieren, bitte, bitte?"

Tommy schaute Ben skeptisch an und hielt den Lenker fest. „Bist du sicher, dass du vorsichtig fährst? Denn mein Rad ist nagelneu."

Um die Wahrheit zu sagen, konnte ich sehen, dass Tommys Fahrrad alles andere als nagelneu war. Dennoch war er stolz drauf, und für ihn war es neu.

Ben machte einen Pfadfindersalut. „Ich verspreche dir, ich tue dem Rad nichts an."

„Na, okay, aber nur ganz kurz. Verstanden?"

Ben nickte heftig und stieg aufs Rad. Er fuhr um die Kinder herum, die noch an der Wanne planschten. Rosemary und ich hatten uns mittlerweile genug abgekühlt. Wir trockneten uns ab und gingen in den Schatten der Einfahrt von Rosemarys Haus. Colleen folgte uns, und dort angekommen setzte sie sich aufs Gras, um weiter in ihrem Krimi zu lesen. Aber ab und zu schaute sie sehnsüchtig über das Buch hinweg zu uns. Wir spielten mit der Tiny-Tears, die sie auch so gerne selbst zum Geburtstag haben wollte.

Ich schaute hoch auf die Hauswand hinter uns. Die Farbe blätterte ab, und auf der Erde lagen Stücke davon. Ich hob ein Stück auf und ließ es zwischen meinen Fingern zerbröseln. Die Häuser waren wirklich nicht schön. Aber ich wusste, wie meine Eltern sich immer über Geld stritten, und dass es nicht möglich gewesen wäre, anderswo schöner in Buffalo zu wohnen. Dafür fehlte das Geld. Und eigentlich war das Haus in der Lindenstraße eine große Verbesserung gegenüber der letzten Wohnung.

Die meisten Kinder in der Nachbarschaft waren blond oder hatten zumindest helle Haare. Im Sommer wurden wir alle vom draußen Spielen ganz schön von der Sonne gebräunt. Meine Mom sagte immer, wir wären so braun wie Beeren. Aber welche Beeren sie meinte, war mir nie klar. Die Sonne verfärbte Colleen und mir unsere hellbraunen Haare rötlich. Die von Ben wurden immer weißblond.

Wir waren genau wie die anderen Familien in der Nachbarschaft, die auch drei bis vier Kinder hatten. Meine Mom erzählte mir, in den Nachrichten nannten sie das den Nachkriegs-Babyboom. Ja, so war das. Ich schätze, das hieß so, weil es anfing, als die anderen Väter aus dem Krieg nach Hause kamen.

Keiner von uns hatte besonders viele Spielsachen. Trotzdem verstanden wir Kinder uns gut, und wir teilten, was wir hatten. Das allerbeste war aber das draußen Toben an den langen Sommertagen. Die meisten Kinder durften nach dem Abendessen noch einmal raus gehen, bis die Sonne hinter dem Bahndamm verschwand. Und dann, als es dunkel wurde, konnte man hören, wie eine Mom nach der anderen von der Gartentür aus ihre Kinder nach Hause rief.

Wenn meine Geschwister und ich ins Haus gingen, liefen wir sofort nach oben, um schnell zu baden. Ben hatte es immer am nötigsten. Anfangs hatte Mom uns eine Gutenacht-Geschichte vorgelesen, bis sie anfing, abends in einem Diner zu arbeiten. Ich habe dann das Vorlesen übernommen. Mir machte es richtig Spaß, meinen Geschwistern aus Märchen- und Kinderbüchern vorzulesen.

Wir Mädchen verließen den Schatten der Einfahrt und kehrten zu der Wanne zurück, um uns wieder abzukühlen. In dem Moment stieg Ben von Tommys Fahrrad ab.

„Danke, Tommy. Das war schön! Mann, habe ich jetzt Hunger. Ich gehe mal schauen, ob meine Mommy Kekse für uns hat."

Damit drehte sich Ben in Richtung unserer Haustür und lief vorneweg. Colleen und ich folgten ihm, denn wir fragten uns, ob Mom vielleicht doch irgendwelche Kekse versteckt hätte. Als wir in die Küche rannten, war sie leer.

„Mommy, Mommy!", rief Ben, aber sie antwortete nicht. Er lief durch das Wohnzimmer und dann die Treppe hoch, um sie zu suchen. Wir standen unten an der Treppe, als er oben plötzlich zum Stehen kam. Mom stand an der Türschwelle zum Badezimmer. Mrs. Merkel stand neben ihr. Moms Gesicht war ganz weiß geworden. Sie sah krank aus.

VON DER HAND IN DEN MUND

Marge saß am Küchentisch und blätterte – ohne zu lesen – die Tageszeitung durch. Sie stöhnte. „Gott! Diese Hitze bringt mich um." Selbst in kurzer Hose und Tanktop zerging sie in der Schwüle des Julitages. Aus dem Krug schenkte sie sich Limonade ein, die Eiswürfel klackerten, als sie ins Glas planschten. Bevor sie einen langen Zug nahm, kühlte sie ihre Stirn und ihre Wangen mit dem Glas. Danach zog sie tief an einer Zigarette. Ihr Gesicht verzerrte sich. Nach den Zitronen schmeckte die Zigarette fies, sie drückte sie in dem Aschenbecher aus.

Durch die Fliegengittertür sah sie die weiße Bettwäsche an der Leine hängen, die sich in der Hitze kaum bewegte. Bald musste sie hinausgehen und die Laken hereinholen. Sie schüttelte den Kopf. „Gott bewahre mich!"

Marge hörte die Stimmen ihrer drei Kinder und deren Freunde draußen bei der Nachbarin, wie sie an der Wanne spielten. Näher an ein Schwimmbad würden sie nicht herankommen. Vielleicht sollte sie auch hingehen, um sich abzukühlen und einen Plausch mit Grace zu halten. Aber sie konnte sich nicht von der Stelle regen. Ihre dünnen Beine fühlten sich wie festgewurzelte Baumstämme an.

Sie schaute auf das Mittagsgeschirr in der Spüle und stöhnte. Und natürlich, wenn sie die Bettwäsche hereingeholt hatte, musste sie auch noch oben in den heißen Schlafzimmern alle Betten beziehen. Diese bedeutungslosen Handlungen kamen ihr in dem Moment vor wie die Aufgaben von Herkules; sie besaß aber weder seine Kraft noch seine Motivation. Was wusste sie denn vom Heldentum? Lethargie beherrschte sie.

Gott sei Dank musste sie an diesem Abend nicht in Sams Diner arbeiten. Sie machte dort dreimal die Woche die Abendschicht von sechs Uhr bis Mitternacht, die Zeit eben, wenn George sich zu Hause befand. Tatsächlich aber war es Annie, die, während Marge bediente, ihre Geschwister betreute. Gott weiß, George war nicht in der Lage, sie zu baden und ins Bett zu bringen. Nein, meistens lag er schnarchend auf der Couch. Wie Marges Daddy sich aufregen würde, wenn er wüsste, wie es bei ihnen zuging! Seit seinem Tod 1949 fiel es Marge schwer, ohne ihn als eine Quelle von Rat und Barem auszukommen.

Marge starrte auf den Stapel Rechnungen, der sich auf der Küchentheke häufte. Alles überfällig. Vorwurfsvoll starrten die Rechnungen auf sie zurück. Der Monatserste lag schon eine Woche zurück, und die Miete stand noch aus. Der Vermieter war zwar geduldig, aber ewig würde er nicht warten. Von den Sorgen spürte sie, wie sich ihr Magen verknotete. Darauf folgte eine Welle von Übelkeit. Jetzt musste sie sich aber beeilen. Sie schoss die Treppe zum Bad hoch und erreichte die Toilette gerade noch rechtzeitig. Hitze stieg ihr in den Kopf, und sie würgte, bis ihr Magen sich wie umgedreht fühlte. Ihre Haut prickelte von kaltem Schweiß. Als es endlich vorbei war, kollabierte sie auf dem Linoleumboden und ließ sich gegen die Wand fallen.

„Nein, nein, nein!" Ihre Kieferknochen verspannten sich vor innerem Widerstand. „Ich will es nicht. Ich überlebe es nicht. Ich will sterben! Daddy, was soll ich machen?"

Für mindestens eine halbe Stunde blieb Marge dort sitzen, ausgelaugt, unfähig aufzustehen. Erst als sie die Gittertür klatschen hörte, versuchte sie sich aufzuraffen. So sollten die Kinder sie nicht vorfinden. Es war aber die Stimme ihrer Nachbarin, die sanft durchs Haus erklang.

„Marge, bist du oben?", rief Grace vorsichtig. „Hast du Lust, eine Weile zu mir zu kommen? Alle Kinder sind bei uns. Marge, wo bist du?"

Marge wollte antworten, aber die Worte blieben ihr im Hals stecken. Plötzlich wurde sie von der nächsten Welle der Übelkeit überkommen. Grace zögerte unten an der Treppe.

„Kann ich dir helfen?"

Als Marge wieder anfing, sich zu übergeben, hörte sie, wie Grace langsam die Treppe hinaufstieg.

Grace erreichte das Badezimmer mit einer fertigen Diagnose.

„Du Ärmste! Du hast dir einen Mageninfekt geholt. Es ist bestimmt diese Schwüle."

Vor dem Geruch verzog Grace ihr Gesicht. Sie deckte ihren Mund zu und versuchte, selbst nicht zu würgen.

Marge schaute von der Toilettenschüssel hoch. Ihr Gesicht war grau, und ihre Stimme zitterte. „Wenn es nur so wäre. Aber dieser Infekt wird nicht so schnell verschwinden." Sie spülte die Toilette und kollabierte erneut auf dem Boden.

Grace kapierte sofort. „Ach du Schreck. Wie weit bist du?"

„Bin drei Wochen überfällig. Aber erst mit der Übelkeit heute bin ich mir sicher. Was soll ich bloß tun?"

Schweißtropfen sammelten sich auf ihrer Stirn, bereit, gleich herunterzulaufen; ihre Atmung war flach und schnell. Sie schaute wieder hoch zu Grace, und in einem kurzen Moment der Hoffnung flüsterte sie eine verzweifelte Frage. „Kennst du jemanden, der mich aus dieser misslichen Lage befreien könnte?"

Graces Versuch, ihr Entsetzen zu verbergen, schlug fehl. „Nein. Nein, Marge. Aber so was würdest du nicht wirklich machen. Ich meine, Himmel, solche Leute…kenne ich nicht."

Grace nahm ein Knäuel Toilettenpapier und wischte über die Stirn ihrer Freundin. Marge sah Grace mit leeren Augen an. Tränen flossen lautlos.

„Gerade jetzt", sagte sie, „ja, ich würde es machen."

Marge sah in Graces Gesicht, dass der Gedanke ihr zuwider war.

„Aber…aber das Kind ist ein Geschenk Gottes."

Marge schüttelte den Kopf mit Verachtung. „Nein, meine Süße, es ist ein Geschenk von George, der nicht mal in der Lage ist, seine jetzige Familie zu ernähren."

„Es machen zu lassen wäre aber nicht billig", sagte Grace, „geschweige denn, dass es verboten ist. Und gefährlich! Nicht umsonst werden sie Metzger genannt."

Marge hörte aber nicht auf Graces Ermahnung. Sie fing an zu schaukeln, wie in Trance versunken.

Auf einmal schlug die Gittertür zu, und beide Frauen zuckten zusammen. Sie hörten, wie Kinderstimmen immer näher kamen. Marge strengte sich an aufzustehen und stützte sich auf den Türrahmen. Grace reichte ihr Toilettenpapier, damit sie ihr Gesicht abtrocknen konnte.

Ben rannte seinen Schwestern voraus und kam als erster oben an.

„Mommy, was können wir zum Naschen haben? Hast du Kekse für uns? Die von Frau Merkel waren lecker, aber sie sind alle. Wir wollen welche zum Austeilen haben."

Die atemlose Stimme des Sechsjährigen schoss wie eine Kugel ins Herz der Mutter. Marge schluckte hart und krallte sich am Türrahmen fest.

„Tut mir leid, Ben. Heute haben wir keine Kekse. Du musst bis zum Abendessen warten, wenn du Hunger hast. Es dauert nicht mehr so lang."

Ben schien weder die Zerbrechlichkeit seiner Mutter noch ihre geschwollenen Augen bemerkt zu haben.

„Ach Mann!" Motzend verschwand er die Treppe hinab, um die traurige Nachricht in der Nachbarschaft zu verkünden. Annie und Colleen standen noch auf der Treppe und sahen verwirrt aber wortlos

Marge und Grace an. Nach kurzer Verzögerung gingen auch sie langsam die Treppe hinunter, immer wieder sorgenvoll auf ihre Mutter zurückblickend.

Marge wusch ihr Gesicht mit kaltem Wasser und ließ das Wasser über ihre Arme laufen. Sie trocknete sich mit einem Handtuch ab und musterte sich mit Abscheu im Spiegel; ein tiefes Stöhnen entfuhr ihr. Sie drehte sich zu Grace.

„Okay, Folgendes: Ich gehe jetzt raus und hole die Wäsche rein. Dann spüle ich und beziehe die Betten. Auf geht's."

Als Grace nach Hause ging und Marge hinauslief, um die Wäsche abzuhängen, ertönte einmal mehr der laute Knall der Gittertür durch die Nachbarschaft. Vor der Sonne kniff Marge ihre Augen zusammen. Sie winkte den Kindern zu und antwortete auf ihre Zurufe mit einem schwachen Lächeln. Allmählich kam sie wieder zu Kräften, ihr Gesicht gewann wieder an Farbe. Während sie die Laken von der Leine holte, presste sie jedes erst ans Gesicht, um den Duft der sonnengetrockneten und gebleichten Wäsche einzuatmen. Wenigstens gab es eine Sache auf der Welt, die gratis war, dachte sie und begrub ihre Nase im nächsten Laken. Sie faltete sie sorgfältig zusammen und legte sie in den Wäschekorb. Ihr Blick fiel auf ihre schlanken Arme und Beine, die von den Wäscheritualen braun gebrannt waren, als ob Marge ihre Tage, ungetrübt am Strand liegend, verplempern würde. Sie lachte innerlich. Wäre das nicht schön!

Während Marge das Geschirr spülte, dachte sie an den Freitagabend im Mai, als George in die Küche hereingeschwebt war und verkündet hatte, dass er an einem Nachmittag drei Staubsauger verkauft hatte. Er war fast schwindlig von seinem Erfolg, und Marge war selig, das Licht in seinen Augen zu erkennen, das von der Wunderdroge Selbstachtung erzeugt wurde. Zur Feier luden sie Grace und ihren Mann Tom ein, um Karten zu spielen und ein paar Drinks zu genießen. Sie spielten eine Runde nach der anderen, lachten viel und tauschten Witze aus.

Das Radio begleitete den Abend mit Glenn Millers Schlagern, und nach einigen High-Balls standen sie auf zum Tanzen. So glücklich waren sie und George nicht gewesen seit…, naja, sie konnte sich nicht daran erinnern. Nachdem Grace und Tom sich verabschiedet hatten, musste wohl der Moment gekommen sein, als dieses Baby gezeugt wurde. Gerade dort, auf der alten Couch, dachte sie und schaute durch die Küchentür ins Wohnzimmer.

Warum mussten die wenigen glücklichen Momente mit George durch Konsequenzen verdorben werden? Wie konnten sie so leichtsinnig gewesen sein? Sie versuchte, die Tränen herunterzuschlucken.

Als das Geschirr abgetrocknet war, sank sie auf einen Stuhl am Küchentisch und blätterte geistesabwesend noch einmal in der Zeitung. Was scherten sie die Kriege und Krisen, die sich in der Welt abspielten? Sie kam nicht einmal mit ihrem eigenen Kram klar.

Die Gittertür öffnete sich, und Marge schaute hoch. George stand vor ihr, sein Jackett über die Schulter gehängt; er sah mitgenommen aus. Marge guckte auf die Uhr.

„Bist du schon zu Hause? Hast du was verkauft?" Sie erwartete keine positive Antwort.

Er zuckte mit den Schultern und verschwand nach oben. Wenige Minuten später erschien er, in Shorts gekleidet, wieder.

Er ging Richtung Kühlschrank und griff nach der Tür. „Sind die Kinder bei Merkels?"

„Ja."

Dann, unfähig die Nachricht länger für sich zu behalten, platzte sie damit heraus. „Ich bin wieder schwanger."

George hielt urplötzlich an. „Du bist was? Bist du sicher?"

Sie nickte. „Ich brauche keinen Arzt. Nicht nach drei Kindern."

Sie schaute ihn nicht an. Er näherte sich ihr und strich über ihre Haare. Sie zuckte unter seiner Berührung. Er nahm seine Hand weg.

„Komme später zurück", nuschelte er auf dem Weg zur Tür.

Marge schreckte zusammen, als die Tür zuschlug. Sie hörte, wie die Kinder ihrem Vater zuriefen, und dann hörte sie, wie er den Motor des Autos anließ. „Er hat kein Wort mit den Kindern gewechselt", dachte sie. „Wir sind ihm scheißegal. Der haut einfach ab, als ob es nichts mit ihm zu tun hätte. Bastard!"

Marge wischte sich die Tränen aus dem Gesicht und hob den Wäschekorb resolut auf. Dann marschierte sie mühsam die Treppe hoch, um die Betten zu beziehen. Beim Arbeiten überlegte sie, wo dieses Kind überhaupt schlafen sollte. Würde sie die Babysachen von ihrer Freundin Joyce zurückbekommen können? Sie schüttelte ihren Kopf. Sie konnte das Ganze nicht fassen.

Als sie den Hackbraten fürs Abendessen zusammenknetete, dachte sie ans kommende Wochenende. Samstag würden sie Colleens zehnten Geburtstag an den Niagarafällen feiern. Am Sonntag, während sie Hausarbeiten erledigte und kochte, würde George auf der Couch dösen. Und dann am Abend würde sie in Sams Diner arbeiten.

KLINKEN PUTZEN

George klingelte und wartete vor der Tür von 9 Sandrock Road, bis die Dame des Hauses erschien. Mit dem Hut in der Hand und einem aufgesetzten Lächeln stählte er sich für seine Vorstellung wie ein Schauspieler vor einem Auftritt. Er hörte, wie Schritte an die Tür huschten. Als die Tür aufging, stand vor ihm eine Frau im besten Alter. Die Farben ihres sommerlichen Blümchenkleides wirkten auf George erfrischend.

„Guten Tag, meine Dame. Ich vertrete die Firma Acme Staubsauger und möchte Ihnen gerne unser neustes und verbessertes 1950er Modell…"

Die Dame schüttelte den Kopf und schaute George mit Verärgerung an. Dann schlug sie die Tür zu. George lehnte sich zurück, als ob er einer Ohrfeige ausweichen wollte. Sein Kinn fiel auf seine Brust, seine Kinnlade spannte sich in zahnzermahlender Akzeptanz. Dann hievte er seinen Musterkoffer hoch und stieg die Stufen von der Veranda herunter.

George blickte die Sandrock Road hoch und runter. Es war eine Straße von gut erhaltenen Häusern, die aus der Zeit vor dem Ersten Weltkrieg stammten. Sie waren schmal, aber tief auf dem Grundstück gebaut, getrennt voneinander mit engen Einfahrten, nur in etwa breit genug, um ein Ford-Model-T durchfahren zu lassen. Jedes Haus hatte zwei Wohnungen, eine oben und eine unten, jeweils mit einer Veranda vorne, so breit wie das Haus selbst. An der Straße entlang wuchsen riesige Ulmen mit dichten Kronen, die eine Markise gegen die Julisonne formten.

Wenn George es sich nur leisten könnte, eine Wohnung in einer solchen Straße zu mieten, hätte er etwas erreicht. Er, Marge und die drei Kinder bewohnten eine winzige Doppelhaushälfte in der Linden

Avenue. Dort verliefen die Bahngleise in nur siebzig Meter Entfernung am Ende der Gärten hinter den Häusern. Zwei Schlafzimmer und Bad oben, Küche und Wohnzimmer unten. Das war es schon. Ziemlich eng für eine wachsende Familie. Immerhin eine Steigerung nach der früheren Zweizimmer-Dachgeschosswohnung.

George hatte nichts gegen die Arbeit als Vertreter. Er hatte sich sowieso seit langem damit abgefunden, jede Arbeit anzunehmen, die er finden konnte. Er hatte mit vierzehn die Schule aufgeben müssen, um auf der elterlichen Farm zu arbeiten. Mit achtzehn haute er ab, ohne Lebewohl zu sagen. Danach zog er durch den westlichen Teil des Bundestaates New York. Er hatte Benzin gepumpt, gekellnert oder in Läden bedient, gerade wo die Gelegenheiten sich boten. Obwohl seine Bildung mangelhaft war, war er nicht dumm, und er besaß eine gehörige Portion Charme, der ihm immer zur nächsten Arbeitsstelle verhalf. Zwanzig Jahre später fiel es ihm leicht, mit potenziellen Kunden ins Gespräch zu kommen; es waren hauptsächlich Hausfrauen, und die konnte er, normalerweise, mit seiner freundlichen Verkaufsmasche spielend für sich einnehmen. Trotzdem gelang es ihm nur gelegentlich, ihnen einen Staubsauger zu verkaufen.

Der erste Trick natürlich war es, den Fuß in die Tür zu bekommen. „Es ist das Wetter heute", sagte George laut und wischte den Schweiß von Nacken und Stirn. „Bei dieser Schwüle ist ihnen ein neuer Staubsauger scheißegal."

Laut der Firma Acme hatte er bei der Arbeit immer im Anzug, mit Schlips und Hut bekleidet, aufzutreten. Das Hemd klebte auf seinem Rücken, und kleine Schweißbäche liefen ihm vom Rücken in die Hose runter. Die Spannung in seinen Schultern kroch seinen Nacken hoch und klammerte sich um seinen Hinterkopf wie die Klaue einer sadistischen Bestie. Was er nicht geben würde für zwei Aspirin und ein Glas kaltes Wasser!

An diesem Freitagnachmittag war die Sandrock Road wie ausgestorben. Die Kinder, die normalerweise auf ihren Fahrrädern und Rollschuhen die Straße bevölkerten, mussten wohl alle ins Schwimmbad geflüchtet sein. George vermutete, dass die Mütter, die nicht mit Schwimmen gegangen waren, sich wahrscheinlich im kühlsten Zimmer des Hauses aufhielten und Limonade schlürften. Das Letzte, woran sie zu denken vermochten an so einem Tag, war der

Kauf eines neuen Staubsaugers. Und ihre Männer? Befanden sich bestimmt in Büros oder Werkstätten. Wenn George nur so eine Arbeit bekäme, eine von neun bis fünf Uhr mit einem Zahltag am Ende der Woche, anstatt um Verkaufsprovisionen kämpfen zu müssen, um seine Kinder zu ernähren. Er schüttelte den Kopf. Ohne High-School-Abschluss war ihm dieser Weg versperrt.

Alles wäre natürlich ganz anders gekommen, wenn er in den Krieg hätte ziehen können. Er wäre als Held nach Hause zurückgekehrt, denn nach seinem Ermessen war jeder, der den Krieg überlebt hatte, ein Held. Da war aber 1941 der Unfall; sein rechtes Bein hatte er fast verloren.

George näherte sich Hausnummer 11. Schweiß klebte seine immer dünner werdenden roten Haare an die Kopfhaut. Vom Bürgersteig aus starrte er auf die Tür. Sein Gesicht brannte, und weil sein Bein von der alten Verletzung pochte, hinkte er. Er schüttelte den Kopf. Noch eine Tür ins Gesicht geschlagen zu bekommen, konnte er nicht verkraften. Nicht an diesem Tag. Er lockerte seinen Schlips, machte eine Kehrtwende und lief mit hängenden Schultern Richtung Auto.

Um die Ecke auf dem Supermarktparkplatz hatte er seine alte Rostlaube abgestellt, weit entfernt von den Augen potenzieller Kundinnen. Er verstaute seinen Musterkoffer im Kofferraum und streifte Jackett und Schlips ab. Die warf er auf die Rückbank. Dann kurbelte er alle Fenster herunter und ließ das Auto abkühlen. Während er darauf wartete, dass der Innenraum durchgelüftet wurde, lehnte er sich gegen den Kotflügel und zündete sich eine Zigarette an. Mit geschlossenen Augen nahm er einen tiefen Zug. Der Rauch und das Nikotin stiegen in seinen Kopf hoch. „So ist's besser".

Wenn er in den Krieg gezogen wäre, hätte er sterben können. In diesem Moment empfand er den Gedanken gar nicht als erschreckend. Wäre er hingegangen und nicht aus Europa zurückgekehrt, hätte Marge ihn respektiert. Oder wenn er überlebt hätte, hätte er beim Militär eventuell ein Handwerk gelernt oder sich gar für ein Veteranenbildungsprogramm qualifizieren können. Stattdessen zog er mit achtunddreißig noch durchs Leben ohne festes Einkommen.

Als alle tauglichen Männer 1942 aufbrachen, um Europa vor den Nazis zu retten, arbeitete George bei der Curtiss-Wright-

Flugzeugfabrik. Das Geld war gar nicht schlecht und zur Abwechslung regelmäßig. Die Arbeit am Förderband brachte aber keinen Ruhm. Den hatten insbesondere die Piloten, die „Flyboys", erhalten. Als der Frieden eingekehrt war, drosselte die Fabrik drastisch die Produktion, und George stand auf der Straße. Schon wieder.

Wie wütend Marge geworden war, als sie erkannt hatte, dass sie mit ihrem dritten Kind schwanger war! „Wenn du wie die anderen in den Krieg gezogen wärst, wäre ich nicht noch einmal in diesem beschissenen Zustand."

Ben war im Juni 1944 geboren worden, als sich die Alliierten in England auf den D-Day vorbereitet hatten. Marge würde ihm nie und nimmer verzeihen, dass er kein Kriegsheld war. Wie seine Frau um die Veteranen in der Nachbarschaft herumscharwenzelte! Davon hatte er die Nase gestrichen voll.

George fuhr nach Hause und parkte das Auto in der Einfahrt. Er wollte nichts sehnlicher, als seine Anzugshose auszuziehen und in eine kurze Hose zu schlüpfen. Sollte er noch dazu ein kaltes Bier im Kühlschrank finden, wäre der Tag gerettet. Er öffnete die Gittertür zur Küche.

„Bist schon da?", kam die Begrüßung von Marge, die am Küchentisch saß. „Hast du was verkauft?" Ihre Stimme verriet ihre niedrigen Erwartungen.

George zuckte mit den Schultern, und bevor Marge zu nörgeln anfangen konnte, verschwand er wortlos nach oben. Im Schlafzimmer angekommen, fiel es ihm plötzlich auf, dass sie ihm gar nicht nachschrie. Schweigen ist Gold.

In wenigen Minuten kehrte er, in Shorts gekleidet, in die Küche zurück. „Sind die Kinder bei Merkels?", fragte er.

Marge nickte. „Ja."

Ihre Stimme klang abwesend. Er tauchte mit leeren Händen um vier Uhr auf. Warum griff sie ihn nicht an? Es musste die Schwüle sein. Er streckte seinen Arm in Richtung Kühlschrank aus, um nach dem Bier zu schauen.

„Ich bin wieder schwanger." Sie bedeckte ihr Gesicht mit den Händen.

George hielt sofort inne. „Du bist was? Bist du sicher?"

Sie nickte. „Ich brauche keinen Arzt. Nicht nach drei Kindern."
Resignation färbte ihre Worte. Sie schaute ihn auch nicht an.

Er strich zärtlich über ihre Haare. Wie sollte er reagieren? Er
wusste nicht, ob er sie noch liebte. Er wusste nicht einmal, ob er sie
jemals geliebt hatte. Das war sowieso nebensächlich.

Es war wegen einer Schwangerschaft, dass er sie überhaupt geheiratet hatte. Sie hatten sich bei einem Tanzabend in Geneseo kennengelernt, im Herbst 1937. Marge war erst neunzehn und Studentin im
ersten Semester an dem dortigen Lehrercollege. Beide liebten Tanzen,
und sie war richtig kokett. Sie schien geschmeichelt zu sein, dass ein
Mann von fünfundzwanzig sich für sie interessierte. Er war stolz darauf, dass eine hübsche Studentin ihn attraktiv fand.

Bis Weihnachten war Marge schwanger; nach den Feiertagen
brannten sie miteinander durch. Annie kam im Juni auf die Welt. Und
zwölf Jahre später waren sie noch zusammen, vereint nur durch den
gemeinsamen Überlebenskampf.

„Komme später zurück", nuschelte er, drehte sich um und verschwand aus der Tür.

Draußen beherrschte das Kreischen der Kinder die Gärten. „Daddy, Daddy!", riefen sie ihm entgegen. George hob seine Hand, um
seine Augen abzuschirmen, damit er sie besser erkennen konnte. Annie, Colleen und Ben grinsten und winkten ihm eifrig zu. Er winkte
kurz zurück und verschwand um die Ecke in die kieselbedeckte Einfahrt.

George startete den Motor und fuhr ohne Ziel los. An der nächsten roten Ampel stehend, rätselte er, wie er einen zusätzlichen Mund
stopfen sollte. Erst als das Auto hinter ihm zu hupen anfing, merkte
er, dass die Ampel grün war. Auf einmal wurde ihm bewusst, dass er
den Niagara-Falls-Boulevard entlang in Richtung der Fälle fuhr. Sie
waren nur fünfzehn Meilen entfernt. Und in der Tat sollte die ganze
Familie am nächsten Tag dahin fahren, um Colleens zehnten Geburtstag zu feiern. Das war immer ihr Wunsch an ihrem Ehrentag. Sie
würden Softeis schlecken, und Marge und George würden versuchen,
nicht aufeinander rumzuhacken. George wusste, wie viel das Colleen
bedeutete. Ein paar Stunden Frieden waren ein wertvolles Geschenk.

Natürlich wäre es überzogen, diese Stunden als Frieden zu bezeichnen. Es war eher eine Waffenruhe. George und Marge würden

sich den ganzen Nachmittag schweigend und angespannt verhalten. Immer die gleiche alte Geschichte.

Falsch. Dieses Jahr würde es schlimmer sein.

In der Stadt Niagara Falls angekommen, parkte George das Auto so nah wie möglich an den Fällen. Es war fast fünf Uhr, und das Areal war menschenleer. Die Touristenhorden waren wohl schon auf dem Weg in die lokalen Restaurants für ihr Abendessen. George näherte sich der Stelle, wo der Niagara-Fluss über die Klippe in den Abgrund donnerte. Lediglich eine niedrige Mauer trennte George und diese unnachgiebige Naturgewalt, eine Urkraft, die imstande war, alles auf ihrem Pfad hinwegzufegen.

Wie ein kühlendes Elixier gegen die Hitze des Tages stieg Gischt von der Wassermasse auf und benetzte sein Gesicht und seine Arme. Mit geschlossenen Augen lehnte er sich gegen die Mauer. Er spürte, wie die Spannung in seinem Nacken nachließ. Eine, höchstens zwei Bewegungen, dachte er, würden schon reichen. Sein sinnloses Leben wäre im Nu vorbei. Fast schmerzlos. Die endlose Erniedrigung, das Versagen wären ein für alle Mal zu Ende.

Auf die Mauer, das einzige Hindernis zwischen ihm und der Freiheit, legte er ein Bein. Sein Herz hämmerte. Ohne zu blinzeln, starrte er wie hypnotisiert auf den erbarmungslosen Strom. Nur noch eine Bewegung. Kinderleicht. Es war etwas, das er schaffen könnte.

Stattdessen zog sich George zurück. Ein Feigling war er. Er musste einen weiteren Misserfolg zu der langen Liste hinzufügen.

„Ohne mich wäre Marge besser dran. Sie könnte sich dann einen Kriegshelden suchen", sagte er laut, weiterhin gefangen von dem Rauschen des Wassers über die Stromschnellen. Ein weiteres Mal versuchte er, die Mauer zu besteigen.

Das Bild seiner Kinder, wie sie mit den Spielkameraden tobten und lachten, blitzte durch seinen Kopf. Er sah, wie sie ihm zuwinkten, ihm nachriefen.

George trat vom Rand des Abgrunds zurück und sackte auf der nächsten Bank zusammen. Auf der Stirn sammelten sich Schweißperlen, seine Beinmuskeln zitterten. Tränen stiegen ihm in die Augen. Als Leute sich näherten, wischte er sich das Gesicht mit einem Taschentuch ab und drehte sich weg. Sobald sie vorbeigegangen waren, stand er auf und stolperte Richtung Parkplatz.

Als er die Gartentür in der Linden Avenue erreichte, hörte George klirrendes Besteck und plappernde Kinderstimmen. Er ging durch die Tür, und alle schwiegen.

Marge schaute von ihrem Teller hoch. „Du bist spät dran. Dein Essen steht warm im Backofen."

Wie immer hatte Marge ihre Alltagsmagie eingesetzt, um ein Familienessen für fünf aus einem Pfund Hackfleisch, einer Dose Zuckermais und einigen Kartoffeln herbeizuzaubern.

George lächelte Marge zögernd an, und mit seinem Teller setzte er sich an den Tisch. „Mein Essen ist noch schön heiß, danke."

Die Kinder setzten ihr Geplapper fort.

Am Samstag würden sie Colleens Geburtstag an den Niagara-Fällen feiern, dachte George. Am Montag würde er seine Arbeit in der Sandrock Road wieder aufnehmen.

Übersetzerin: D C Hubbard

O dieser Bruder! – Margaret Skipworth

Ich plane, eine Anzeige in der Schülerzeitung zu veröffentlichen: „Zu verkaufen – älterer Bruder. Alle ernstgemeinten Angebote willkommen." Ich würde ihn sogar gegen eine Schwester eintauschen. Zumindest kann man sich bei einer Schwester Klamotten und Make-up ausleihen. Und sie würde keine Lügen erzählen und deine Eltern mit hineinziehen. Oder?

Letzten Samstag war der Gipfel. Ich war mit Harry – dem tollsten Jungen der Schule – zusammen. Ich lag in seinen Armen. Er war drauf und dran, mich zu küssen. Ich meine, seine Lippen waren meinen so nahe, dass ich riechen konnte, dass er gebratenen Speck gegessen hatte.

„Es ist Zeit für uns nach Hause zu gehen." Mein großer Bruder Ben packte mich am Arm und riss mich aus Harrys Umarmung. Wie peinlich ist das?

Als ob das nicht schon übel genug war, schob Ben seine dicke, pickelige Nase in Harrys Gesicht. „Wenn du meine kleine Schwester zum Weinen bringst, bekommst du es mit mir zu tun", fauchte er.

Natürlich erzählte Ben es auch Mama, als wir nach Hause kamen. Sie rastete aus. „Du solltest auf der Schuldisko sein mit deinen Freunden, Gemma…" – sie lief im Wohnzimmer auf und ab, was sie immer macht, wenn sie böse mit mir ist – „…und Ben findet dich…in einer dunklen Gasse…wie du einen Jungen küsst. Dz, dz!" Sie schüttelte den Kopf.

Ich hätte einwenden können, dass der Durchgang zum naturwissenschaftlichen Trakt gar nicht so dunkel ist, und dass wir, dank Ben, uns zu dem Zeitpunkt noch gar nicht küssten. Aber ich biss mir auf die Lippe und machte ein zerknirschtes Gesicht. Ich wusste: Je weniger ich sagte, desto eher könnte ich zu Bett gehen. Dann könnte ich Harry anrufen und versuchen, alles mit ihm wieder in Ordnung zu bringen. Als Mama ihre „Du bist vierzehn, nicht vierundzwanzig" Standpauke anfing, guckte ich verstohlen auf die Uhr. Fast Mitternacht. Ich wünschte, Mama würde etwas schneller sprechen…

„Mach dir deshalb keine Sorgen", sagte Harry, als ich später anrief. Ich kuschelte mich unter die Bettdecke und hielt mein Handy ganz fest an mein Ohr gedrückt. „Egal, Gem. Hast du nächsten Samstag Zeit? Wir könnten uns an der Pizzeria in der Stadt treffen." Harry gähnte. „Aber bring Ben nicht mit."

Ich musste schlucken. Ich konnte es nicht glauben. Harry wollte mich wiedersehen.

„Ben ist nicht mein Aufpasser", sagte ich entrüstet. „Ich werde ihm sagen, dass er zu Hause bleiben muss."

Das würde nicht leicht zu bewerkstelligen sein. Während ich das Handy ausschaltete, dachte ich aber so bei mir, dass ich immerhin eine ganze Woche Zeit hatte, um dieses Problem zu lösen.

„Harry ist nicht die Sorte von Jungs, mit denen du ein Date haben solltest", blaffte Ben mich am nächsten Morgen an, als ich das Thema anschnitt.

Ich gab mir große Mühe, einen ganz echt wirkenden enttäuschten Gesichtsausdruck aufzusetzen.

Mama warf mir einen stählernen Blick zu, dann lud sie ein Bündel von Bens Hemden in die Waschmaschine und stellte sie an. Es schien eine Ewigkeit zu vergehen, ehe sie sich mir wieder zuwandte.

„In Ordnung", sagte sie schließlich mit einem ihrer kolossalen Seufzer. „Ich habe nichts dagegen, wenn du mit Harry eine Pizza essen gehst. Vorausgesetzt, dass Ben dich später dort abholt und nach Hause bringt."

Ich rollte mit den Augen. Dann haute ich auf mein Frühstücksei, und das Eigelb spritzte auf den Tisch. Es war immer dasselbe, wenn Papa auf Dienstreise war. Mama entwickelte das überfürsorgliche-Eltern-Syndrom und Ben – der übrigens erst siebzehn ist – schaltete um auf „Großer Bruder passt auf".

Ich tunkte einen ‚armen Ritter' in das Ei und lächelte, als ich an Harry dachte. War der nicht umwerfend? Er hatte dichtes, schokoladenbraunes Haar, verträumte Haselnussaugen - und er war größer als die meisten Sechzehnjährigen, die ich kannte. Es ist nicht übertrieben: Echt jedes Mädchen an der Schule wollte unbedingt mit ihm gehen.

Ich konnte verstehen, warum Mama ihn nicht mochte. Er hatte den Ruf fremdzugehen, die Herzen der Mädchen zu brechen und sie dann fallen zu lassen. Aber ich wusste einfach, dass er mich nicht so behandeln würde.

Tagelang zeigte ich mich von meiner Schokoladenseite. Ich machte meine Hausaufgaben, ohne daran erinnert werden zu müssen, erledigte den Abwasch – sogar dann, wenn eigentlich Ben an der Reihe war – und bereitete zweimal in dieser Woche das Abendessen vor, als Mama spät von der Arbeit nach Hause kam.

Am Donnerstag war ich die Rolle der „perfekten Tochter" richtig leid. Und ich wusste, dass ich meine Zeit verschwendete. Es gab keinen Weg, dass Mama mich mit Harry ausgehen lassen würde, ohne dass Ben seine Nase da reinsteckte.

Kurz vor zehn Uhr abends bat Mama mich, ein paar Brote und Kaffee für Ben zu machen, der sich mit einem seiner Freunde eine DVD anschaute. Normalerweise hätte ich ein großes Gemotze angefangen, ehe ich etwas für Ben getan hätte; aber während ich Margarine auf ein Brot klatschte, kam mir eine Idee. Ich würde Ben erpressen. Ich würde niemandem erzählen, dass Ben sich unter den Achseln rasierte und sich die Augenbrauen zupfte, falls er Mama überreden würde, dass ich mit Harry ausgehen dürfte – allein.

Ich marschierte also ins Wohnzimmer und knallte das Tablett auf den Couchtisch. Ich lächelte Ben ganz unschuldig an. Er runzelte die Stirn, dann warf er mir einen drohenden Blick zu. Er hatte offensichtlich erraten, dass ich etwas im Schilde führte. Das würde ein Spaß!

„Kaffee und Brote. Das ist so super", sagte eine raue Stimme. Ich hatte mich so darauf konzentriert, Ben sich winden zu sehen, dass ich den Typen gar nicht beachtet hatte, der sich da auf dem Sofa rumlümmelte. Echt geil, war der Junge scharf!

Er war nicht wie die anderen Kumpels, die Ben sonst so mit nach Hause brachte. Ihr kennt den Typ: Er wäscht sich nie und hat Akne. Er murmelt sich irgendwas Einsilbiges in den Bart über Autos oder Computer. Und wenn er mich überhaupt registriert, sagt er etwas Blödes wie zum Beispiel „du bist also Bens kleine Schwester" – so als wäre ich acht Jahre alt.

Glaubt mir, wenn dieser Typ einer von Bens Freunden war, dann hatte er sich das Gesicht transplantieren lassen. Seine Haut war glatt und gebräunt – und es war nicht ein einziger Mitesser in Sicht.

„Hallo. Du bist also Bens kleine Schwester."

Wieder echt geil! Habt ihr gehört, wie der „kleine Schwester" gesagt hatte. War das sexy oder wie?

Er musterte mich mit seinen großen grünen Augen und grinste mich an. Puh! Dieser Mund. Diese Lippen. Diese Zähne...

Ich muss wie die perfekte Idiotin ausgesehen haben – wie ich da stand, mit meiner Kinnlade, die mir bis auf die Knie runtergefallen war. Ich wünschte mir inständig, ich hätte mir die Beine gewachst, die Haare gekämmt und die Brote in kleine, nette Dreiecke geschnitten.

„Ich bin übrigens Dominic. Danke für den Snack."

„Ist schon OK", brachte ich so gerade noch stotternd raus. Ich hoffte nur, dass es cool genug klang.

Ben blitzte mich an. „Musst du nicht Harry anrufen oder Hausaufgaben machen?"

Harry? Wer ist denn Harry, denke ich jetzt, da ich auf meinem Bett sitze und mir die Nägel lackiere. Es ist Samstagabend. Wenn ihr euch erinnert, hätte ich eigentlich Harry treffen sollen. Aber ich habe entschieden, dass er nicht mein Typ ist. Oh, habe ich das vergessen zu erwähnen? Ich habe mit angehört, wie Ben am Telefon Dominic für heute Abend zu uns eingeladen hat. Sie sitzen unten und versuchen, irgendein neues Computerspiel ans Laufen zu kriegen.

Meinen Bruder gegen eine Schwester eintauschen? Geht gar nicht! Ben muss doch Unmengen an Kumpels haben, die ich noch nicht getroffen habe.

Egal. Ich muss flitzen. Es ist fast zehn. Zeit, die perfekte Schwester zu spielen und den Jungs ein paar Brote zu schmieren.

Übersetzer: Frank Joußen

Einsame Ernte – Julia Osborne

Noma richtet den Schlauch zwischen die Spalten im Steingarten. Mit ihren hellen Haaren, von ihrer hohen Stirn nach hinten zurückgezogen, und ihren tiefliegenden Augen mit den dicken Lidern sieht ihr Kopf aus wie eine Kuppel. Sie hält den Schlauch fern von sich, um ihr Kleid nicht nass zu machen. Ihr Kleid könnte ein Petticoat sein, es hängt an ganz dünnen Trägern.

Ich beobachte sie von der Veranda aus. Ich bin dabei, Spinnennetze von den Dachsparren zu kehren, mein Spiegelbild arbeitet in jedem Fensterglas: eine etwas dickliche Frau in kurzen Hosen mit hochgekrempelten Ärmeln. Obwohl das Licht durch grüne Zweige gefiltert wird und den Eindruck von angenehmer Kühle vortäuscht, drückt die Hitze vom Blechdach runter wie eine Trockenblumenpresse. Meine Haare hängen um meinen Nacken in schweißnassen Strähnen.

Hinter der Hecke aus Lavendelsträuchern liegt die Koppel mit ausgebleichtem Gras, dahinter dehnt sich eine endlose Wiese, die im Sommerdunst schimmert. Mein Bruder James fährt den Mähdrescher durch oberschenkelhohen Weizen und erntet ihn Reihe für Reihe. In der Ferne erscheint der Drescher wie ein Spielzeug, die Einzugsschnecke ragt hervor wie ein Leuchtturm. Später bin ich dran. Dann sitze ich mit aufgesetzten Ohrschützern in der hohen, offenen Führerkabine und folge der scharfen Kante des Getreides, während der Behälter sich füllt. So leben wir, seitdem die Eltern gestorben sind; wir teilen uns die Arbeit mit den Schafen und auf den Feldern.

Ich beobachte Noma draußen unter den Bäumen, gegenüber dem grünen Garten erscheint sie wie eine stadtblasse Figur.

„Noma!"

Ich muss ihr zurufen. Sie ist zu verschwenderisch mit dem Wasser. „Das ist doch nass genug, oder?"

Sie nickt und gibt den Spalten einen letzten Schuss. Das Wasser läuft nirgendwo herunter. Es läuft tief in den Steinhaufen. Sie kommt mir entgegen, die Sonne beleuchtet für einen Moment ihren gewölbten Kopf. Dann erreicht sie den grünen Zweigschirm und kommt in die schwere, sich widerspiegelnde Hitze der Veranda herein.

Noma besucht mich seit Jahren, ein paar Tage alle paar Monate, zu allen Jahreszeiten. So hat sie die Chance, etwas frische Luft zu atmen, sagt sie. Wenn Noma nicht als Rezeptionistin in einem der großen Stadthotels arbeitet, tanzt sie. Sie tanzt für sich, geht wöchentlich zu Tanzstunden im nahgelegenen Gemeindezentrum.

Sie sagt mir dann am Telefon, „Jenny, darf ich für ein paar Tage kommen? Wäre James einverstanden? Die Luft setzt mir zu!"

Noma hält die Schwüle an der Küste nicht aus. „Meine Haut fühlt sich an wie Vanillepudding", behauptet sie am Telefon. Und ich weiß, dass sie dabei ist, ihre feuchten Arme zu streicheln, sich den Schweiß vom Gesicht zu wischen. Meinen Bruder stört es nicht, er akzeptiert Noma als ein Überbleibsel meiner Schultage.

„Hier ist es aber nicht besser", sage ich ihr. „Mir scheint es sogar mit jedem Sommer heißer zu werden."

„Es ist aber eine trockene Hitze! Darf ich kommen, Jenny?"

Und ich hole sie am Zug ab, umarme sie und spüre dabei ihre Rippen.

Die Spinnennetze sammeln sich grau und klebrig am Besen. Mit den Fingern oder mit einem Stock schnipse ich sie in den Garten auf abgefallenes Laub weg. Manchmal ist eine schwarze Hausspinne drin, die in ihrem eigenen Netz gefangen ist. Auch die schnipse ich in die Sträucher. Ich hasse es, wie die Spinnen ihre Opfer umklammern, um sie trocken auszulutschen. Besonders die Gottesanbeterin. Ich fühle mich mitgenommen, wenn ich eine dieser sympathischen Insekten in ein Netz eingewickelt sehe. Noma mag sie auch. Manchmal hockt sie lange da, selbst so geduldig wie eine Gottesanbeterin, die plötzlich etwas mit ihren gegliederten Armen schnappt und mit dem Scherenkiefer reißt und verschlingt. Die Flügel zuletzt.

„Wir haben Wassermangel, Noma. Du darfst es nicht einfach in den Garten kippen." Ich kehre noch ein paar Mal durch die Luft mit dem Besen. Um das Licht sind zu viele Netze, wo die Nachtmücken sich sammeln; die Motten zeichnen ihre unregelmäßige Geometrie um jede Birne. Versteckt hinter einer Sparre ist eine graue, haarige Radnetzspinne, die, egal mit wie viel Kehren, nicht weggefegt werden kann. Ich werde daran denken müssen, sie später heute Abend weg zu schnipsen, wenn sie zum Netzbauen rauskommt. Noma gefällt es, nachts im Garten herum zu spazieren, vorsichtig, an über den Boden schlitternde Dinge denkend. Öfters hat sie geschrien und ist flatternd in ihrem Petticoat-Kleid ins Haus gerannt, damit ich die Spinnennetze aus ihren Haaren pflücken konnte.

„Hast du was gefunden, Jenny?" Sie schluchzt fast, hat echte Angst in ihrer Stimme. „Ach wie schrecklich, wie furchtbar…"

„Nein, nein, da ist nichts."

Wenn die Radnetzspinne mit dem Spinnen fertig ist, bleibt sie nicht am Rand und wartet. Nein, sie hängt bewegungslos in der Mitte des Gewebes. Noma weiß das und ist entsetzt bei dem Gedanken, dass eine Spinne in ihren Haaren sitzt.

Am nächsten Tag finde ich sie erneut beim Steine-Spalten gießen. Sie konzentriert sich auf eine bestimmte Spalte. Sie ist so konzentriert, dass sie mich nicht kommen hört. Wenn ich spreche, springt sie auf, und der Schlauch springt mit und spritzt braunes Wasser.

„Noma, bitte. Warum machst du das?" Ich drehe den Wasserhahn zu, verärgert über ihre Sünde gegen grundlegende Regeln des Landlebens.

„Ihre Augen sind da drin", sagt sie als Erklärung und schaut mich mit ihren eigenen, bemerkenswert großen Augen an. „Siehst du?"

„Nein, sehe ich nicht. Komm ins Haus, bevor du einen Sonnenstich bekommst!"

Am Abend werfen wir alle Türen und Fenster auf, als ob auch das Haus einen langen heißen Atemzug auspusten will. Draußen auf der Veranda hat die Luft eine Zartheit, ist süß von dem Duft der Koppel und der sanften Bewegung der Schafe. Wo ich mich ausgestreckt habe, fühlen sich die Bodenbretter noch warm an gegen die Rücken meiner Beine.

Noma ist so blass, dass ich die Venen auf ihrem Busen und ihren Armen erkennen kann. Sie lässt die Träger ihres Kleides fallen. Das Kleid rutscht runter auf ihre Taille und entblößt die kleinen spitzen Brüste, die schon die ganze Zeit hinter der Baumwolle getanzt haben. Sie kippt ihren Kopf, der am Ende ihres langen Nackens balanciert ist, nach hinten und biegt ihre blasse, seidene Kuppel zum Boden. Zwischen ihren Brüsten läuft auf dem Hautgewölbe ein Schweißrinnsal.

Ich erkenne das verschwommene Weiß von James' Hemd, wo er im Schatten steht und zuschaut, wie die Nacht sich verdunkelt. Das letzte Licht am Horizont erscheint als ein trüber Streifen unterhalb einer Wolke; die dunkel werdenden Bäume bemänteln den Garten, bis das Weiß von Noma und ihre spitzen Brüste alles sind, das wir beobachten.

Ich bin jetzt dran, eine achtstündige Schicht auf dem Mähdrescher zu übernehmen. Nachts vergehen die Stunden viel langsamer, während ich den Lichtpfad entlang tuckere, und die Feldmäuse sich vor meinem Riesengefährt in Sicherheit bringen. In meinem Kopf existieren nur das Getreide und das Licht und die Nacht, zusammen mit dem Geräusch und der Vibration meines Fortschritts. Hinter der immensen Maschine und ihrem enormen hinterherschleppenden Schatten stürzt eine Eule über die Stoppelspur.

Als ich zum letzten Mal den Drescher drehe, geht die Sonne auf und verfärbt den Himmel mit einer tiefroten Drohung. Wir brauchen noch einige Tage, um die Ernte zu Ende zu bringen. Ich sehe den Kleinlaster kommen, wie er über den Buckel der Koppel hüpft, und ich halte an. Dankbar wische ich mit der Hand über meine feuchte Stirn.

Die Augen von James sind von seiner letzten Schicht noch müde und rotumrandet. Er streift einen Halm von meinem Hemd, nickt gen Himmel und spiegelt meine Gedanken wider. „Das gefällt mir gar nicht. Nach der Ernte kann es regnen so viel es will!"

Ich werde den beladenen Laster zurück zum Silo fahren und warten, während die schöpfenden Eimer auf der Kette scheppern, um allmählich unser kostbares Getreide zu speichern. Ich wünschte nur, die Ernte wäre vorbei. Ich wünschte, es wäre Weihnachten. Ich fühle mich ständig von dem Staub gepikst, der alles durchfiltert.

Nach einer Dusche verteile ich Talkumpulver mit den Fingern, die seidene Sanftheit rutscht über meine Haut. Ich bin dicker, ich habe kleine Falten und Riffeln. Aber ich bin kräftig, hätte Kinder haben müssen. Das hätte mir gefallen. Als Geschwister sind wir vielleicht für einander Seelenfreunde, durch unser Blut verbunden? Ich bin mit James glücklich. Auf meiner Brust sehe ich ein rotbraunes V, ein Zeichen der Sonne.

Noma schläft noch. Ich sitze vor dem krümeligen Teller von James´ Frühstück, spiele mit einer Scheibe Toast, zu müde zum Essen. In meinen Gedanken steht der Weizen hoch. Ich sehe, wie er transportiert wird, ich überwache die Buchhaltung, warte aufs Geld. Wenn die Ernte zu Ende ist, werde ich jubeln, dass es uns gelungen ist: nur James und mir.

In der Abenddämmerung höre ich entfernten Donner, so schwach, dass ich mich irren könnte. Aber nein. Wieder höre ich das lange, tiefe Geräusch. Noma steht auf der Veranda, beobachtet den Horizont, wo schwarze Wolken sich tummeln, sporadisch von innen von Blitzstäben beleuchtet.

Sie zählt die Sekunden. „Wird es regnen?", fragt sie. „Du willst nicht, dass es regnet, nicht wahr?"

„Es wäre eine Katastrophe!" Ich lache schal.

Die ersten Tropfen sind groß und plätschern auf die Bodenbretter der Veranda. Frösche quaken in den Wassertanks. Noma läuft auf den Rasen, setzt einen Fuß mit gespitzten Zehen vor sich und hält ihre Arme über den Kopf. Als es anfängt, tanzt sie in den Regen, hält ihm ihr Gesicht entgegen und lässt die Tropfen an ihren langen blassen Armen und in ihr Kleid runterrinnen. Ein ängstlicher kleiner Wind huscht durch die Bäume, über die flachen Koppeln, und wickelt sich ums Haus.

Soll ich dahinfahren? Soll ich besser warten? Das frisch geerntete Getreide ist gesichert. Ich warte. Endlich ist James vom Regen besiegt. Er kehrt zurück und hinterlässt die Maschinerie auf der Koppel. Ich berühre seinen Arm; es ist auch meine Misere. Vielleicht zieht der Regen schnell vorüber mit dem zunehmenden Wind, der plötzlich die Türe zuschlagen lässt und der aus den Gardinen wilde Fahnen macht. Er zuckt vor meiner Hand weg.

Noma wird klatschnass und ihr Petticoat-Kleid klebt überall. Sie ist wie ein Geist da draußen in der Finsternis.

„Wie kann sie es so sehr genießen?", murmelt James, während er zuschaut. „Sie ist verdammt abgehärtet, diese Frau."

Ich verteidige sie. „Sie ist ein Stadtmensch."

„Sie weiß, dass wir gutes Wetter brauchen." Dann ruft er sie abrupt, als wäre sie ein Hund. „Noma! Komm aus dem Regen raus!"

Noma lächelt nur und dreht sich weiter.

Wir essen zu Abend. Sporadischer Small Talk geht fast unter im Gepolter des Regenschauers, der auf das Blechdach platscht und vom Quaken der Frösche, das in den Tanks echot. Unsere Welt heute Abend ist von den Elementen eingegrenzt, wie in einem Zelt. Die Küche duftet tröstend nach Braten. Ich öffne eine Flasche Wein. Noma fährt bald nach Hause. Ich will glücklich sein. Die Schatten von der Kerze flackern, spielen über Wange und Arm und Hand. Der Wein funkelt in unseren Gläsern, wirft Farbkreise auf das Tischtuch. Das Gesicht meines Bruders wird von Falten durchkreuzt, unerwartete Kurven formen sich um den Mund und um die Augenbrauen, als er lacht. Seine Hände liegen locker um seinen leeren Teller.

Mit voller Lautstärke wird eine alte Jazzplatte aufgedreht, und ich tänzele in der Küche herum. Ich trage die Nachspeise zum Tisch. Jedes Dessert ist in einem Kristallschälchen perfekt geformt; ich freue mich, James so entspannt zu sehen. Es ist doch egal, dass wir drei Flaschen gebraucht haben, um unser Glück zu finden. Als ich sein Schälchen vor ihn setze, lege ich kurz meine Finger auf seine Schulter und spüre die harten Muskeln unter seinem Hemd. Und ich spüre, wie Noma mich beobachtet. Sie hat heute Abend Eyeliner auf ihre Lider aufgetragen, und ihre Augen sind wie dunkle Tümpel.

James lehnt sich vom unaufgeräumten Tisch weg, schiebt seinen Stuhl laut zurück. „Ich gehe jetzt raus", sagte er. Sein Gesicht sieht im flackernden Kerzenlicht noch tiefer zerknittert aus, seine Zähne glitzern unnatürlich im Kerzenschein.

„Wozu? Du kannst nichts machen. Du wirst nur nass." Wir reden laut, obwohl der Sturm vorbeizieht und nur die Frösche laut quaken. Noma beobachtet uns beide aus ihren dunklen Tümpeln. Ihre Haut ist unglaublich blass mit zwei roten Flecken auf den Wangen. Sie ist auch ein wenig blau.

„Ich will die Felder sehen", sagt er. „Kommst du mit?"

„Ich sehe sie morgen früh", antworte ich missmutig. Ich bin genau so unglücklich über den Regen wie er, aber ich will den heutigen Abend genießen.

„Ich gehe mit dir!" Noma steht auch schon.

Noma? Sie hat sich noch nie für die Farmarbeit interessiert, sie versteht uns nur als ihren Rückzugsort.

James geht in den Garten hinaus, er wird von der Verandalampe beleuchtet. Sein frisches weißes Hemd strahlt, seine gebräunten Arme sind sehr dunkel. Er springt ungelenk herum, als er in seine Gummistiefel steigt. Noma hüpft barfuß, als ob sie den Kontakt zur Erde und zum Wasser feiern würde. Ich sehe zu, wie ihre weiße Gestalt mit der Dunkelheit verschmilzt. Ich bin auf der Veranda allein zurückgelassen und höre zu, wie ihre Füße über den Rasen patschen. Die Radnetzspinne huscht hin und her und repariert ein Loch im Netz.

Am nächsten Morgen leidet James unter einem Kater, fährt aber mit mir über die Felder. Die Farben der Feldfrüchte sind ganz cremig unter dem heißen, blauen Himmel. Es gab weniger Regen hier draußen. Dafür hat der Wind auf die Ernte gedrückt, und der Weizen lehnt sich zur Seite, liegt fast am Boden.

„Schau dir das mal an. Alles zerstört!" Sein schielender Blick inspiziert die Koppel, die feuchte, stopplige Erde dampft schon. Die große Maschine markiert das Ende oder den Anfang unserer Arbeit.

„Vielleicht ist es gar nicht so schlimm", sage ich.

Er glotzt mich über die Motorhaube des Kleinlasters an. „Schau mal, wie viele der Ähren geköpft sind. Denkst du, du kannst die vom Boden lesen?"

„Nein, aber…"

„Wenn du nicht so stur gewesen wärst!" Er schlägt mit der Faust gegen das ausgebleichte Metall. „Es ist die größte Ernte, die wir jemals gehabt hätten. Wir hätten jemanden anheuern müssen, um den Laster zu fahren…Wir wären wahrscheinlich fertig geworden."

„Niemand kann die Stürme vorhersagen", sage ich, aber ich kann die Wahrheit seiner Aussage nicht leugnen.

„Wir wären fertig geworden, verdammt nochmal!" Sein Atem faucht zwischen seinen Zähnen. Er schaut mich an, seine Augen sind vor Müdigkeit verklebt. Schweiß sickert unter dem befleckten Filzhut auf seinen Nacken herunter. „Selbst Noma hätte dir sagen können, dass es für uns beide zu viel war!"

„Was weiß sie schon? Ich arbeite neben dir. Alles, was wir über die Farm wissen, haben wir zusammen gelernt."

„Ich hätte gedacht, du würdest gestern Abend den Schaden schon ansehen wollen, du hast es aber ihr überlassen."

„Das war ihre Entscheidung", sage ich, aber er ignoriert mich.

Wir biegen in die lange Einfahrt zum Haus ein. Noma ist eine entfernte Figur am Tor, fast unsichtbar unter den hängenden Pfefferbäumen.

Ich sage, was ich schon lange im Herzen sagen wollte. Noma macht nie etwas, nicht einmal das Spülen. Sie nimmt immer nur. In ihrer Umarmung ist keine Wärme.

Den ganzen Vormittag sitzt James zurückgezogen im Arbeitszimmer. Noma ist auch still.

Ich warte auf ihre Abreise. Sie zielt mit dem Schlauch auf die Spalten zwischen den Steinen, aber ich sage nichts, denn die Tanks sind wieder mit Wasser gefüllt.

Der Weizen dampft, trocknet, wartet. Ich sehe seine hockende Figur am Schreibtisch nicht an. „Was ist mit der Ernte?", sage ich endlich.

„Ich habe den Rest abgeschrieben. Lohnt sich nicht."

„Dann, verdammt nochmal, mache ich es selber!" Ich stampfe aus dem Haus den Weg entlang, lasse das Tor zuschlagen. Meine Stiefel durchbrechen die verkrustete Erde.

Den ganzen Nachmittag fahre ich den Mähdrescher an dem ramponierten Weizen entlang und nehme so viel wie möglich auf. Es wird weniger, das weiß ich. Ich fahre weiter ohne anzuhalten. In meinem Kopf hämmert der Motor, der die Messer dreht, der die Ähren aberntet, der die Einzugsschnecke dreht, der die Eimer kippt, der die Kette rasseln lässt. Mit der Dämmerung lässt die Blendung der Sonne nach, aber die Müdigkeit frisst mich auf. Ich schalte das Licht an und schleppe meinen Riesenschatten über die Stoppeln hinterher. Ist sie zu ihm rübergerutscht, als sie über die pitschnassen Felder in der windigen Nacht zum gigantischen Mähdrescher fuhren? Hat sie ihre Finger sanft auf seinem Arm ruhen lassen, wie sie es als vertraute Geste des Mitgefühls immer macht? Ich frage mich, ob er sie mit seinen Armen umschloss, als sie ihre blassen Arme um seinen Hals legte in Erwartung eines Kusses. Mein Mund schmeckt nach Blut, wo ich die rutschige Innenseite meiner Lippe gekaut habe. Ich schüttele den Schlaf aus meinen Augen. Mit dem Geräusch der drehenden Messer und der Vibration meines Fortschrittes existiert nur das endlose Getreide.

Zwei kleine Lampen durchbrechen die Dunkelheit und der Klein-laster nähert sich mir. James ist alleine am Steuer. Ich schalte den Motor aus, und in die Erleichterung der Stille steige ich ab. Er kommt zu mir, tritt krumm über die unebene Erde.

„Tut mir leid, Jenny", sagt er. „Komm, fahr nach Hause. Hol dir eine Runde Schlaf."

Er legt seine Hände auf meine Schultern. Wir lehnen uns an ei-nander. Durch sein dünnes Baumwollhemd fühle ich seine Wärme, fühle die Rauheit seiner unrasierten Wange. Im Schatten kann ich seine Augen nicht erkennen. Dann nimmt er meinen Platz im Mäh-drescher ein. Das Lichtkegelpaar entfernt sich weiter.

Als ich zurückkomme, sitzt Noma auf der Stufe. „Ich habe ein Ti-cket für den Zug morgen gebucht", sagt sie kurz. Sie ist eine Silhouet-te, ihre Stimme ein dünner Faden. „Ich soll eigentlich nach Hause."

Nach ihrer Abreise bleibe ich stehen und blicke auf die leeren, glit-zernden Gleise. Zwischen den gleichmäßig großen Kieselsteinen der Bahnlinie entlang ragt Unkraut empor. Ich höre eine Grille im hohen, trockenen Gras. Ihr Kuss war aus Luft, ihre Wange hat die meinige kaum berührt. Der Weg nach Hause ist auf der schlechten Straße weit, ich ziehe eine Staubwolke hinter mir her.

Ich schlendere zum Steingarten, um neugierig in die Spalte zu schauen, die Noma unbedingt gießen wollte. Sie ist mit filigranem Spinnennetz gefüllt und unten sind kleine Augen, die das Licht re-flektieren.

Übersetzerin: D C Hubbard

Verboten – Saumya Kulshreshtha

Tanzen war ihr Leben. Und viel mehr. Tanzen war der Rhythmus ihrer Seele. Es war die Luft, die in ihre Lunge gelangte und ihr zu überleben half. Tanzen war ein Traumgewebe, das sie mit jedem Schritt spann. Tanzen war ein Entkommen aus der Welt, die sie um jeden Preis aufhalten wollte. Es war das Tor zu einer anderen Welt, die sie mit ihren vielen Farben und Düften zu sich rief.

***

Als sie klein war, konnte Zeenat noch nicht tanzen. Tatsächlich hatte sie damals viele Dinge noch nicht gekannt. Sie hatte noch nicht gewusst, was imstande war, ein Lächeln auf das leidend aussehende Gesicht ihrer Mutter zu zaubern. Sie hatte noch nicht gewusst, warum ihre Mutter tagein, tagaus traurig blieb. Sie hatte auch nicht gewusst, warum sich ihre Mutter jeden Nachmittag hinter einer schweren, hölzernen Tür einschloss.

Sie hatte sich sehr stark eingeredet, dass ihre Mutter wohl schlafen musste, um, die Abwesenheit ihres Mannes ausnutzend, ihre aufgewühlten Gefühle zu beruhigen. Nach ihrer Siesta jedenfalls strahlte ihre Mutter immer. Sie schmuste mit ihrer Tochter und half ihr bei den Hausaufgaben. Der süßliche und vertraute Geruch vom Schweiß ihrer Mutter aber belustigte und berauschte das kleine Mädchen. Oh, wie sie diesen Geruch liebte – diesen Geruch, der später ihre süßeste Kindheitserinnerung werden sollte.

Zeenat war eine gehorsame Tochter. Sie war ein neugieriges Kind. Sie war ein heranwachsendes Mädchen, das eine größere Rolle im Leben ihrer Mutter spielen wollte. Eines Tages, während sie sich auf Zehenspitzen heranschlich, führte sie ihre Neugierde gefährlich nahe heran an diese schwere Holztür. Sie war kaum acht oder neun damals, als sie ein schwaches Klingeln hörte, das aus dem Zimmer ihrer Mutter zu ihr drang, und sie wollte wissen, was hinter dieser Tür vor sich ging. Ängstlich legte sie ihre kleinen, zitternden Hände auf den Türgriff und drehte ihn vorsichtig nach rechts. Sie spähte hinein, in die Dunkelheit. Für einen Moment war sie erleichtert. Es war nur die erwartete Dunkelheit, in die sie starrte.

Noch ein Klingelgeräusch – diesmal ein immer wiederkehrender Rhythmus. Cham, Cham - Cham, Cham. Als sich ihre Augen an die Dunkelheit gewöhnt hatten, erkannte Zeenat einen einzigen Strahl der blendenden Nachmittagssonne, der durch die fest zugezogenen, dicken Gardinen an den spärlich vorhandenen Fenstern drang. Als das Zusammenspiel ihrer Augen und Ohren endlich funktionierte, sah sie, wie für einen Augenblick das Sonnenlicht von einem glänzenden Stück Silber reflektiert wurde. Fußglöckchen, einfache silberne Fußglöckchen, die an zwei Fußringen angebracht waren. Dieselben Fußglöckchen, die ihr Vater ihrer Mutter verboten hatte, schmückten nun die sonst so müden und erschöpften Fußgelenke ihrer Mutter. Zeenat konnte das, was dort vor sich ging, weder gut erkennen noch verstehen. Sie wusste nur, dass sie an jenem Tag von etwas Verbotenem erfahren hatte.

Ohne dass ihre Mutter davon wusste, war Zeenat zur Teilhaberin am einzigen Geheimnis ihrer Mutter geworden. Ihr winzig kleines Herz war einmal in perfektem Einklang mit dem Herz ihrer Mutter gewesen, als sie versteckt im dunklen Mutterleib gelegen hatte. An diesem Tag fühlte sie, wie sie die Nabelschnur wieder mit ihrer Mutter verband. Endlich fand sie in ihrer melancholischen, verwirrten Existenz etwas Aufregendes. Ihr kleiner, leicht zu beindruckender Verstand erfasste, dass diese Aufregung ein Geheimnis bleiben sollte, eines, das sie für ihre Mutter immer bewahren würde.

Als die Tage und Monate vergingen, wurde es für Zeenat zu einem heißersehnten Ritual, sich zu der hölzernen Tür zu schleichen. Auf der anderen Seite dieser Tür horchte sie aufmerksam auf die Geräusche der Fußglöckchen und die Tanzschritte ihrer Mutter. Sie musste die Tür nicht einmal öffnen, damit die Tanzschritte ihrer Mutter in ihrem Herzen mitschwangen.

Eines Tages folgte Zeenat wieder einmal dem verbotenen Ritual: Sie lehnte mit einem Lächeln an der schweren Holztür und vollzog im Geiste die Rhythmen der Fußglöckchen ihrer Mutter mit ihrem Cham, Cham nach. Da torkelte ihr berauschter Vater ins Haus. Plötzlich, unerwartet, mit schwankendem, aber aggressivem Gang, stürzte er durch das Wohnzimmer hindurch und öffnete vehement die Tür, hinter der die verborgene Welt ihrer Mutter lag. Er war so betrunken und abgestumpft, dass er noch nicht einmal die kauernde und jetzt verängstigte Gestalt von Zeenat wahrnahm, die in den Raum hineinfiel, als die Tür so gewaltsam geöffnet wurde. Was der erste Lichtstrahl Zeenats Augen an diesem Tag offenbarte, formte die Art, wie sie ihr Leben gestalten würde.

In Trance und ohne jedwede Ahnung von der drohenden Präsens ihres Ehemannes glitt Zeenats Mutter auf ihren Füßen über den Boden, von Seite zu Seite schwingend, mit geschlossenen Augen und einem breiten Lächeln auf den Lippen. Vor ihr stand eine einfache Terrakotta-Figur vom Gott Krishna – ein Gegenstand, dessen Relevanz Zeenat erst im Nachhinein verstand. Ihrer Mutter entging, was Zeenat in den Augen ihres Vaters erkannte: Lodernder Hass. Zuerst hob er die Figur des Gottes Krishna auf und zerschmetterte sie auf dem Betonboden. Sein Zorn kochte über, und er versetzte ihrer immer noch tanzenden Mutter einen harten Schlag. Sie landete auf dem unnachgiebigen Gestell des antiken Bettes, das Zeenat immer so fasziniert hatte.

„Auf dem Bett siehst du wie eine Königin aus, Mama", hatte Zeenat einmal ganz unschuldig geäußert, nur um es mit einem bitteren Lächeln vergolten zu bekommen. Der Kopf ihrer Mutter prallte von dem Bett der Schändung ab und schlug auf dem harten Boden auf, als sie auf ihren Rücken rollte.

Als sie jetzt regungslos inmitten der zerschlagenen Reste des unheiligen Götzen lag, der den muslimischen Haushalt entweiht hatte, formte sich eine Blutlache neben dem Kopf ihrer Mutter. Dunkelrotes, reichlich fließendes Blut überschwemmte Zeenats Sinne, als sich ihre Augen schlossen und sie ohnmächtig wurde.

***

Zeenat öffnete ihre Augen, als ob sie gerade aus einer Trance erwacht wäre. Hinter ihr ertönten die sanften Klänge des Tarana-Gesangs – ‚Dhoom ta an na Dhoom, dere na Dhoom ta na Dhoom'. Ihre jungen Schülerinnen, die ihre Dupatta-Schleier fest um ihre Hüften gebunden hatten, klatschten vor ihren Oberkörpern in die Hände und tanzten im Rhythmus der Musik. Als die jungen Mädchen sie anschauten, verflog Zeenats Traurigkeit.

Fast täglich durchlebte sie jene Szene, die ihr eine Seite ihrer Mutter offenbarte, die nur in ihrer Vorstellung existierte. Dass ihre Mutter eine Hindu gewesen war, die mit Liebesschwüren in eine riskante Ehe gelockt worden war, war eine Tatsache, die ihr erst viel später in ihrem Leben aufgegangen war. Solange sie sich erinnern konnte, hatte sie ihre Mutter als verängstigte und unterwürfige Frau wahrgenommen. Das einzige Mal, als Zeenat sie wirklich glücklich erlebt hatte, war in den Augenblicken vor ihrem Tod. Ihre Mutter tanzte, ohne jede musikalische Begleitung, jeden Tag zu Ehren ihres Gottes. Das gab ihr die Kraft, die Mühen zu überleben, die ihr ein gewalttätiger Ehemann auferlegte. Zeenat tanzte auch aus Ergebenheit für ihren Gott – das Bild ihrer Mutter vor Augen, die sie nicht einmal richtig kennengelernt hatte, aber immer, wenn sie die Bewegungen ihrer Mutter nachahmte, fühlte sie sich ihr verbunden.

Immer, wenn sie Musik auflegte, reagierte ihr Körper darauf, und sie wurde in eine andere Welt versetzt – eine Welt, die gleichmütig und ohne jede Gewalt war, in der sie das Abbild ihrer Mutter war. Eine Welt, wo die Musik in ihrem Herzen dem Rhythmus ihrer Mutter folgte. Eine Welt, in der sie müde werden und im Schoß ihrer Mutter liegen konnte. Eine Welt, in der die Nabelschnur niemals zerreißen würde.

Übersetzer: Frank Joußen

Vom Lesen und vom Sterben
Frank Joußen

„Ich kann das nicht lesen." Roberts kleiner Zeigefinger tippte vorwurfsvoll auf die handschriftliche Widmung auf der ersten Seite seiner wunderschön illustrierten Ausgabe von „Grimms Märchen". Seit er zwei Jahre zuvor in die Grundschule gekommen war, ging er immer davon aus, dass er alles Geschriebene auch lesen konnte. Aber wer kann das schon?

„Du hast Recht", sagte ich, „das ist auf eine alte, schwierig zu lesende Art geschrieben. Es lautet: Für Robertchen, mit Liebe – deine Uroma Gertrude."

„Ich kann mich nicht an sie erinnern! Wie sah sie aus?"

„Sie hatte ein sehr altes, aber gütiges Gesicht. Lange Haare, die hinten in einem Knoten zusammengehalten wurden – aber zwei oder drei kleine Strähnen wollten sich einfach nicht bändigen lassen und fielen ihr immer ins Gesicht."

„Okay. Und wann hat sie mir dieses Buch geschenkt?"

„Ja, weißt du, das war eins meiner Lieblingsbücher, als ich so alt war wie du, und sie hat mir immer daraus vorgelesen. Sie war eine super Vorleserin!"

„Warum kann sie dann nicht kommen und mir etwas vorlesen? Du hast immer so wenig Zeit!"

„Schau mal, sie ist gestorben, als du erst zwei Jahre alt warst. Deshalb kannst du dich auch nicht mehr an sie erinnern. Aber sie hat dich sehr liebgehabt."

„Was ist denn passiert? Wo war sie, als sie…?"

„Sie hat früher immer bei uns gewohnt, in dem großen Zimmer oben, das jetzt Mamas Arbeitszimmer ist. Aber als sie zu schwach geworden war, ging sie in ein Heim für alte Menschen. Da ist sie gestorben."

Der kleine Robert fing an zu weinen. Ich weiß bis heute nicht, ob er vor der schwarzen Wand des Todes zurückgeschreckt war, die er niemals zuvor gesehen hatte, oder ob er schon dazu in der Lage war, eine Vorstellung von Altenheimen mit ihrer Einsamkeit und Hoffnungslosigkeit zu entwickeln. Oder kam in ihm eine nebulöse Erinnerung auf – vielleicht durch unvorsichtig gemachte Bemerkungen in der Vergangenheit – von dem Tag, an dem sie allein starb?

***

Wir waren bei ihr im Heim gewesen. Es war Karneval in Deutschland. Alle waren wir für den Rosenmontagszug verkleidet – Robertchen in seinem weißen Clownskostüm mit einem winzigen roten Punkt auf seiner Nase –, als sie uns anriefen. Meine Frau und ich fuhren schnell zum Heim, es war nicht weit, luden Robertchen und seinen Buggy aus dem Auto und hasteten in das Zimmer, in dem sie seit dem Tod meines Großvaters allein wohnte. Sie hatte Fieber, war aber geistig ganz klar. Sobald Robertchen auf dem Arm meiner Frau in den Raum kam, fixierte sie ihn.

„Robertchen, Robertchen, komm her zu deiner Urgroßoma!"

Robert konnte mit seinen kleinen Armen nicht bis zu ihr hinreichen, deshalb musste ich ihm den Teddy in den Arm legen, den sie ihm unbedingt hatte geben wollen.

„Frau Schmitz macht diese schönen Teddys. Wisst ihr, die alte Dame, die dement ist und immer ihre Unterwäsche über ihren Kleidern anzieht. Sie ist eine gute, alte Seele. Ich hatte diesen hier schon vor Monaten bestellt, und jetzt ist er fertig!"

Der Teddy war groß und weich, und Robert fing sofort an, ihn ein bisschen auf und ab zu schütteln; dann untersuchte er sein Gesicht. Meine Oma schien erleichtert. Dann erzählte sie uns von der bösen Erkältung, die sie nicht loswerden konnte, und meinte, dieser Winter käme ihr endlos vor. Sie fragte auch nach unseren Aktivitäten zu Karneval, aber dann wurde sie wieder aufgeregt.

„Es ist schon spät, oder? Ist es nicht längst Zeit für Robertchens Mittagsschläfchen?"

Wir versuchten abzuwiegeln, sie zu beruhigen. Aber etwas in ihrer Stimme hatte Robert verunsichert, und er fing an zu greinen. Das passte gar nicht zu ihm, aber die ganze Atmosphäre in dem halbdunklen Zimmer mit dem Krankenhausgeruch und den gedämpften Stimmen kam ihm wohl nicht ganz geheuer vor.

„Ja, du hast Recht. Weißt du, was wir machen? – Wir fahren schnell nach Hause und kommen wieder, sobald er seinen Mittagsschlaf gehalten hat."

Aber zuhause verhielt sich Robert weiterhin unnormal. Erst aß er viel langsamer als sonst und spuckte die Hälfte des Essens sofort wieder aus. Dann wollte und wollte er nicht einschlafen. Ich erzählte ihm irgendeine blöde Geschichte oder sang ihm ein dummes Gute-Nacht-Lied vor; ich erinnere mich nicht mehr so genau. Endlich schlief er ein – und wachte lange Zeit nicht mehr auf.

Stunden später – Robert hatten wir inzwischen zur Nachbarin gebracht – gingen meine Frau und ich den gleichen düsteren Flur bis zu ihrer Tür. Sie stand offen. Die Nonnen knieten betend auf dem blankgescheuerten Linoleum. Petra, Omas ehemalige Verkäuferin im Lebensmittelladen, stand an ihrem Bett. Sie besuchte Oma immer noch oft, ich hatte sie aber nie leiden können. Ausgerechnet von ihr kamen jetzt die Worte: „Sie ist tot."

***

„Weißt du, wenn deine Urgroßoma mir etwas vorlas, war das immer wie Urlaub. Oder wie ein schöner Sommertag – angefüllt mit dem Geruch vom frischem Heu, dem Summen von Bienen, dem Geschmack von Erdbeeren. Ein endloser, wunderschöner Urlaubstag."

Ich überflog das Inhaltsverzeichnis mit all seinen lustigen und grimmigen Geschichten.

„Und wenn sie zu Ende gelesen hatte, habe ich mich immer nur an den Anfang der Geschichte erinnert, niemals an das Ende."

Robert war während meiner Reminiszenzen seltsam still geworden. Dann nahm er behutsam meine Hand von der Inschrift und deutete mit meinem Zeigefinger auf das kleine Bild zu „Schneewittchen."

„Okay, Papa. Es ist okay. Wollen wir jetzt lesen?"

Die Flickendecke der Seelen
Phyllis Lawson

Das waren schwere Zeiten in den Fünfziger und Sechziger Jahren des zwanzigsten Jahrhunderts, als viele Schwarze den langen Treck in den Norden zu den großen amerikanischen Städten unternahmen auf der Suche nach besseren Lebensbedingungen. Sobald sie sich eingelebt und Kinder bekommen hatten, fingen die Entbehrungen an. Schließlich blieb ihnen nichts anderes übrig, als ein oder zwei Kinder zurück in den Süden zu ihren Großeltern zu schicken – Großeltern, die sie vielleicht niemals zuvor gesehen hatten. Einfach so wurde ein Kind von der Tür des einen Hauses gepflückt, aus der einzigen Familie, die es kannte, herausgerissen und ohne Erklärung auf die Türschwelle von praktisch fremden Menschen verpflanzt. Manchmal kehrten diese Kinder erst als Teenager in den Norden zurück. Manchmal kamen sie auch gar nicht mehr wieder.

Ich war eins von „Großmutters anderen Babys": Im Alter von vier Jahren wurde ich meinem Heim entrissen. Obwohl man manchmal lieber die Dinge vergessen möchte, die einem das Herz schwermachen, erinnere ich mich daran, dass ich auf den Rücksitz eines Autos kletterte, wo ich in der Mitte zwischen zwei großen Männern saß. Drei große Frauen saßen vorne; eine von ihnen hatte einen Berg von grauen Haaren, der auf ihrem Kopf thronte wie ein gigantischer Busch. Die Fahrerin hatte Zähne, die so weit vorstanden, dass man sie immer noch sah, wenn sie die Lippen geschlossen hatte. In Wirklichkeit waren diese Leute vielleicht kleinwüchsig, aber für ein erschrockenes vierjähriges Mädchen waren sie überlebensgroß. Sie waren dicht an dicht in das Auto gepresst worden wie Sardinen in eine Dose. Ich kann mich nicht daran erinnern, dass auch nur einer während der Fahrt das Auto verlassen hätte. Sie saßen alle lächelnd da, während die Fahrerin Small Talk mit meiner Schwester machte. Als wir abfuhren, winkte ich meiner Schwester und meinen Brüdern zu, die dafür ihr Spiel unterbrachen und genauso perplex dreinschauten wie ich.

Ich gab keinen Mucks von mir; niemand sagte mir, wohin ich fuhr oder warum. Ich fragte nicht, wer diese Fremden waren. Alles, was ich wusste, war, dass sie um mich herum waren auf dieser sechzehnstündigen Autofahrt an einem der heißesten Frühlingstage meines Lebens. Auf unserer Fahrt über Land sah ich alle Vierfüßler, die es gibt: Große Kühe, noch größere Pferde; alles war größer als ich. Ich war ein kleines, verlorenes Kind, das in der Welt der Großen herumgewirbelt wurde.

Es fühlte sich so an, als ob ich nur ein paar Augenblicke zuvor auf einem alten Milchkasten gesessen hätte, während meine ältere Schwester mir die Haare flocht. Sie steckte mir mühsam die Haare mit dem Kamm hoch, weil ich mich dagegen wehrte, wie sie mir die Knoten aus den Haaren ziehen wollte. Die schrecklichen rosa Bänder fielen ständig in mein Gesicht bei ihrem Versuch, sie mir zu ordentlichen, kleinen Bögen zusammenzubinden. Ich hasste diese Bändchen für Mädchen. Alles was ich wollte, war, zu meinen Brüdern zu laufen, die auf dem Bürgersteig hockten und ein Murmelspiel namens Knuckles spielten. Ich vergesse nie den ohrenbetäubenden Lärm, den das Unheil verheißende schwarze Auto machte, in dem das Lachen meiner spielenden Brüder unterging. Ich konnte den abgestandenen Gestank von altem Motoröl riechen, der sich von seinem Auspuff über die Stufen bis hinauf zur Fliegengittertür breitmachte.

Ich entwand mich den Klauen meiner Schwester, noch bevor sie das letzte Bändchen um den letzten Zopf wickeln konnte. Es blieb dort baumelnder Weise und am falschen Platz hängen. Als ich durch die Fliegengittertür spähte, wurde mir nicht bewusst, dass ich zum letzten Mal für lange Zeit bei meiner Schwester sein würde.

Viele Ereignisse dieses Tages bleiben nebulös, als ob ein starker Sturm aufgekommen wäre und all meine Erinnerungen weggeblasen hätte. Ich kann mich nicht mehr an den genauen Moment erinnern, an dem ich begann, meine Familie zu vermissen oder an den Augenblick, an dem mir klar wurde, dass ich mich auf dem Weg zu einem unbekannten Ort, weit weg von meiner Familie, befand. Damals war es Kindern nicht erlaubt, Erwachsene zu befragen. Kinder sollte man sehen, aber nicht hören können.

Es gab kein „Auf Wiedersehen", keine Umarmungen, keine Tränen und keine Eltern. Meine Geschwister und ich hatten unsere Eltern immer mit „Mutter" und „Vater" angeredet. Ich habe mich schon oft gefragt, wie diese förmliche Anrede zustande gekommen war, vor allem, weil meine Eltern doch einfache Leute aus der Arbeiterschicht waren, die in einem armen Stadtviertel mitten in Detroit lebten. Aber weil das die Anrede war, die meine vier älteren Geschwister für unsere Eltern verwendeten, tröpfelte sie durch bis zu meinem Zwillingsbruder, meinen zwei jüngeren Brüdern und mir. Die Existenz meiner Eltern war ganz offensichtlich, aber tief in den Windungen meines Gehirns kamen sie mir wie eine Fata Morgana vor. Meine Schwester war die einzige Person im Haus, die für mich eine Mutterfigur darstellte, obwohl ich wusste, dass unsere Mutter irgendwo in der Nähe war. Vater arbeitete sechzehn Stunden pro Tag, wohingegen Mutter nachts arbeitete und tagsüber schlief. Vielleicht schlief Mutter fest, als die großen Leute kamen und mich aus meinem Zuhause entführten. Vielleicht konnte sie es nicht ertragen, dass sie mich für lange Zeit wegschicken musste.

Während meiner Jahre auf dem Land mühte ich mich damit ab, mich an die Gesichter meiner Eltern zu erinnern. Ich kann mir nur die leise Stimme meines Vaters ins Gedächtnis zurückrufen, der nur selten sprach, während Mutter mit einer lauten, ungestümen Stimme sprach, die die Nachbarn wahrscheinlich im ganzen Straßenblock hören konnten. Manchmal beschwor ich Splitter von Ereignissen herauf, die sich in Detroit vor meiner Abreise zugetragen hatten, kleine Bruchstücke der Erinnerung an meine Schwestern und Brüder. Es dauerte nicht lang, bis auch ihre Gesichter aus meinem Gedächtnis verschwanden. Mein Kindheitstrauma radierte die wichtigen Dinge einfach aus.

Nur meine Schwester stand da, als das Auto mit mir davonfuhr. Sie hielt immer noch den Kamm in der Hand, während das rosa Band an meiner Stirn hin- und herpendelte und mein Augenlid bei jeder Bewegung irritierte. Ich hatte zu viel Angst, um zu sprechen oder zu weinen. Ich war zu gelähmt, als dass ich um einen Schluck Wasser oder einen Gang zur Toilette hätte bitten können. Das war das erste Mal in meinem jungen Leben, dass die Furcht mir geradewegs in die Augen blickte.

Mein permanentes Zittern ließ meine Zähne klappern. Erst viel später verstand ich, dass die innere Kälte, die meinen Körper erfüllte, wie ein Anfall von Schock nach einer gravierenden Verletzung war. Ich konnte kaum atmen zwischen diesen Männern, deren dicke Hinterteile jeden Zentimeter des zur Verfügung stehenden Platzes einnahmen. Wenn sie sich auch nur einen Millimeter bewegt hätten, hätten sie auf meinem Schoß gesessen. Ich war ein kleines Kind ohne genaue Wahrnehmung von Raum und Zeit oder einer konkreten Ahnung davon, was es heißt, weit weg von den einzigen Menschen zu sein, die ich kannte. Ich war nie zuvor so weit von Zuhause weg gewesen. Bei jeder Bodenwelle fragte ich mich, wo diese Straße hinführen und was mich an ihrem Ende erwarten würde. Ich schloss die Augen und versuchte mir etwas Vertrautes vorzustellen, das mir den tiefen Schmerz meines Verlustes erträglicher machen könnte.

Während der Motor die lange Betonpiste des Highways herunter brummte, versank ich in dunkler Nacht. Ich rollte mich auf dem engen Raum, den ich mir erkämpft hatte, zusammen und versetzte mich in einen Schlaf, der so tief war, dass ich gar nicht bemerkte, dass wir doch tatsächlich angehalten hatten. Die meisten Hotels am Rand der Fernstraße weigerten sich damals, Schwarze zuzulassen. Deshalb bestand die einzige Möglichkeit sich auszuruhen darin, an den Straßenrand zu fahren und „sich irgendwie zu behelfen", wie die Fahrerin allen mitteilte.

Viele Stunden später fuhren wir an Häusern mit Wellblechdächern vorbei, die neben Feldwegen lagen. Bäume jedweder Form, Größe und Farbe säumten den Weg. Ich kniete auf dem Sitz und schaute durch die Heckscheibe auf die Spur von weißem Staub, die wir hinter uns ließen, und wusste, dass ich mich auf absolutem Neuland befand. Die Endgültigkeit traf mich wie ein Blitz, als ich die Straße verschwinden sah. Mein Magen krampfte sich zusammen und Tränen wollten sich Bahn brechen wie ein heimtückischer Sturm, aber in diesem Moment hielten wir vor einem Haus, das genauso aussah wie die anderen. Mich befiel Schüttelfrost und meine Hände und Füße wurden zu Eis. Obwohl die unerbittliche Sonne von Alabama mein Gesicht verbrannte, zitterte ich, als ob ich mitten in einem Schneesturm stehen würde.

Ich taumelte mit meiner kleinen Gestalt aus dem großen Auto heraus und versuchte, mit meinen Füßen den Boden zu berühren. Ich landete in einem Bett aus warmem, weichem, weißem Sand, in dem ich bis zu den Knöcheln versank. Ich war so gefangengenommen von der Wärme dieses Sandes, der sich um meine Füße schloss, dass ich kaum mitbekam, wie einer der Männer sagte: „Dies ist das Haus deines Opas Edgar und Madea Lulas." Alles, was zwischen dem Auto und dem Haus lag, war ein Teil eines Feldweges und ein Drahtzaun, der, an vier Pfählen befestigt, den ganzen Vorgarten umschloss. Ein Holztürchen verhinderte, dass der Drahtzaun in sich zusammenfiel. Ich sah zu, wie ein älterer Mann sich von seinem Stuhl erhob und auf uns zukam. Er war ganz ausgemergelt und seine Khakihose wurde von Hosenträgern hochgehalten. Niemals in meinem Leben hatte ich einen Menschen gesehen, der sich so langsam bewegte.

Ich hörte zufällig mit an, wie die Fahrerin sagte: „Onkel Edgar ist schwerhörig." Ich nehme an, das war der Grund, warum immer, wenn jemand sagte „hallo, Onkel Edgar", dieser eine Hand an ein Ohr hielt und lächelte: Er kriegte kein Wort von dem mit, was man ihm sagte. Das Türchen öffnete sich und die Männer schüttelten Opa Edgar die Hand, während die Frauen warteten, bis sie an der Reihe waren und ihn kurz umarmen konnten. Er schaute mich an und sagte kein Wort. Er schüttelte nur den Kopf und lächelte.

Meine tödliche Furcht ließ alles um mich herum erstarren. Obwohl sich die Menschen bewegten, lächelten und redeten, erlebte ich alles nur in Zeitlupe. Meine Augen huschten hin und her – von den großen Menschen, die mich hergebracht hatten, zu dem alten Mann, den sie Onkel Edgar nannten. Plötzlich tauchte diese lächelnde Frau aus dem Garten auf und wischte sich die Hände an ihrer geblümten Schürze ab, die um sie drapiert war. „Madea Lula, wie geht's dir?" „Munter, aber nicht himmelhochjauchzend", gab sie zur Antwort und schaute zum ersten Mal auf mich herunter. „Wer ist denn diese kleine, magere Maus? Ich bin deine Oma Lula, Schätzchen. Du wirst eine Weile hier bei deiner Oma bleiben, und wir werden's uns einfach gut gehen lassen."

Das Erste, was mir an Oma auffiel, war, dass sie hochaufgeschossen war – noch eine große Person in meiner Welt. Ihre Haut sah aus wie Hersheys Schokolade – meine Lieblingsschokolade! Ihr silbernes Haar war zu einem strengen Knoten zusammengebunden. Sie hatte durchdringende graublaue Augen, die mich so hypnotisierten, dass ich eine ungewollte Freude verspürte. Obwohl ich sie ja zum ersten

Mal zu Gesicht bekam, fühlte ich mich in ihrer Gegenwart sicher. Die Furcht vor dem Unbekannten, die jedes Gramm meines vierjährigen Körpers beherrscht hatte, verflüchtigte sich, während ich hingerissen wahrnahm, wie sie von innen heraus leuchtete. Ihr silbernes Haar passte zu ihren Augen, und ihre Schokoladen-Haut sah aus, als ob sie sorgfältig in eine Form gegossen und zu einer Mahagoni-Skulptur modelliert worden war. Ich hielt mich an einer diesen großen Personen fest, während ich Oma Lula anstarrte, an meinen Lieblingsschokoriegel dachte und irgendwo in der Luft hing zwischen Detroit und Livingston, Alabama.

Mit Schwung schloss Oma Lula mich so fest in ihre Arme, dass ich fühlte, in ihren Armen zu Hause zu sein. Niemand daheim hatte mir je diese Art von Zuneigung geschenkt. Keine Umarmungen, keine Küsse. Ich spürte Oma Lulas menschliche Wärme in ihrer Umarmung und wollte mehr. Diese schöne Frau mit einer Haut wie cremiger Kakao setzte mich wieder ab, ergriff meine Hand und hinterließ einen bleibenden Eindruck bei mir. Sie erfüllte meine Sinne mit einem unverwechselbaren Aroma, das zwischen Schokolade und Mottenbällchen schwankte.

Der Zauber meiner Gefühle wurde durch die Geräusche der Tiere, die auf dem kleinen Bauernhof umherliefen, durchbrochen. Ich hatte noch niemals solche Wesen gesehen: Kleine Federtiere in allen Größen und Farben, die im Vorgarten herum huschten. Einige hatten schwarzweiße Polka-Flecken und andere ein Geschlabber an roter Haut, die von ihren kleinen Schnäbeln hing. Ich fürchtete mich vor diesen zweibeinigen, leichtfüßigen Dingern, die aussahen wie große Vögel. Ich fand heraus, dass es Hühner und Gockel waren, und die mit den Polka-Flecken waren Perlhühner. Ich hielt Omas Hand fest, weil ich Angst hatte, aber es schien so, als hätten die Tiere auch Angst vor mir, denn immer, wenn ich mich bewegte, hasteten sie aufgeregt davon. Sie zerstreuten sich in fünfzig verschiedene Richtungen und ließen kleine Hühner-Kötel zurück.

Dann bat Großmutter alle großen Leute in den Vorgarten, um sich „ein Weilchen" auszuruhen. Sie flitzte hin und her, um ihre Gäste mit eiskaltem Tee zu versorgen. Einer der großen Männer aus dem Auto hob sein Einweckglas mit Tee hoch und leerte es mit einem Zug. Er stieß ein langes „ahhhhh" aus, als ob er gerade seinen Durst nach der

Durchquerung der Wüste gestillt hätte. Während die großen Leute noch schwatzten und lachten, sagte Großmutter: „Ihr seht alle mächtig hungrig aus, deshalb werde ich jetzt den Mordsbarsch braten, den Edgar heute Morgen gefangen hat."

In Rekordzeit bereitete Oma ein Festessen. Als sie ausrief „kommt alle rein", dachte ich, ich würde von allen zertrampelt, so eilig rannten sie die Treppe bis zur Eingangstüre hinauf. Ich folgte ihnen hinein, durch den langen Korridor in der Mitte des Hauses und in die Küche, wo Dampf von dem frischen Barsch aus Opa Edgars Teich aufstieg. Außerdem gab es gebratenes Huhn, Süßkartoffeln, Erbsen und Tonnen von Gerichten, die ich nie zuvor gesehen hatte. Das Haus wurde von Aromen erfüllt, die ein Eigenleben zu führen schienen. Mir lief das Wasser im Mund zusammen. Das Essen reichte für eine große Schar. Opa nahm am Kopf des Tisches Platz, während sich die anderen geräuschvoll hinsetzten. Es gelang mir, auf einen Stuhl zu klettern, aber meine Beine baumelten in der Luft.

Die großen Leute sahen noch riesiger aus, nachdem sie Omas Essen verputzt hatten. Sie saßen um den Tisch herum, rülpsten, kauten auf Zahnstochern herum und kicherten und schwatzten unentwegt. Einer der Männer – er hatte mit mir auf dem Rücksitz gesessen – erklärte lauthals, dass er „es hasse, das Essen hinunterzuschlingen und dann abzudampfen", aber er wollte bei den Hinterwäldlern nicht von der Dunkelheit überrascht werden und sich deshalb zügig auf den Weg machen. Also zogen die großen Leute aus Omas Küche in den Garten hinaus wie die Gemeinde nach dem Gottesdienst, wobei jeder anhielt, um Oma, Opa und mich zu umarmen, bevor sie ins Auto sprangen und den langen Feldweg, vorbei an Eichen und Pinien, zurück zur Landstraße fuhren.

Ich spürte in mir eine gähnende Leere. Ich kannte nicht mal die Namen dieser Leute, aber da saß ich nun, allein an diesem heißen Ort, voller Sand und voller Bäume, und wer weiß, was noch für Dingen. Ich saß mit verschränkten Beinen, den Kopf zwischen ihnen begraben, und versuchte, meinen Herzschmerz zu unterdrücken. Alles, was ich wollte, war, in dieser Dunkelheit zu bleiben, bis die Gegenwart einer anderen Person meinen kleinen Freiraum durchbrach.

„Wie heißt du, Mädel?" Opas Frage katapultierte mich aus meiner Schutzzone und ließ die Tränen aus mir herausbrechen. Mein Mund füllte sich mit Salz und Schweiß. Diese Tränen hatten sich so lange aufgestaut, dass sie aus mir heraussprudelten wie aus einem Wasserhahn. Opa starrte mich nur an. Vielleicht hatte er noch nie so einen Ausbruch von Tränen gesehen. Oma schüttelte den Kopf, kam zu uns herüber und umschloss mich mit ihren Armen, die alles Elend erdrückten.

In diesen ersten Nächten bei Oma und Opa weinte ich mich in den Schlaf und wurde von einer innerlichen Kälte heimgesucht, die durch das Wetter nicht zu erklären war. Diese wiederkehrende Kälte war unerträglich. Mein Körper krümmte sich wie bei einem Krampfanfall. Ich versuchte, mich an Detroit und an die Familie, der ich entrissen worden war, zu erinnern. Ich konnte mir aber keine Gesichter mehr ins Gedächtnis rufen – nur noch Silhouetten in allen nur möglichen Grauschattierungen. Ich verlor die Erinnerung an meine Mutter. Jeder Tag, der seit meiner Abreise vergangen war, führte dazu, dass ihre Stimme und ihr Gesicht vor meinem geistigen Auge immer mehr verschwanden. Ich konnte niemandem mitteilen, wie sehr mich das erschreckte.

Ich kämpfte weiterhin mit der Kälte, bis Oma mitten in der Nacht aufstand und eine Flickendecke auf all die anderen Decken legte, die mich schon bedeckten. Ich konnte mich zwar nicht bewegen, bekam dafür aber ein Gefühl von unvorstellbarem Trost. Zum ersten Mal seit Tagen entspannte ich mich, weil ich wie ein Baby in diese Decke gewickelt war. Es ergab keinen Sinn, aber diese Flickendecke umhüllte mich mit einem Gefühl des Glücks – mit ihrem Geruch und all ihren Farben, Rottönen und Blautönen, die sich im Licht des Feuers spiegelten. Ich bemerkte nicht, dass manche Flicken nur noch lose an einigen Fäden hingen. Mich überwältigte die Flickendecke mit ihren verschiedenartigen Stoffen, ihren dünnen Baumwollstoffen, mit ihrem knallbunten Kord, ihren Streifen- und Karomustern – und jedem anderen Muster, das man sich vorstellen kann. Diese alte Flickendecke hatte eine eigene Persönlichkeit, und von dem Moment an, als Oma sie auf mein Bett legte, beanspruchte ich sie als mein Eigentum.

Ich habe schon längst vergessen, wann ich zum ersten Mal Fahrrad gefahren bin, den ersten Kuss bekommen oder meinen Führerschein gemacht habe, aber ich habe niemals Großmutters Geschichten über ihre „Flickendecke der Seelen" vergessen. Sie haben mein gebrochenes Herz wieder zusammengenäht und mein Leben geheilt.

Diese heldenhaften Großmütter der Fünfziger und Sechziger sind von der Geschichte übergangen worden. Niemand hat Notiz davon genommen, wie sie sich abgeplagt haben, um die Enkelkinder großzuziehen, die auf ihren Türschwellen ablegt wurden: Die endlosen Stunden, in denen sie die Windeln wechselten und die Tränen dieser kleinen Kinder trockneten, die als ‚Überschuss' betrachtet wurden. Wie die anderen Großmütter dieser Ära war Oma Lula eine Pionierin, ein Symbol der Hoffnung, weil sie Alternativlösungen fand, um den doppelten Horror von Rassismus und Bigotterie abzumildern. Sie machte wunderschöne Steppdecken, damit die Menschen ihren Blick von der Hässlichkeit abwenden und auf etwas anderes lenken konnten – wenn auch nur vorübergehend. Sie war ein undurchdringlicher Wall, der den Stürmen des Lebens trotzte. Durch sie lernte ich die Bedeutung von bedingungsloser Liebe kennen. Sie war ein Fels. Sie brachte mir alles bei, was man über das Leben wissen sollte, einschließlich all seiner Wendungen und Wechselfälle. Sie festigte meine Fähigkeit, jede Straßensperre zu überwinden, die auf meinem Weg lag. Ich kann nicht aufhören, an all die Geschichten der Menschen zu denken, deren Kleidung in diese Flickendecken eingewebt wurden: Ihre unterbrochenen, abgekürzten Leben und die Kinder, die leiden und unnötigerweise sterben mussten.

Heute weiß ich, dass es diese Geschichten waren, die mich durch die schwierigsten Zeiten in meinem Leben trugen. Das Nähen von Flickendecken mit Oma wurde zu einer Zeit der Verwandlung für mich. Die Säulen unserer Kultur sind diese standhaften Großmütter, die Scharen von Kindern und Familien aufrechterhielten und immer noch aufrechterhalten. Die Dankesschuld, die wir diesen Frauen, die uns so rückhaltlos liebten, schulden, kann niemals beglichen werden. Ich halte sie in Ehren, indem ich ihre Lehren verkörpere.

Übersetzer: Frank Joußen

Marijkes Lied – Carolyne Van Der Meer

Marijke sprang aus dem Bett. Er war endlich gekommen – der Tag, an dem sie mit Papa im Geschäft sein würde. Sie hatte sich schon seit Wochen darauf gefreut, ohne jemals zu wissen, wann es soweit sein würde, weil er immer so oft unterwegs war. Sie beeilte sich mit ihrem Frühstück, das aus in Milch getunktem Brot bestand, und hüpfte in die Schusterwerkstatt.

„Mach langsam!" rief ihre Mutter ihr hinterher. „Du fällst, wenn du nicht aufpasst!" Das stutzte aber keineswegs ihre Flügel.

Sie stand neben ihrem Vater in der Werkstatt seines Schuhge-schäfts und war kaum in der Lage, ihre Aufregung zu zügeln. Sie schaute zu, wie er seinen großen Zeigefinger unter die Sohle des Schuhs schob, die teilweise schon vom Oberleder des Schuhs getrennt war, und zog. Das Leder gab nach, und er hielt die Hülle in der Hand. Sie war schmutzig, aber Marijke wusste, dass er magische Kräfte be-saß und mit Hilfe einer neuen Sohle und etwas Schuhwichse daraus einen Schuh zaubern konnte, der so gut wie neu war. Schließlich sah er von seiner Arbeit auf und lächelte.

„Nun, Marijke, möchtest du Papa heute helfen?" Sie hatte nur auf diese Frage gewartet. Sie liebte es, im Geschäft zu arbeiten – entwe-der bei der Rückgabe der reparierten Schuhe, die in dickes braunes Packpapier eingewickelt wurden, oder indem sie ihm Lederstücke oder Garnrollen anreichte, wenn er Reparaturen durchführte und neu-es Schuhwerk anfertigte. Mit fünf war sie noch nicht imstande, viel allein zu machen, aber sie meinte, dass sie eine gute kleine Helferin abgab. Als Papa spielerisch ihre Nasenspitze mit seinem Finger be-rührte, stach ihr der starke Geruch von Rohleder in die Nase. Es war ein Geruch, den sie liebte, ein Geruch, der sie an ihn denken ließ – und nur an ihn.

Er war seit dem Vortag zurück, und Marijke konnte nicht genug von ihm bekommen. Als sie nun aufwachte und ihr einfiel, dass er zu Hause war, fühlte sich ihr Herz zu groß für ihre Brust an. Sie fürchte-te sich vor seiner erneuten Abreise. Letztes Mal war er fünf Wochen weg gewesen, und es war ihr wie eine Ewigkeit erschienen. Sie wusste, er arbeitete für die Widerstandsbewegung, aber verstand nicht wirklich, was das war oder was er tat. Ein Teil von ihr war um ihn besorgt, ein anderer Teil machte ihn zu einem Spionagehelden, zu einem Mann, der niemals Angst hatte und immer mutig war.

„Ich möchte immer helfen, Papa! Was kann ich denn heute tun?"

„Wie wär's, wenn du die Kunden bedienst? Eine ganze Reihe von Leuten hat versprochen, heute ihre reparierten Schuhe abzuholen", sagte er.

Sie nickte und schob ihre kleinen Finger in seine riesige Handfläche. Mit seiner freien Hand zerzauste er ihre goldenen Locken und führte sie aus der Werkstatt in den vorne gelegenen Laden. Hinter der Theke fingen sie damit an, die Tüten zu sortieren. Er stapelte sie in einem großen Schrank – dicke, braune Papierpakete, die Marijke gerne berührte, nicht wie das dünne Zeug, das sie zu Hause für ihre Zeichnungen benutzte. Als er sie bat, hielt sie ihm ihre Arme entgegen und wollte sich um alles in der Welt nützlich machen. Papa nahm einige leichte Pakete heraus und legte sie auf ihre ausgestreckten Arme. Zwei, drei, vier Tüten - und Marijke begann zu schwanken.

„Ist gut, halte sie einfach mal", sagte er und schob mehrere Tüten ans Ende des Regals, indem er sie übereinanderstapelte, anstatt sie schief und krumm zu lassen; dann nahm er Marijke einzeln die Tüten ab und platzierte sie vorne. „Das war's. Jetzt sind wir fertig", sagte er mit einem Stirnrunzeln. Sie wusste, dass er an das Geld denken musste. Aber sie hatte auch gesehen, wie Soldaten kamen und das ganze Geld wegnahmen. Er machte sich sicherlich Sorgen darüber.

„Glaubst du, dass jemand kommen wird, Papa?", fragte Marijke.

„Wir werden sehen", antwortete er. Er saß auf dem einzigen Schemel im Geschäft und zog sie auf seinen Schoß. Sie saß gerne da, so hoch, dass sie über die Ladentheke gucken konnte, ohne auf ihren Zehenspitzen balancieren zu müssen. Sie hatte sich schon lange nicht mehr so glücklich gefühlt. Sie hatte ihren Vater zu Hause und konnte Zeit ganz allein mit ihm verbringen, während ihre Mutter mit ihren Brüdern im Garten arbeitete.

Das Klingeln der Türglocke und das Schlagen der Tür gegen den Rahmen rissen Marijke aus ihrem Tagtraum. Papa erhob sich vom Schemel, hob sie hoch und setzte sie direkt auf dem Fußboden ab.

„Hallo Wim", sagte ein hochgewachsener Mann, als er einen gelben Abholzettel auf die Theke legte.

„Guten Morgen, Kees", sagte Papa auf Deutsch, nahm den Zettel und reichte ihn Marijke. Ihr kam der Mann bekannt vor, sie war sich aber nicht sicher. „Wie stehen die Dinge in Coevorden?", hörte sie Papa fragen, während sie die Stiefel suchen ging. Sie warf dem Mann einen kurzen Blick zu, und was sie sah, gefiel ihr nicht – ein rötliches Gesicht, zerzauste strohblonde Haare und eine adrige Nase, die so aussah, als hätte sie einen großen Ball an ihrer Spitze. Sie steckte ihren Kopf in den Schrank, während sie sich die ganze Zeit bemühte, alles zu hören, was sie sagten. Sie hatte sofort bemerkt, dass Papa sich anders als sonst verhielt. Er schien nervös zu sein. Sie fragte sich, ob es etwas mit seinen vielen Reisen zu tun hatte. Sie hatte oft gehört, wie die Soldaten gefragt hatten, wo er war und warum er nicht zu Hause war.

„Ich hatte viel zu tun mit einer Volkserhebung. Weißt du, festzustellen, wer wo wohnt", sagte Kees und machte eine Pause. „Eine üble Angelegenheit", fügte er hinzu und rieb sich die Spalte zwischen den Augen.

Marijke wunderte sich, warum es etwas ausmachte, wer wo wohnte, wusste aber, dass sie nicht fragen durfte. Sie dachte über die Leute nach, die manchmal kamen, um bei ihnen zu wohnen – die Leute mit dem gelben Stern auf dem Mantel –, und dass sie niemandem davon erzählen durfte.

„Ja, es ist eine üble Angelegenheit", erwiderte ihr Vater. Sie lugte um die Schranktür und sah, wie die Lippen ihres Vaters ganz schmal wurden – genau so, wie wenn er drauf und dran war, böse mit ihr zu werden. Er sah so aus, als ob er etwas sagen wollte, aber er blieb stumm.

Marijkes Kopf und der größte Teil ihres schmalen Körpers waren im Schrank verborgen. Während sie zuhörte, drehte sie sorgfältig jedes Anhängeschildchen herum, um die Nummern mit dem gelben Zettel zu vergleichen. Es war schon gut, dass sie ihren Rücken abgewandt hatte; ihr missfiel die Haut des Mannes, die so aussah, als hätte sie kleine Löcher, und auch die wässrigen Augen gefielen ihr nicht. Das Seltsame war, dass er nicht gerade so aussah, als ob er gleich weinen würde.

Sie hatte gesehen, wie Papa erstarrt war, als sie von der „üblen Angelegenheit" gesprochen hatten. Marijke war sich nicht sicher, worum es ging, aber sie wollte ihren Vater wissen lassen, dass sie auf seiner Seite stand. Während sie nach den Stiefeln suchte, überlegte sie, was sie tun konnte. Und dann, als sie ihre schmalen Hände auf das richtige Paket legte, fiel es ihr ein. Langsam, zunächst noch fast unhörbar, begann sie zu summen. Es war das Lied, das sie alle sangen, das über die Verräter, die Mama und Papa so hassten. Wie nannte man sie noch mal? Ach ja, die NSBer. Diejenigen, die den Nazis halfen.

Als sie sich weiter in dem Schrank zu schaffen machte, fühlte sie sich selbstbewusster in ihrem Gesang – und die Worte kamen unfreiwillig aus ihr heraus:

Op de hoek van de straat	An der Straßen Ecke
Staat een NSB′er	Steht ein NSBer
′t is geen man, ′t is geen vrouw	Er ist kein Mann, auch keine Frau
Maar en Farizeeër	Sondern ein Pharisäer
Met een krant in z′n hand	Mit einer Zeitung in der Hand
Staat hij daar te venten	Steht er da und handelt
Hij verkopt zijn vaderland	Er verkauft sein Vaterland
Voor wat lossen centen.	Für ein paar lose Cents.

Sie war sich noch nicht einmal sicher, was ein Pharisäer war, aber sie wusste, dass es etwas mit Jesus und Judas zu tun hatte. Sie fühlte sich stolz in diesem Augenblick. Papa würde zufrieden sein, dass sie sich an ihren Bibelunterricht erinnerte. Als sie mit dem Refrain zu Ende war, erreichte ihre Stimme die höchsten, schönsten Noten, den Teil, den sie am liebsten hatte. Aber bevor sie sich weiter an ihrer Darbietung erfreuen konnte, wurde eine der Schranktüren mit einem Knall zugeschlagen, und sie sah das Gesicht ihres Vaters nur Zentimeter von ihrem entfernt, entstellt auf eine Art und Weise, wie sie es noch nie zuvor gesehen hatte. Als die Farbe aus Marijkes Wangen wich, entriss er ihr die Papiertüte und wandte sich wieder Kees zu.

„Sie müssen meine Tochter entschuldigen", sagte er und reichte seinem Kunden das Paket mit plötzlich ruhig gewordener Stimme. „Die Dinge, die Kinder auf der Straße hören", fügte er hinzu und blickte entschuldigend drein.

Marijke sah, wie der Mann ihrem Vater einen seltsamen Blick zuwarf – fast zornig, aber nicht ganz. Dann lachte er hart und laut. „Sie sollten hören, womit meine Kinder nach Hause kommen!" Nachdem er ihm einige Münzen gereicht hatte, schüttelte Kees Papas Hand, so, als ob alles ganz normal wäre. Sie sagten sich auf Wiedersehen, und er verließ den Laden.

Marijke kauerte sich hinter ihren Vater. Er wandte sich schnell zu ihr um, sobald die Tür ins Schloss gefallen war.

„Papa, es tut…," begann sie, aber er schnitt ihr das Wort ab.

„Geh nach oben Marijke. Sofort!", schrie er. „Und bleib mir aus den Augen!"

Als Marijke sich umdrehte, bemerkte sie, wie ihr winziger Rock an ihrer wollenen Strumpfhose klebte; sie fühlte, wie er sie an ihren Schultern ergriff. Er hob das Knie und schubste ihren Hintern nach vorne. Sie stolperte vorwärts, als er sie losließ. Ein heißes Gefühl der Beschämung raste bis zu ihrem Nacken herauf und färbte ihre Wangen rot, während sie, zwei Stufen auf einmal nehmend, die Treppe heraufrannte. Als sie oben angekommen war, fiel sie hin und stieß sich die Nase an der Tür auf. Der Schmerzensstich breitete sich über das Gesicht und in ihren Augen aus; sie stieß salzige Tränen hervor. Als sie das Blut in einem ihren Nasenlöchern kommen spürte, strich sie schnell mit ihrem Handrücken darüber, um es aufzufangen und schmierte sich eine Mischung aus Purpur und Nasenschleim über die Wange. Sie nestelte am Türgriff herum, trat schnell in die Wohnung ein und schloss die Tür leise hinter sich. Sie atmete schwer.

Das Geräusch von Besteck, das in der Spüle klapperte, und die Stimme ihrer Mutter durchdrangen ihre Gedanken. „Marijke? Was um Himmels willen…?", begann ihre Mutter und blieb im Türrahmen zwischen der Küche und dem Wohnzimmer stehen. Sie kniete sich hin, breitete beide Arme aus und rief sanft nach ihrer Tochter. „Komm her und erzähl mir, was geschehen ist."

„Mama", wimmerte Marijke, als sie ein paar Schritte nach vorne machte. „Mama, ich habe das Lied vor dem Mann, Kees aus Coevorden, gesungen. Weißt du, das Pharisäer-Lied. Und Papa ist so wütend geworden. Was habe ich falsch gemacht? Ich dachte, es wäre lustig. Ich dachte, jeder würde dieses lustige Lied mögen."

Marijke schlang ihre Arme um den Nacken ihrer Mutter und begann zu schluchzen. „Ich wusste es nicht. Mama. Ich wusste es nicht." Sie fühlte, wie ihre Mutter sie hochhob und sie ins Badezimmer trug.

„Es ist gut, Kind. Er wird darüber hinwegkommen." Als Mama das Blut von ihrer Nase abwischte, erkannte Marijke, was das bedeuten könnte – dass Papa wieder verschwinden würde, vielleicht für länger als jemals zuvor. Sie weinte noch lauter und wünschte sich, alles zurücknehmen zu können – das Lied, alles.

NSBer – Mitglied der NSB, der Nationaal-Socialistische Beweging in Nederland
Übersetzer des Widerstandsliedes: Bernd Kehren

Übersetzer: Frank Joußen

Auf ihrer Seite – Nahid Rachlin

Janet drehte sich zu ihrer Tochter. „Bitte, Emma, wir sind im Urlaub. Lassen wir unsere Sorgen zuhause."

Aber Emma bewegte sich kein bisschen. Sie starrte aus dem Fenster auf den Flugzeugflügel, der durch flauschige weiße Wolken glitt. Ihr Gesicht war tränennass. Nach dem Streit mit ihrem Vater hatte das Weinen angefangen. Es war nicht so sehr der Streit, der sie so aufgeregt hatte, sondern was Emma als die mangelnde Beachtung ihres Vaters für ihre Meinung sah. Denn als sie ihm und Janet von den Problemen erzählte, die sie mit ihrem Freund hatte, hatte Vater gesagt, ihm gefalle von vornherein dieses ganze Dating-System nicht.

Vaters Platz war in der mittleren Sitzreihe neben ihren Sitzen. An der Art, wie er seinen Kopf in der Farsi-Zeitschrift Sharg vergrub, war zu erkennen, dass auch er verstimmt war. Obwohl dreiundzwanzig Jahre seit seiner Immigration aus dem Iran in die USA vergangen waren, las er immer noch gerne Farsi.

Plötzlich stand er auf. „Ich muss mir die Beine vertreten." Er steckte das Heft in die Ablage vor seinem Sitz und lief den Gang entlang.

Janet nahm ein Taschentuch aus ihrer Handtasche und reichte es Emma. „Bitte, Mäuschen, hör auf zu weinen. Dein Vater macht sich so viele Sorgen, weil er dich so sehr liebt."

„Du und Dad, ihr denkt nur an euch selbst. In dieser Familie bleibe ich außen vor", sagte Emma. „Du bist immer auf seiner Seite."

„Aber, meine Liebe, wie kannst du das behaupten? Ich bin ständig dabei, ihm zu sagen, dass er sich nicht in dein Privatleben einmischen darf."

Als ob sie ihre Mutter nicht gehört hätte, drehte sich Emma wieder zum Fenster. Janet sank in sich zusammen und dachte an die vielen Auseinandersetzungen, die Emma und ihr Vater während der letzten Jahre miteinander gehabt hatten, und wie sie immer wieder eingreifen musste.

„Dad, wir wohnen in Amerika!", schrie Emma, als er ihr damals sagte, dass sie nicht mit jungen Männern ausgehen durfte. Und noch schlimmer, er würde ihr einen netten Iraner als Bräutigam suchen. Oder als der Vater darauf bestehen wollte, dass sie zuhause wohnen und auf einem College vor Ort studieren müsse.

Janet konnte sich an den genauen Dialog erinnern, als ob es gerade gestern statt vor einem Jahr gewesen wäre. Er schrie Emma an, „Du bleibst hier", und Emma schrie zurück, „Das mache ich nicht, Dad. Die Mädchen in Amerika machen es nicht so. Sie gehen weg und leben selbstständig." Die Antwort des Vaters, „Muss ich dich zwingen?" Emmas Antwort, „Du kannst versuchen, was du willst. Ich bin weg." Der Vater drohte, „Wer bezahlt das?" Emma drohte im Gegenzug, „Ich. Ich suche mir Arbeit."

Janet begriff nicht, warum Hooshang, der selbst gegen die Erwartungen seiner Eltern aufbegehrt hatte, als er sie, eine Amerikanerin, heiratete, das Unabhängigkeitsbestreben seiner Tochter nicht tolerieren konnte. Als sie und Hooshang sich an der Universität Kansas kennenlernten und miteinander ausgingen – sie studierte Kunst, er Geologie – hatte er gesagt, er würde die Idee der arrangierten Ehe nicht mögen.

Nachdem beide mit ihren Studien fertig waren und für zwei Jahre in den Iran gingen, hatte Hooshang immer seine Frau gegen die Einschränkungen verteidigt, die seine Eltern und seine Familie ihr vorschreiben wollten. Sie arbeitete in Teheran am Museum für zeitgenössische Kunst, das sowohl moderne als auch antike persische Kunst ausstellte. Seiner Familie gefiel es gar nicht, dass sie arbeitete, aber Hooshang hatte sie unterstützt. Als sie nach Long Island umgezogen waren, hatte diese Erfahrung ihr geholfen, die Stelle bei dem kleinen Regionalmuseum zu bekommen, um dort eine persische Sammlung aufzubauen. Darauf war Hooshang stolz.

Sein Versuch, die Tochter traditionell zu erziehen, war vielleicht darauf zurückzuführen, dass er es nicht ertragen konnte, von seiner Vergangenheit abgeschnitten zu sein, als die Verbindungen zwischen dem Iran und Amerika immer angespannter wurden. Seit ihrer Rückkehr in die USA vor zwanzig Jahren war es wegen der Unruhen nicht einmal möglich, für kurze Besuche in den Iran zu reisen. So versuchte er, an seiner Tochter die Sitten seiner Familie zu praktizieren. Soweit es ging, suchte er iranische Freunde, Fachgeschäfte und Restaurants aus, als könne er bei ihnen Sonnenschein während eines kalten, feuchten Winters fühlen.

Und nun, bei der ersten Chance, die sich eröffnet hatte, waren sie auf dem Weg in den Iran. Er würde dort an einer Konferenz teilnehmen, die den Dialog zwischen den zwei Ländern fördern sollte. Er und seine Familie bekamen Sondervisen. Hooshang, ein Dozent an der Universität Stony Brook, und auch Emma hatten Frühlingsferien. Janet hatte sich zehn Tage Urlaub vom Museum genommen. Von Hooshangs Familie war niemand mehr im Land. Seine Eltern waren tot; der einzige Bruder, seine Onkel und Tanten waren alle in verschiedene Länder ausgewandert. Dennoch sehnte sich Hooshang nach den Straßen und Klängen seines Landes. Und er wollte sie unbedingt Emma zeigen.

„War ich es nicht, die deinen Vater überredete, dich anderswo aufs College gehen zu lassen?", sagte Janet nun zu Emma.

Emma zuckte schmollend mit den Schultern. Janet fand, dass Emmas kindisches Benehmen nicht ihren achtzehn Jahren entsprach. War diese ganze Melancholie den Problemen mit dem Freund zuzuschreiben? Oder war es etwas Tieferes? Sicher war, sie benahm sich seit ihrer Heimkehr in den Frühlingsferien nicht wie sonst. Sie stellte sich verletzlich an, leicht beleidigt. Wenn Hooshang nur geringfügig seine Stimme erhob, kränkte es sie. Sie hatte zugenommen, auch drastische Veränderungen an ihrem Aussehen vorgenommen. Sie hatte die Haare blond gefärbt und trug grüngetönte Kontaktlinsen. Diese Farben zu ihrem bräunlichen Teint ließen sie gekünstelt aussehen.

Kurz darauf kehrte Hooshang zum Sitz zurück und las in seinem Heft weiter. Emma hörte irgendwann auf zu weinen, und für den Rest des Fluges herrschte praktisch Funkstille zwischen den dreien.

***

In der Schlange zur Passkontrolle war Janet nervös und sie spürte, dass es Hooshang genauso ging, denn Emmas Kopftuch rutschte immer wieder ab. Als sie den Zoll und die Passkontrolle auf dem Teheraner Flughafen endlich durchlaufen hatten, war es schon früher Nachmittag.

Janet atmete auf, als sie endlich draußen standen. Sie stiegen in den wartenden Hotel-Minibus ein. Neben Janet saßen zwei Iranerinnen, die sich lebhaft unterhielten. Als sie Janet und Hooshang Englisch sprechen hörten, fing eine der Damen an, Janet freundliche Fragen zu stellen. Warum sie nach Teheran gekommen seien? Wie alt die Tochter sei? Wie lang der Besuch dauern sollte? Janet antwortete nur kurz, sie war noch im Griff ihrer Ängste.

Der Bus bog in eine ungepflasterte, holprige Straße ein, mit einer Moschee sowohl am Anfang als auch am Ende. „Diese Straße ist eher für Esel als für Autos gedacht", sagte die eine Frau scherzhaft. Dann fuhr der Bus auf eine breitere Straße, die von modernen Luxusgebäuden und Hotels gesäumt war. Nach fünfzehn Minuten kamen sie bei dem empfohlenen und kürzlich renovierten Hafiz Hotel an.

Das Hotel mit seiner verschnörkelten und geschnitzten Holzeingangstür und den Marmorböden gefiel Janet. Auch die Säulen mitten in der Lobby und den riesigen Kandelaber, der von der Decke hing, fand sie schön. Aber sie fragte sich, ob Emma das alles nicht als erdrückend empfände. Sie ließen sich am Empfang registrieren. Mit einem diskreten Zeichen rief die Empfangsdame einen in der Ecke stehenden Portier herbei. „Bring sie auf Suite 35."

Emma nahm das kleinere Zimmer, Janet und Hooshang das große. Sie packten ihre Sachen sofort aus, damit sie zum Essen gehen und dann früh ins Bett fallen könnten, da sie alle von dem langen Flug erschöpft waren. Emma hielt sich lange im Bad auf. Nach zehn Minuten war sie immer noch drin. Janet klopfte an die Tür. „Bist du fertig?"

„Hetz mich nicht, Mom." Sie öffnete die Tür und drehte sich dann zum Spiegel, um die Haare zu kämmen.

Janet sah, dass sie wieder geweint hatte. Sie ging hin und küsste sie zärtlich auf ihre feuchte Wange. „Bitte, versuch die Zeit zu genießen. Auf dieser Reise gibt es so viel zu sehen, so viel zu lernen."

Emma nickte abwesend.

Janet kehrte ins Wohnzimmer zurück, wo Hooshang auf der Couch saß und die Nachrichten im Fernsehen anschaute. „Ich weiß nicht, ob man den Nachrichten auf diesem Staatssender trauen kann", flüsterte er, als ob er Angst hätte, ein Regimespion könnte hinter der Tür stehen, um sie zu belauschen.

Aus Angst, jedes Gespräch über den Iran könnte zu einem Streit zwischen Emma und ihrem Vater führen, antwortete Janet darauf nicht. Obwohl er bereit war, gewisse Aspekte der iranischen Kultur selbst zu kritisieren – darunter die Zensur – gefiel es ihm nicht, wenn andere es taten – insbesondere Emma.

Als Emma endlich aus dem Bad kam, gingen sie. Sie liefen in Richtung des nahegelegenen Märtyrer-Ali-Platzes. Die Straßen waren voll mit Menschen, die sich auf dem Heimweg von der Arbeit befanden. Autos und Motorroller brausten vorbei. Läden mit einer Vielfalt an Waren – handgewebte Teppiche, Kleidung, Goldschmuck und Importiertes – waren mit Kunden gefüllt, die mit den Verkäufern feilschten. Sie liefen an einer Moschee, einem alten Palast, einem Park und an einer Reihe von Kunst-Galerien vorbei.

Hooshang eilte voraus, Janet und Emma liefen langsam hinterher.

„Mom, ich fühle mich gar nicht wohl in meiner Haut", sagte Emma.

„Aber warum, Liebes? Du hast doch so viel Positives in deinem Leben. Hat es was mit Ed zu tun?"

„Nein", nuschelte Emma.

„Janet, Emma", rief Hooshang, der ein paar Meter von ihnen entfernt vor einem Restaurant stehengeblieben war. Als sie ihn einholten, sagte er, „Wollen wir hier essen?"

Mashadi Chelo Kebab kannten sie noch aus der Zeit, als sie im Iran gelebt hatten. Janet wollte es gerne wieder mal probieren. Emma hatte dazu keine Meinung.

Das Restaurant war mit kinderreichen Familien gut gefüllt. An den Wänden hingen Poster von historischen iranischen Orten - die zitternden Minarette von Isfahan, die Gärten von Tabriz, Persepolis in Shiraz – und alle befanden sich schon auf ihrem Besuchsprogramm. Blaue Tischdecken passten zu den blauen Fliesen, die den unteren Teil der Wände zierten. Ein Kellner kam und zählte die Tagesspezialitäten auf: Weißfisch, Lammschenkel, in Joghurt mariniertes Hähnchenkebab. Und sie bestellten. Im Hintergrund spielte sanfte persische Geigenmusik.

Es war Emma sichtlich unbequem, dass sie in ihrem Alter gezwungen war, Kopftuch und Manteau zu tragen. Auf jedes Wort, das sie in der Öffentlichkeit sagte, sollte sie aufpassen, wie ihr Vater sie gewarnt hatte. Das war erkennbar belastend, besonders in ihrem aufgeregten Zustand. Janet hatte Schuldgefühle, dass sie und Hooshang Emma unter Druck gesetzt hatten, um sie zum Mitfahren zu bewegen. Emma hatte wohl Recht, dass Janet Hooshangs Wünsche weit öfter berücksichtigte als die von Emma.

Vielleicht hatte es mit den Unsicherheiten zu tun, die Hooshang anfing zu zeigen, als sie in die USA zurückkehrten. Während der zwei Jahre im Iran war Janet diejenige gewesen, die sich mit den verwirrenden kulturellen Bräuchen herumschlagen musste. In den Staaten, auf ihrem Territorium, hatten sie ihre Rollen getauscht. Die Nuancen der amerikanischen Kultur durchschaute er nicht richtig, und noch schlimmer, es gab in den meisten amerikanischen Köpfen ein sehr negatives Bild von Iranern. Weil Janet diese Unsicherheit in ihm spürte, kam es ihr nun so vor, als ob sie oft seinen irrationalen Wünschen nachgegeben hätte.

Sie erinnerte sich an gewisse Vorfälle. Einmal, als Emma sehr spät von einer Party nach Hause kam, hatte Hooshang ihr monatelang verboten, weitere zu besuchen. Janet hatte das einfach akzeptiert. Ein anderes Mal wollte Emma nach einer Geburtstagsfete bei einer Freundin übernachten. Hooshang verbot es ihr, in der Annahme, solche Partys gingen immer wild aus. Auch damals vernachlässigte Janet die Ansichten ihrer Tochter. Sicherlich versuchte sie bei manchen Gelegenheiten, Emmas Anliegen zu berücksichtigen, aber oft genug tat sie es nicht. Und ohne guten Grund.

Hooshangs Stimme holte Janet aus ihren Gedanken zurück. „Erzähle mir von deinem College, deinen Zimmerkameradinnen", sagte er zu Emma in einem Versuch, sie aus sich herauszulocken.

„Es ist wie ein Druckkessel. Um Mitternacht lehnen wir uns aus den Fenstern und schreien. Wir sind wie elende, heulende Hunde."

„Ach, komm, so schlimm kann es nicht sein. Außerdem, es war…" Aber er hörte gerade rechtzeitig auf.

„Ich gehe jetzt spazieren, danach kehre ich direkt ins Hotel zurück", sagte Emma. Sie trank ihr Coca-Cola-Imitat aus und stand auf.

„Ich weiß nicht, ob das eine gute Idee ist. Teheran ist eine Großstadt…", sagte Hooshang.

„Mach dir keine Sorgen. Ich bin vorsichtig", sagte Emma.

„Kennst du den Weg zum Hotel?", fragte Janet.

„Klar, ich laufe nicht weit."

„Sei bitte in einer Stunde zurück", sagte Hooshang. Er nahm den zweiten Zimmerschlüssel aus der Hosentasche und gab ihn Emma.

Sobald Emma verschwunden war, sagte Janet, „Armes Mädchen, sie ist zurzeit so unglücklich."

„Sind nicht alle amerikanischen Teenager so, ich meine, so verwirrt? Sie wollen ihre Unabhängigkeit, aber dann müssen sie den Preis dafür zahlen."

„Ich weiß es nicht", sagte Janet.

Ein kräftig gebauter Mann kam mit Spielkarten in der Hand an ihren Tisch. „Darf ich Ihnen Ihre Zukunft vorhersagen?"

Janet kam fast in Versuchung. In ihrem Gemütszustand, dachte sie, könnte es ihre Seele erleichtern, sich auf den Spaß einzulassen. Aber dann fühlte sie sich plötzlich albern. „Nein, danke", sagte sie.

Der Mann ging weiter zum nächsten Tisch. Das Paar dort war offensichtlich einverstanden, denn er war dabei, die Karten vor ihnen auszubreiten.

Janet und Hooshang kehrten ins Hotel zurück, Emma war aber noch nicht auf ihrem Zimmer.

„Es war ein Fehler, sie alleine weggehen zu lassen.", sagte Hooshang.

„Sie ist achtzehn Jahre alt, eine Frau, kein Kind mehr. Sie geht aufs College."

Er setzte sich auf die Couch und schaltete wieder die Fernsehnachrichten an. Er wiederholte seine Beschwerde von früher. „Alles verzerrt."

Janet zuckte mit den Schultern, ihre Gedanken aber waren bei Emma. Sie musste sich leider eingestehen, dass auch sie es nun bedauerte, ihre Tochter alleine gelassen zu haben. Sie nahm einen Roman aus ihrer Handtasche, setzte sich auf einen Stuhl gegenüber von Hooshang und las. Er schaute immer wieder auf seine Armbanduhr.

„Ich gehe sie suchen", sagte sie.

„Wo wirst du sie suchen?"

„In den Boutiquen, die noch aufhaben."

„Ich gehe mit."

„Nein. Es ist besser, wenn ich alleine gehe. Wenn ich sie gefunden habe, kann ich mit ihr reden."

***

Als Janet die breite Allee herunterlief, schaute sie in den Geschäften nach Emma. Sie hatte das gleiche Panikgefühl wie damals, als ihre Tochter mit fünf Jahren aus dem Haus in Setauket abgehauen war. Sie war nach draußen gegangen und hatte die Kleine auf der Straße gesucht. Letztendlich entdeckte sie sie in dem Wald, der sich hinter ihrem Garten erstreckte. Nun aber musste sie sich daran erinnern, dass Emma kein Kind mehr war, und dass sie schon seit einem Jahr selbstständig lebte.

Die Luft roch nach Gewürzen, ein Aroma, das sich mit dem Duft von unbekannten Pflanzen und Dieselabgasen aus alten Autos mischte. In den Geschäften war Emma nirgendwo zu sehen. Sie drehte sich um und ging zum Mellat Park. Im Park schaute sie sich um. Es war dort gut beleuchtet und voll von Familien, die spazieren gingen, oder die sich auf dem Rasen oder auf Bänken ausgebreitet hatten. Kinder kauften Zuckerwatte und Luftballons von Straßenverkäufern.

Janet ging in eine abgelegene Ecke des Parks hinein. Sie sah jemanden, der alleine auf einer Bank saß. Als sie nähertrat, erkannte sie den blauen Manteau, den Emma trug. Sie ging rasch auf sie zu und rief ihren Namen. Angesichts von Emmas Traurigkeit verflüchtigte sich das Gefühl der Erleichterung schnell. Sie sah so allein aus. Janet fühlte sich noch schlechter, als sie im hellen Mondlicht sah, dass Emmas Gesicht wieder nass von Tränen war.

Janet setzte sich zu ihr. „Mein Liebling, es bricht mir das Herz, dich so unglücklich zu sehen. Was ist denn los? Du weißt doch, wie ich dich liebe, wie viel du mir bedeutest."

„Wenn ich dir etwas erzähle…nein…du sagst es Dad. Du sagst ihm alles."

„Ich verspreche es dir, dass ich ihm nichts sage. Bitte erzähle es mir", sagte Janet.

„Mom, ich bin im zweiten Monat schwanger."

Eine Schockwelle ließ Janet heiß und kalt werden. „Ist es von Ed, weiß er Bescheid?"

Emma schüttelte den Kopf. „Ich will nicht, dass er denkt, er sei in eine Falle geraten."

„Immerhin, du könntest es mit ihm besprechen", sagte sie mit Mühe.

Emma schwieg und starrte auf den Boden.

Sie hätte es wissen müssen, dachte Janet. Das Zunehmen, wie sie so gierig aß. „Wenn wir wieder zu Hause sind, gehen wir zu meinem Frauenarzt. Er wird uns empfehlen, wie wir weiter verfahren sollen."

Emma hatte bestimmt noch gar nicht rational überlegt, was aus dem Kind werden sollte. Sie schien in einer Luftblase der Schmerzen eingeschlossen zu sein. Janet umarmte sie. „Nicht traurig sein. Zusammen schaffen wir das."

Nach einigen Minuten standen sie auf und kehrten ins Hotel zurück. Gerade bevor sie in die Lobby eintraten, sagte Emma, „Du sagst ihm nichts, nicht wahr?"

„Versprochen", sagte sie und überlegte gleichzeitig, wie sie es schaffen würde, etwas so Wichtiges Hooshang zu verschweigen. Außerdem, wie sollten sie das Baby verstecken, nachdem es geboren würde?

„Ach, ihr seid zurück", sagte Hooshang, als sie durch die Tür kamen. „Das ist gut."

Emma ging sofort auf ihr Zimmer. Janet sagte lediglich, „Sie war im Park."

***

Janet lag neben dem schlafenden Hooshang, konnte aber nicht einschlafen. Die Lage war kompliziert. Was sollte sie machen, damit die Sache gut für Emma ausgehen würde? Sie dachte daran wie sie selbst, als sie aufwuchs, oft sauer auf ihre Mutter war, weil sie bei gewissen Angelegenheiten automatisch auf der Seite des Vaters stand. Ihre Mutter war eine schüchterne Frau gewesen, die sich ihrem sie bevormundenden Anwaltsgatten immer unterordnete. Sie arbeitete als Sozialarbeiterin und nahm Urlaub, als sie mit Janet schwanger wurde. Dann, als Michael auf die Welt kam, blieb sie für immer zuhause. Die Wahrheit war aber, dass nur wenige ihrer Freundinnen damals in Houston, wo sie aufgewachsen war, sich für eine Karriere interessiert hatten; sie unterwarfen sich ihren Männern. Dennoch spürte Janet manchmal bei ihrer Mutter einen Hauch von Niederlage, gar Bitterkeit.

Als Janet sich entschied, Hooshang zu heiraten, war ihr Vater strikt dagegen. „Er stammt aus einer fremden Kultur, einer fremden Religion. Das wird nicht funktionieren."

Ihre Mutter stimmte ihm zu, ohne sich irgendwelche eigenen Gedanken dazu zu machen. Infolgedessen heirateten Janet und Hooshang in einer Kirche ohne ihre Verwandten. Ihre waren eben dagegen, die seinen waren zu weit weg. Später, als sie in den Iran zogen, mussten sie erneut vor einem muslimischen Imam heiraten, damit die Ehe dort juristisch anerkannt wurde.

Nun fühlte sich Janet von Schuldgefühlen überwältigt. Ja, sie beschäftigte sich gänzlich mit Hooshang, hatte Emmas Bedürfnisse außer Acht gelassen. Vielleicht war schwanger zu werden ein Hilferuf von Emma.

Sie musste an ihre eigene Schwangerschaft denken. In den ganzen neun Monaten war sie überglücklich, auch als sie dann dem Baby beim Wachsen zuschaute. Sie hatte noch Kindersachen von Emma aufgehoben - Kuscheltiere, eine Stoffpuppe, Babydeckchen in rosa und blau - alles in einem Schrank aufbewahrt. Sie war aber damals in einem Lebensabschnitt, in dem sie auf ein Kind vorbereitet war.

Für Emma war es anders. Ein Kind zu haben würde ihr in einem viel zu jungen Alter eine große Verantwortung aufbürden. Sie hatte vermutlich Recht, Ed nichts davon erzählen zu wollen. Das bisschen, das Janet von ihm wusste, sagte ihr, er wäre noch nicht bereit, sich mit Frau und Kind niederzulassen. Er und Emma waren schon seit dem letzten High-School-Jahr ein Paar und gingen dann zusammen auf dasselbe College. Dennoch hatte er Emma gesagt, sie sollten auch mit anderen ausgehen. Er war gutaussehend und lebhaft, und leider nicht zuverlässig. Schon auf der High-School hatte er sie eines Samstagabends sitzen lassen. Später stellte sich heraus, dass er mit einer anderen ausgegangen war.

Wenn Emma das Kind behalten sollte, würde es für ihr Studium einen herben Rückschlag bedeuten, würde die ganze Spannung zuhause immens steigern. Es wäre schon möglich, dass eine Abtreibung die einzige Lösung wäre. Sie müsste Emma helfen, diese Entscheidung zu treffen.

Offensichtlich fand auch Emma es schwierig einzuschlafen. Janet hörte, wie sie öfters aufstand, um ins Bad zu gehen. Es war fast Sonnenaufgang, als Janet endlich einschlief.

Als Janet später wach wurde, war Emma schon weg. Hooshang schlief noch. Draußen schien die Sonne. Die hohen Zypressen, die

Kuppeln und Minarette waren in goldenes Licht gebadet. Sie zog sich schnell an, damit sie rausgehen könnte, um Emma zu suchen. Im Park gegenüber dem Hotel fand sie sie auf einer Bank sitzend. Sie war tief in Gedanken. Eine große Entscheidung stünde ihr bevor, dachte Janet.

Sie fühlte tiefes Mitleid mit der Tochter, die verwirrt und ängstlich war, nicht mit Hooshang, der ausschließlich Emma die Schuld geben würde. Die Zeit war gekommen, Emma zu zeigen, dass die Mutter sie mindestens so stark liebte wie ihren Mann. Mit diesem gemeinsamen Geheimnis fühlte sich Janet in dem Moment Emma näher als Hooshang oder irgendjemandem auf der Welt.

Ohne Zweifel lagen Probleme auf dem Weg, große Entscheidungen mussten getroffen werden. Dennoch fand Janet vorerst einmal die Nähe zu ihrer Tochter berauschend.

Übersetzerin: D C Hubbard

Weinfarbene Nostalgie
Miodrag Kojadinović

Die ganze Nacht ist sie mit einem wackeligen Zug angereist, und jetzt stehen wir früh auf, um sie an einem düsteren Herbstmorgen vom Bahnhof abzuholen. Während die Mutter meines Vaters ungefähr eine Meile von uns entfernt wohnt, in derselben trübseligen Belgrader Satellitenstadt, die nur aus Wohngebieten und Lebensmittelindustriebetrieben besteht, kommt Oma Ruža aus dem Osten, woher auch die ganze Familie stammt. Sie selbst lebt nicht in der alten Bischofsstadt, in der ich geboren wurde, sondern wohnt mit meiner Tante in der Nähe in einem neu errichteten Industrie- und Verwaltungszentrum. Nur gelegentlich kehrt sie zurück zu unserem Familiensitz, der versteckt in den Weinbergen auf sonnigen Hügeln in der Nähe des Timok-Flusses liegt, dessen Wasser, das nun von der Kupferverarbeitung verseucht ist, in den frühen Erinnerungen meiner Schultage für immer herrlich klar aussehen wird.

Am Bahnhof fährt die Elektrolok mit einem langen Zug ein. Unter den wenigen Passagieren, die hier aussteigen, befindet sich unsere freudestrahlende Oma. Papa nimmt ihr die große Ledertasche ab. Sie umarmt mich und sagt Papa, dass er vorsichtig sein solle: Da sei ein Kuchen drin. „Mama arbeitet immer noch als Lehrerin, was?" fragt sie, während wir zum Auto gehen. Später sitzen wir alle am Tisch, und ich blase die elf rosafarbenen Kerzen aus, die auf dem dick glasierten, tief grünen Geburtstagskuchen in der Form eines Kleeblattes stehen. Die Kindergeburtstagsparty findet erst am Samstag statt, das hier ist eine reine Familienangelegenheit. Ich habe die Geschenke von Mama und Papa schon am Vorabend bekommen, nachdem ich geschmollt hatte, weil ich nicht bis zu meinem Geburtstag warten wollte. Heute Abend darf ich vielleicht sogar ein Glas von dem jungen Wein trinken, den Großmutter mitgebracht hat, obwohl er in diesem Stadium tatsächlich nur süßsaurer, gärender Traubensaft ist – in der Farbe von Mamas Korallenkette – und nur ein bisschen prickelt. Er ist erst vor fünf Tagen aus den Trauben unseres eigenen Weinbergs gepresst worden; natürlich hatte Großmutter Pflücker anheuern müssen.

Der Weinberg, das Land, die Wälder, Weinkeller, Geschäfte, das Geld auf der Bank, die Autos, Ställe mit Pferden und das Familienhaus inmitten eines großen, mit Mauern umgebenen Hofes – all das war vor langer Zeit enteignet worden, vor meiner Geburt, weil mein Urgroßvater nach England geflohen war, wo der König im Exil lebte. Später wurde das Haus zurückgegeben, weil es Urgrossmutters Mitgift war; es war aber baufällig und von den Kommunisten stark beschädigt worden. Diese jungen Kommunisten aus dem Hochland hatten keine Ahnung von Landwirtschaft und waren unfähig, ihren Prototyp der „heilen Welt" in einem grünen Tal zu bewirtschaften. Sie hielten die Beschäftigung von Erntehelfern für Ausbeutung, und weil sie nicht in der Lage waren, selbst auf ihren Kolchosen zu arbeiten, verrotteten selbst die Früchte, die von allein auf den überaus fruchtbaren Feldern wuchsen. Der Weinberg war verwildert, und Großmutter brauchte zwei Jahre, nachdem sie ihn von der kommunistischen Kommunalverwaltung zurückgekauft hatte, um ihn zu rekultivieren. Aber sie hat es geschafft, und dieser Erfolg zählt: Der Weinberg hatte uns vor der Tragödie des Krieges gehört, und jetzt war er wieder im Besitz unserer Familie.

Keine Revolution kann auf Dauer Bestand haben. Diese Wahrheit hat mir der junge Wein, der vor mir auf dem Tisch stand, vermittelt. Er war das Bindeglied, das mich mit meinem Ur-Urgroßvater verband; er war Kaufmann gewesen und hatte in den Sechzigerjahren des 19. Jahrhunderts einen öffentlichen Brunnen erbaut. Dass es jemanden gab, nämlich Großmutter, der diese Flasche Wein – und auch den Kuchen – vierhundert Kilometer weit transportierte, gab mir ein Gefühl von Beständigkeit. Der Wein rief Erinnerungen wach an warme Sonnenstrahlen, die mein Gesicht streichelten, als ich hoch in den Himmel flog auf einer Schaukel, die an dem alten Kirschbaum des Gutshauses angebracht war. Er roch nach frischem Wind auf Gerstenfeldern. Er verkörperte eine Befreiung von gesellschaftlichem Druck, das Recht, anders sein zu dürfen, sowohl als Individuum als auch als Familie. Und er machte mich beschwipst.

Als ich mich selbst zu Bett gebracht hatte, kam Oma, um mir gute Nacht zu wünschen. Da wusste ich, dass ich, solange ich dieses Quäntchen Sturheit in mir tragen würde, menschlich bleiben würde.

Meine Generation ist eine, die in den meisten Ländern keine wirkliche Verbindung zur Generation unserer Eltern herstellen konnte, vor allem nicht in den Ländern, die mit dem Kommunismus experimentiert haben. Aber einige von uns waren in der glücklichen Lage, eine Brücke zu unseren Großeltern zu schlagen. Heute noch schreibt mir meine inzwischen hochbetagte Großmutter lange, weise und liebevolle Briefe, die mir helfen, das Exil an der kanadischen Pazifikküste durchzustehen. Sie sorgt sich um mich. Sie teilte meine Freude damals, als ich Stipendien bekam, die mir die Flucht aus dem Land ermöglichten, das sie nie verlassen hat. Und ich mag meinen Wein immer noch Rosé halbsüß, und leicht prickelnd.

Übersetzer: Frank Joußen

Erntedank – Leo Hoffmann

Die Töchter haben die besten Batist-Tischtücher aus Oma Saschas
Mitgift hervorgeholt, gewaschen und gebügelt. Das Tafelsilber, die
Kristallgläser und die gestärkten Servietten, die das ganze Jahr über
in der Anrichte mit den feinen Intarsien harren, nun kommen sie ans
Licht. Der Tisch in der guten Stube ist zur Tafel ausgezogen und
reicht doch nicht für alle. Früher haben die Söhne aus dem Gemein-
desaal Tische und Stühle geholt, heute tragen die Enkel sie nach
oben. Auf Omas Batist stehen, wie mit dem Lineal ausgerichtet, tiefe
Teller, flache Teller und Dessertschälchen – das gute Geschirr mit
dem Goldrand.

„Drei Gänge nur!", hat Vater befohlen: „Völlerei ist verwerflich!"
Dafür aber gibt es Kaffee und Kuchen, später, im Garten des Pfarr-
hauses unter den alten Eichen.

Ist an alles und alle gedacht? Steht die Wasserkaraffe mit der sil-
bernen Montur vor Oma Sascha? Liegen Zigarrenkiste, Zündhölzer,
Taschen-Guillotine und Ascher bei Opa Will? An Opa Ernsts Platz
fehlt noch seine Bibel, damit er die alljährliche Ansprache halten
kann – nicht, dass er sie bräuchte: Er kann sie auswendig. Doch er
konzentriert sich leichter, wenn seine Rechte auf ihrem abgeschabten
Leder ruht.

Wulf und Sighild sitzen weit auseinander, damit alles gut geht.
Freyas Tischkärtchen steht neben Runes, für Notfälle...Die Enkel sitzen zwischen den beiden Familien. Bereit einzuspringen.

Falls etwas fehlt.

Was aber sollte fehlen?

Die Urenkel!

Nein, nein: Für die ist in der Küche gedeckt, am Katzentisch.

Die Gänse haben sie aus einer Zucht an der Oder kommen lassen
– wie früher. Ihr Bratenduft durchzieht das ganze Haus. Gleich kocht
das Wasser für die „grienen Knödel". Ist auch wirklich genug Salz im
Rotkraut?

Hoch schwingt die Schaukel, die Onkel Hildur vor Urzeiten gebaut hat. Dass sie noch immer funktioniert! Beinahe ein Wunder. Kreischend toben die Kinder mit dem Dackel durch den Sandkasten. Sie werden tüchtig Hunger haben, und Paul, der Jüngste, aufgeschürfte Knie. Ach nein, Paul ist ja gar nicht mehr der Jüngste. Hat nicht die uneheliche Tochter von Stella kürzlich...ein Mädchen? Auch unehelich? Mein Gott, wo soll das hinführen? Wo ist der Hochstuhl? Wo das Kinderbesteck? Die Lätzchen?

Gong!

Wer ruft denn jetzt schon zu Tisch?

Die Suppennocken sind noch nicht gar gezogen!

Gong! Händewaschen!

Das Waschen dauert. Wie jedes Jahr. Dabei gibt es vier Waschbecken im Haus. Sie sind so sauber gescheuert, dass man sich darin spiegeln könnte: Oma Sascha kann sich nicht beklagen. Neben ihnen stapeln sich Gästehandtücher und bei jedem Wasserhahn liegen frische Seifenstücke. Sogar an Erfrischungstücher hat jemand gedacht. Leider ließ sich kein Uralt Lavendel mehr auftreiben. Hoffentlich tut es Kölnisch Wasser auch.

Die Nocken sind durch. Die Kinder warten. Gegen die Flecken auf Opas und Omas Händen hilft keine Seife. Blicke wandern über die Tafel, hinüber, herüber, weitergereicht von Augenpaar zu Augenpaar.

Schultern zucken fast unmerklich. Seufzer liegen in der Luft, einer neben dem anderen, eng gepackt, – unhörbar. In den Terrinen erkaltet die schlesische Hühnerbrühe samt den Einlagen.

Alles zögert.

Aus der Küche ertönt Geschrei. Sighild entscheidet, dass man den Urenkeln jetzt servieren dürfe. Wulf hat Einwände, um die Sighild sich nicht schert – wie immer. Ein Konzert aus Besteck- und Gläserklirren klimpert durch den Flur. Darüber Gekicher. Mehrere Mütter schnellen von ihren Stühlen: Hurra, es gibt Dinge zu regeln. Genussvoll verschwinden sie Richtung Küche.

„Also das wäre zu unserer Zeit..."

„Ungezogene Gören!"

Missgelaunt erscheinen die Ältesten an der Tafel. Prompt tritt Sighild mit einer Suppenterrine in den Türrahmen. Freya scheucht sie zurück: Opa Ernst hat seine Rechte gerade erst auf die Bibel gelegt. Es kann noch dauern.

Aus dem Flur hört man: „Da kann er ja gleich beten, dass die Nocken sich wieder zusammensetzen." Wulfs Stuhl knarrt, so heftig schiebt er ihn nach hinten. Seine Serviette fällt zu Boden. Ises Hand greift seinen Arm.

„Wulf!" Opa Ernst sagt es leise. Trotzdem zuckt sein Sohn zusammen, als hätte er eine Ohrfeige bekommen. „Erstes Buch Mose, Kapitel 8, Vers 22?"

Es ist mehr Befehl denn Frage. Folgsam röten sich Wulfs Wangen.

„Solange die Erde steht, soll nicht aufhören Saat und Ernte, Frost und Hitze, Sommer und Winter, Tag und Nacht."

„Prediger, Kapitel 9, Vers 7!"

Wulf greift kurz an seinen Bart. Ein Krümel getrocknetes Eigelb bleibt in seinen Fingern. Hat sein Vater es gesehen? Warum weist niemand ihn darauf hin? Er blickt über den Tisch. Wer will ihn hier lächerlich machen? Alle sehen ihn an.

„Prediger, Kapitel 9, Vers 7!" wiederholt sein Vater.

„So gehe hin und iss dein Brot mit Freuden, trink deinen Wein mit gutem Mut; denn dein Werk gefällt Gott", erwidert Wulf nach kurzem Stocken.

„Ganz so laut muss es nicht sein, junger Mann", belehrt ihn Opa Will, „du stehst ja nicht auf der Kanzel!" Zu Rune gewandt, flachst er: „Soll ich die Zigarre gleich anzünden oder bekomme ich vorher meine Suppe?"

Oma Sascha setzt einen Blick auf, der die Zöglinge im Frauengefängnis, dem sie vor ihrer Hochzeit vorstand, zur Vernunft gebracht hat. Bei Opa Will aber hat er noch jedes Mal seine Wirkung verfehlt. So auch heute. Bevor sie dem Schwiegervater ihres Sohnes Benimm abfordern kann, zieht Opa Ernst seine Hand vom Buch der Bücher: Dass auch für die Heiden Ernte sei und Dank, Amen! Er lächelt jovial und lässt den Goldschnitt-Band in seine Jackentasche gleiten.

Aufs Stichwort „Amen" erscheinen Sighild, Rune und die erste Enkelin mit den Terrinen. Ise und Freya helfen ihnen beim Schöpfen. Die Suppeneinlagen sind Ruinen. Oma Eva runzelt die Stirn.

Niemand sagt etwas. Beim Essen spricht man nicht. Nicht im Pfarrhaus, jedenfalls.

Löffel klappern. Servietten rascheln.

Hat da jemand: „Hübsches Porzellan!" gemurmelt?

Wohlig dehnt sich Oma Sascha: „Meißner Streublümchen, aus meinem Elternhaus in..!"

„Ihr durftet ja alles in die amerikanische Zone umsiedeln!" fällt Oma Eva ihr ins Wort. „Wir aber, gerade das nackte Leben haben wir gerettet!" Sie legt ihren Löffel beiseite. „Ich habe den Kindern das Wärmste angezogen, was sie hatten, alles übereinander! Bitterkalt war ihnen trotzdem, den armen Würmern."

Opa Will wehrt einen Angriff ab, der jetzt gleich kommen muss: „Die 1. Ukrainische Front war einfach viel schneller als wir errechnet hatten."

„Strategisch hat sich die Heeresgruppe Mitte wahrlich nicht mit Ruhm bekleckert!", kichert Opa Ernst.

Doch vor anderen lässt Oma Eva nichts auf ihren Mann kommen – von den Schwiegereltern ihrer Ältesten schon gar nicht. Stakkato wie der Propagandaminister reiht sie die Sätze aneinander: Wie sie seit Tagen das Bombardement östlich der Oder hören. Wie der Horizont hinter Steinau sich in den Nächten rot verfärbt. Wie Rauchwolken über die Oder ziehen. Wie sie das, was sie tragen kann und was in Runes Kinderwagen passt, zusammenpackt, als das Donnern kein Ende nehmen will. Wie sie ihre Eltern umsonst anfleht, mitzukommen. „Das Haus, den Garten, das Dienstmädel, alles mussten wir verlassen!"

„Das Haus? Das gehörte doch der Partei!", fällt ihr Schwiegersohn ein.

„Und eure Hütte? Die jehört och nich euch, sondern der Kirche! Wenn ihr in die Grube fahrt, dann ham diese Schönheiten hier och `n Ende!" Evas Enkelin Susanne verfällt gerne in Berliner Schnauze, wenn sie sich aufregt, dabei ist sie in Mittelfranken groß geworden.

„Susel, hilf beim Teller abräumen, bitte", nuschelt Sigurd in seinen roten Vollbart. Alle staunen. Sigurd steht seinen Kindern selten bei. Lieber schweigt er.

Energisch fährt seine Mutter fort und ihm beinahe über den Mund: Mit fünf Kindern, Rune gerade ein Jahr alt und Hildur, der

Älteste, acht, allein unterwegs, in Eiseskälte! Erst im Zug, wo ihr der Bahnhofsvorsteher noch ein Abteil für die Kinder freimachte, schließlich war sie ja die Frau von...Opa Wills Rang in der Partei des tausendjährigen Reichs schluckt sie herunter.

„Ja, was denn nun? SS oder SA oder Gauleiter oder was?" will eine Stimme wissen.

„Schließlich war man ja nicht irgendjemand!" rundet Oma Eva ab und greift zu ihren Tabletten. Im Lkw, bei den nächtlichen Einquartierungen auf Strohsäcken in Scheunen oder in den Betten gefallener Söhne, auf dem Ochsenkarren, wo der stille Sigurd beinahe erfroren wäre, im Auffanglager Furth im Wald, da war sie niemand, eine unter vielen. „Alles verloren! Nischt ham wer mehr jehabt."

Ihre Tochter Sighild und ihre Enkelin Susanne klappern vernehmlich mit den Tellern. „Nischt" – sind fünf Kinder und deren neun Enkel „nischt"?

„Beim Holz sammeln ham 'se uns verjagt und beim Beeren pflücken, die Bauern und der Förster! ‚Pilze gefunden? Abgeben!'", erinnert sich Hildur. „Die Wälder, die waren wie leergefegt. Da lag keine Nadel auf der Erde."

„Geteilt mit uns? Nur unter Zwang! Ihre Hunde haben sie auf uns gehetzt." Bitter klingt Oma Evas Stimme.

„Habt ihr denn vorher geteilt?"

Na, na! Wer stellt denn solche Fragen! Oma Eva zieht die Augenbrauen hoch. Natürlich, der unverheiratete Enkel. „Warte nur, bis du fünf Kinder durchbringen musst, dann frag' mich nochmal", bescheidet sie ihm.

Oma Sascha fröstelt angesichts der Russen, die im Februar 1945 in Oschatz an der Tür klingelten. „Ich habe damals geöffnet! War ja der einzige Mann im Haus", sagt Wulf stolz. Denn Opa Ernst stand, alle am Tisch wissen es, statt auf der Kanzel für seinen Herrgott, für sein Vaterland an der Flak.

„Ehm", räuspert sich jemand. „Es heißt doch, ihr sollt nicht töten?"

Opa Ernst reibt seine Schläfen. „Nein, das heißt es nicht. Du sollst nicht morden! Fünftes Buch Mose, Deuteronomium", berichtigt Wulf. Seine Söhne, Ernsts Enkel, dienten jeweils 12 Jahre bei der Bundeswehr, als diese noch nicht in Krisengebiete einmarschierte.

Ist Kriegsdienst Gottesdienst?

Opa Ernst blickt in die Runde: „Ich habe weder das eine, noch das andere! Ich stand am Scheinwerfer – mit sechs Kameraden! Geblendet nur haben wir die Scouts! Geschossen haben andere!"

Eigentlich müsste in diesem Moment das Tischtuch reißen wie dazumal der Tempelvorhang. Doch Batist ist geduldig. Eine Sonnenfinsternis findet nicht statt. Der Lutherbüste auf dem Kamin, wächst ihr kein zweifingerbreites Oberlippenbärtchen?

Opa Will lobt die Suppe: „Schmeckt wie die Truppenverpflegung in der Etappe – die allerdings war wärmer!"

„Wir bekamen von Suppe nur mehr das Wasser!" wirft Ise ein. Sie war 15 oder 16, als der Krieg aus war. Mittlerweile sitzen ihre tantenhaften Kostüme straff auf überbreiten Hüften. Ist der Dauerhunger geblieben?

Für ihren Einwurf kassiert sie einen kalten Seitenblick ihrer Mutter Sascha. Sie schließt die Augen und presst die Lippen aufeinander.

„Ihr habt schlesische Suppe gefuttert?", fragt einer, „mit Einlage?"

Opa Will nickt: „Klar. Wir waren die erste Garde hinter der Front. Die Strategen. Zigarren, Alkohol, Mercedes, Weiber – war alles da!"

„Dafür also bekamst du dein eisernes Kreuz?", fragt Sighilds Tochter. Sie sagt nicht: „Für Rauchen, Saufen, Ficken und den Krieg verlieren?" Trotzdem haben einige es gehört. Gläser zittern.

„Wohlfeil!" nickt Opa Ernst, der kein Kreuz bekommen hat.

Oma Eva greift nach ihren Tabletten. Köpfe senken sich über die Teller. Niemand fragt Opa Will, wie Zyklon B aussieht.

Keiner will wissen, warum eine seiner Enkelinnen, die zarte, sich ausgerechnet mit Blausäure umgebracht hat.

„Und du, Ernst? Woher denn stammt sie, die hübsche Anrichte da hinten? Und deine Briefmarkensammlung erster Klasse? Lag die nicht in diesem ‚Judenschränkle', genauso wie die Ohrringe deiner Gattin?" Opa Wills Gegenschlag ist ein Treffer.

Alle Köpfe wenden sich zur Anrichte.

Wulf verschluckt sich und hustet hart. Die Anrichte wird sein Erbe sein. So ist es besprochen. Oma Sascha greift sich an die Ohren. Opa Ernst duckt sich in den Schützengraben: „Diese Anrichte habe ich bei einem Gebrauchtwarenhändler erstanden. Wir konnten uns doch keine neuen Möbel leisten, damals. Die Kirche zahlt weniger als die Partei!", zündet er sein Sperrfeuer. „Ihr Geheimfach? Das habe ich erst nach dem Krieg entdeckt."

„Trotzdem hast du sie ‚Judenschränkle' genannt, als du letztes Jahr den Kirsch weggeräumt hast!", erinnert sich Sighilds Älteste, die selten den Mund hält.

Selbst wenn er wollte, könnte Ernst nicht antworten, denn Opa Will belfert: „Macht uns den guten Hirten, aber sich erst bereichern und sich dann von den Amis festnehmen lassen! Wäre ich an einem 150 cm Flakscheinwerfer 34 gestanden, hätte ich sie mit der 8,8er rangenommen, unterm Horizont, alle!"

Es riecht verbrannt. Die Maiden vom Reichsarbeitsdienst tragen die Gänse auf.

Als der Vater die Fenster öffnet, setzt jemand nach: „Die Hitlerbüste auf eurem Oschatzer Kamin? Die ist da von selbst hinaufgesprungen, oder?"

„Ohne Büste? Das wäre lebensgefährlich gewesen", weist Vater Wulf, der bei den Pimpfen war, ihn zurecht.

„Ihr Nachgeborenen, ihr wärt ja alle schon in den Windeln in den Widerstand gegangen! Dass wir ohne diesen Widerstand heute noch in Moskau säßen, das darf man in diesem Land ja nicht laut sagen. Trotzdem: Prost!" Opa Will hebt sein Glas. Oma Eva wirft Rune einen warnenden Blick zu. Aber Rune hat schon zum Glas gegriffen und leert es in einem Zug.

Schweigen breitet sich aus. Schweigen und der Duft von Gänsebraten mit Rotkraut und Klößen. Die Teller stehen Gewehr bei Fuß.

Als eingefleischte Pietistin betet Oma Sascha auch vor dem zweiten Gang: „Komm Herr Jesus, sei unser Gast! Segne, was du uns bescheret hast. Amen!"

Und Herr Jesus kommt, sechs Millionen Verwandte im Schlepptau. Sie passen nicht auf den leeren Stuhl von Wills Ältester – Wulfs Frau, die sich vor den Regionalzug legt, lange nach der Flucht.

Sie passen auch nicht auf den von Wills Enkelin, die eine Kapsel Blausäure schluckt, lange, lange nach der Flucht.

Nicht auf den von Rune, die auf dem Boden kauert, weil der Alkohol sie übermannt, lange, lange, lange nach...

Nicht auf den Schoß von Saschas Tochter, die auch lange nach der Flucht nicht geheiratet hat – weil die Russen am Pfarrhaus klingelten?

Nicht auf den von Sighilds erster Tochter, die sich in ihrer Familie fühlt wie ein Findelkind, seitdem sie drei Jahre alt ist.

Und nicht auf den von Caio, der seit einem Jahr nicht mehr in der Arbeit war, wegen „Rückenschmerzen", sagt er. Auf seiner Krankschreibung aber stehen „Angststörung" und „Burnout".

Die sechs Millionen klemmen sich auf den Platz der Enkelin, die pünktlich zum Erntedankfest immer verreist.

Die Großeltern bearbeiten Gänsebrust und Keulen. Sie reißen dampfende Knödel auf, beschöpfen sie mit Sauce, klauben die Gewürznelken aus dem Rotkraut.

Ihre Kinder haben das Besteck beiseitegelegt und stieren auf den Boden. Der Boden glotzt zurück durch die Brillen, die zuhauf auf ihm liegen, Brillen über Brillen über Brillen.

Fassungslos beobachten die Enkel, wie sich der Tisch mit Zähnen schmückt, Zähnen mit abgebrochenen Wurzeln aber goldenen Kronen und Füllungen, Brücken, Gebissteile, die glänzen, wie der Rand von Oma Saschas Meißner.

Vater Wulf schließlich haut auf den Tisch. Danach haut er sich voll. Er wird sich übergeben müssen. Wie jedes Jahr!

Die Quarkkäulchen mit Apfelmus schmecken nach Asche.

Zum Glück essen die Urenkel am Katzentisch. Ihre Hände sind ungewaschen, voller Sand und Grasflecken. Dem Himmel sei Dank!

Triptychon-Agon – Earl Livings

I

Um Nina und Sally zu entfliehen, läuft Paul auf seinen Lieblingsbaum zu, eine blühende Akazie, die am Zaun in der Nähe des Vorgartens steht. Bevor er dort ankommt, öffnet sich die Hintertür. Sein Vater springt die Stufen hinab und packt Paul am rechten Arm.

„Warum hast du deine Schwestern so beschimpft?" brummt und grölt die Stimme.

„Huh?"

Der Mann reißt am Arm des Jungen, beinah hebt er Paul vom Boden.

„Spiel nicht den Dummen, obwohl ich manchmal denke, es ist gar kein Spiel. Ich habe von der Küche aus gehört, wie du sie beschimpft hast."

„Ich…ich habe es nicht so gemeint."

Er schleppt Paul ins Haus und dann ins Bad, das kaum groß genug für zwei ist. Er schmeißt die Tür zu.

„Warum hast du geflucht?"

„Weil sie mich geärgert haben. Sie wollten von mir nicht hören, wie man ein Spielhaus baut. Mit Klinkern, Holz und Decken könnten wir ein zweistöckiges bauen. Sie haben mich ausgelacht."

„Das ist keine Ausrede."

„Aber sie haben mich auch beleidigt."

Der feste Handgriff seines Vaters verursacht ein Gefühl wie Brennnesseln. „Ich habe aber nichts gehört."

„Sie haben mich ein Besserwisser genannt."

„Aber warum hast du geflucht?"

„Es ist nicht fair. Es ist nicht meine Schuld."

Noch einmal wird sein Arm verdreht und Paul erinnert sich daran, wie er einmal einen Ast vom Apfelbaum abgerissen hatte, um Pfeil und Bogen zu machen.

„Du bist nie schuld!", sagt der Vater. „Und du hast meine Frage nicht beantwortet."

Paul schaut auf den Heißwasserkocher, den die Kinder immer nach ihrem samstäglichen Bad saubermachen müssen, auf den Linoleumboden, auf alles, nur nicht auf das unrasierte, rote Gesicht seines Vaters.

„Weil es hilft."

„Hilft was?"

„Weiß ich nicht. Es scheint zu helfen. Danach…danach fühle ich mich besser."

Der Vater schnappt das Stück Seife vom Waschbecken und dreht das Wasser auf. „Schauen wir mal, wie das sich anfühlt."

Paul beißt die Zähne zusammen, aber die nikotinverfärbten Finger des Vaters klemmen seine Nase zu und hebeln seine Kiefer auseinander.

„Nein, nein, nein", sagt Paul.

Der Vater stopft das nasse Stück Seife in den Mund und dreht es herum. „Das hast du dir selbst eingebrockt."

Während die Seifenlauge ihn spucken und würgen lässt, versucht Paul, sich loszureißen, aber der Vater hält seinen Kopf fest.

Paul zittert und winselt, als der Vater die Seife herauszieht und seine Hände abspült. „Mache es wieder und es gibt wieder dasselbe."

Der Vater schließt die Tür hinter sich.

Wild hechelnd, kneift Paul seine Augen zu gegen die Tränen. Er schöpft Wasser in den Mund und spuckt die Lauge wieder raus. Bei dem Versuch, Seifenstücke aus dem Waschbecken zu kratzen, verkrampfen sich seine Finger.

Er hört nicht auf zu zittern.

„Verdammt ist in der Bibel, verdammt ist in dem Buch.

Wenn du auch nicht glaubst, es ist kein verdammter Fluch."

II

Nachdem Pauls Vater hin und her am Anlegesteg entlang geschwommen ist, steht er nun da, mit den Händen auf den Hüften, und ist kaum außer Atem. Wasser tropft von seinem drahtigen, gebräunten Körper ab.

„Ich habe Schwimmen gelernt, als dein Onkel Joe mich an einer tiefen Stelle des Flusses in der Nähe von uns ins Wasser geschmissen hat, auch bevor ich zu den Meerespfadfindern gestoßen bin. Wenn du nicht aufpasst, passiert das dir auch."

Die Familie ist zu einem Strand in der Bucht gefahren. Nachdem die Kinder stundenlang im flachen Wasser geplanscht, Sandburgen gebaut und Ballspiele und Fangen gespielt haben, bringt Pauls Vater seine drei Ältesten zum Bootanlegesteg in der Nähe.

Wie Schnecken haften sie an den Pfählen und treten Wasser weit weg von ihrem Vater, am anderen Ende des Steges. Die Sommersonne brät ihre Köpfe und die Luft um sie herum; das Wasser wiederum scheint eine direkte Verbindung zu tausend Meilen entfernten antarktischen Eisschollen zu haben. Ständige Wellen lassen sie hin und her treiben.

„Jetzt lasst mal los und schwimmt hierher."

„Das Wasser ist tief", sagt Paul.

„Ich friere", sagt Sally.

„Ihr steigt nicht aus dem Wasser, ehe ihr schwimmt, wie ich es euch gezeigt habe."

Nina, die um ein Jahr jünger ist als Paul und um drei Jahre älter ist als Sally, paddelt kurz, klammert sich an einen Pfahl, dann paddelt sie hektisch weiter auf ihr Ziel zu. Ihr Vater zieht sie auf den Steg hinauf.

„Gut gemacht, obwohl nicht ganz so schön, wie ich es mir vorgestellt hätte. Immerhin hast du es versucht." Er reicht ihr ein Handtuch. „Was ist nun mit euch beiden?"

Nina streift ihr rotes Haar aus ihren Augen und trocknet ihr Gesicht ab. „Ja, kommt. Ist doch einfach."

„So ist es", sagt der Vater. „Wir haben nicht den ganzen Tag Zeit, wisst ihr."

Es kommt Paul einfach vor, wenn er seinem Vater und anderen beim Schwimmen zuschaut. Er kann auch auf dem Rücken floaten. Er erinnert sich, wie die Hand des Vaters ihn im Kreuz stützte, als er und seine Schwestern lernten, dem Wasser zu vertrauen.

Den Körper entspannen und die Arme nach außen mit natürlichem Auftrieb driften lassen.

Nicht in Panik geraten, wenn sich der Körper absenkt, bis nur das Gesicht über die Wasseroberfläche ragt.

Ruhig und gleichmäßig durch die Nase atmen. Den Körper sich heben und senken lassen, während die Brust sich mit Luft füllt und wieder entleert.

An nichts denken, nachdem die Hand weggezogen ist, außer ans Atmen, und wie der Körper von der überzeugenden und allgegenwärtigen Haut des Wassers bemuttert wird, bis es scheint, dass überhaupt keine Grenze besteht, nichts außer dem blanken Pulsieren des Wassers.

Diese Lektion wurde im flachen Wasser eines lokalen Schwimmbades erteilt, mit einer ruhigen Oberfläche und der vorhandenen Stärke von Händen, die ihn stabilisierten oder gar retteten, falls das Floaten in Sinken und Panik umschlagen sollte.

Jetzt weitere Lektionen, und der Trost, dass Salzwasser größeren Auftrieb besitzt als Frischwasser.

Nun, einen Arm nach vorne schwingen, den Kopf zur Seite zum Atmen drehen, dann den anderen Arm nach vorne schwingen. Und ganz kraftvoll mit den Füßen treten.

Bevor er loslässt, versucht Paul, nicht an die Entfernung zu denken, die er schwimmen muss. Versucht, nicht an den finsteren Blick seines Vaters zu denken. Versucht, das Unheil in dem Wasser unter seinen Zehen nicht zu wecken.

Er schlägt hart gegen das Wasser, dennoch verschlingt es ihn, wie eine Tracht Prügel. Er schlägt um sich herum, bekommt wieder Luft, versucht, seinen rechten Arm vorwärts zu schwingen, ohne Sally oder den Steg zu treffen. Er bewegt sich minimal vorwärts, schwingt den linken Arm, bewegt sich wieder ein Stück weiter. Seine Beine schneiden durch Wasser, Schaum und Luft.

Eine Welle erstickt ihn, als er gerade einen Atemzug einzieht. Es fühlt sich an, als ob er einen Eimer Salz geschluckt hätte. Er würgt und spuckt und grabscht mit einer Hand nach einem Pfahl. Er berührt etwas, packt es an. Aber er geht trotzdem unter. Was er angepackt hat, geht mit ihm unter.

Etwas anderes – gleichzeitig hart und weich – schlägt ihn ins Gesicht. Seine Augen brennen. Seine Arme und Beine verheddern sich. Er denkt an riesige Seetang-Sträucher, die ihn umwickeln und nach unten ziehen. Er schluckt noch mehr Wasser, schlägt mit Verzweiflung um sich, versucht, das, was sich an ihn klammert, wegzuschieben.

Plötzlich lässt es ihn los.

Sekunden später spürt er einen gewaltigen Griff unter seiner Achselhöhle, spürt wie die tote Haut des Wassers von ihm abgleitet. Er wird grob geschüttelt und auf den Steg geworfen. Er hustet und pustet Wasser aus seinen Lungen, schiebt die Haare aus seinen Augen und reibt sie. Er zittert.

„Was in Gottes Namen war das?" schreit der Vater.

„Hab versucht zu schwimmen."

„Als du Sally gepackt hast, ist sie fast ertrunken."

Paul umarmt seine Brust und reibt die Achselhöhle, wo der Vater ihn aus dem Wasser gezerrt hat. „Das wollte ich nicht tun. Ich konnte nicht atmen."

„Du bist ja hoffnungslos."

„Es war nicht meine Schuld, Papa."

„Wessen war es denn?"

Paul verlagert sein Gewicht und starrt durch die Spalten zwischen den Holzbrettern des Landestegs. Seine Gedanken füllen sich mit dem gebrochenen Funkeln der Wellen und dem langsamen Aufeinanderprallen und Ersticken dieser Wellen gegen die Stegpfähle. Wie würde es sich anfühlen, zu ertrinken?

„Nun?" sagt der Vater.

Paul zuckt mit den Schultern.

„Du schaffst es wohl nicht, irgendetwas richtig zu machen." Der Vater wirft ihm ein Handtuch zu. „Geh jetzt zurück zu deiner Mutter und Babyschwester. Die Mädchen können es noch einmal probieren."

„Ja", sagen die Schwestern unisono.

„Aber Papa..."

„Weg mit dir!"

III

Paul klettert auf den Holzzaun und schaut zu, wie die Nachbarsjungen den Hang der Seitenstraße in wackligen Gefährten aus dünnem Holz und Schrotträdern hinuntersausen. Er freut sich über ihre wilden

102

Schreie. Er hält den Atem an, wenn die Räder im Straßengraben blockieren oder sich in Schlaglöchern verdrehen. Er atmet auf, wenn ein Gokart seinen jungen Lenker auf einen Grasstreifen auskippt; er erschauert, wenn nackte Haut über Beton und Teer schleift.

Paul sinniert über die Mechanik des Glücks und ist bald dabei, im Holzhaufen nach Resten der Bauprojekte seines Vaters zu wühlen. Bald ist er unter dem Haus und hat den Geschmack von trockenem Staub im Mund. Er versucht, niedrigen Bodenbrettern auszuweichen, als er nach kaputten Kinderwagen oder Einkaufswägelchen sucht. In einer Ecke des Gartens, die von seiner Mutter vom Küchenfenster aus nicht einsehbar ist, wenn sie spült oder das Abendessen zubereitet, hämmert Paul Holz von kaputten Obstkisten und anderem Holzverschnitt zusammen, knickt Nägel über Radachsen, bindet ein Stück Seil an jedes Ende eines Querbalkens.

Als er fertig ist, quetscht sich Paul auf den Sitzplatz, packt fest die Zügel an seiner selbsterfundenen Konstruktion, stellt seine Beine auf den Querbalken. Er sieht sich schon dabei, den Hügel und den Spießrutenlauf der Schrammen herauszufordern. Er verlagert sein Gewicht vor imaginären Gefahren. Das raue Gefühl des Holzes erinnert ihn daran, dass er noch eine Sache zu machen hat, bevor er sein Meisterstück präsentiert.

Paul wühlt sich durch die Werkzeughütte des Vaters; er sucht nach Farbtöpfen und einem Pinsel, der nicht komplett vom getrockneten Terpentin steif ist. Seine Lieblingsfarbe ist blau, aber er findet nur grüne Zaunlasur. Er weiß auch nicht, wie er die in eine blaue Farbe zurückmischen kann. Er streicht geschwind, nicht, weil er von der anderen Zaunseite her weitere Beweise des Wagemuts hört und mitmachen will. Nein, sondern weil er weiß, dass sein Vater gleich von seiner Arbeit als Telefontechniker im Nachbarort nach Hause kommt.

Paul ist fertig, dann kommt die Stille des Wartens.

Als er hört, wie das Auto des Vaters in die Seitenstraße einbiegt, macht er die hinteren Tore auf und schaut zu, wie der Vater das Auto rückwärts einfährt. Paul wirft einen kurzen Blick in die Gartenecke, wo sein Gokart hockt, weiß aber, dass jetzt nicht die richtige Zeit ist, es zu zeigen.

Der Vater steigt aus dem Auto, lächelt und hilft Paul, die Tore mit einem schweren Brett abzuschließen. Paul beobachtet, wie sein Vater, an dem Hund vorbei, die Stufen zur Hintertür hochschlendert, um seine Frau zu begrüßen. Er wartet, bis der Vater eine Tasse Tee getrunken und sich das Neuste vom Tage von Frau und Töchtern angehört hat. Dann, schüchtern lächelnd vor Unentschlossenheit, bittet er den Vater, ihm zu folgen.

Paul weiß, dass der Vater eine besondere Beziehung zu seinen Händen hat und zum Werkzeug, das zu ihnen passt. Er weiß, dass der Vater eine Vorstellungskraft besitzt, die Gangsysteme und Kettenräder im Kopf bauen kann, die die Drehrichtungen und Geschwindigkeiten verfolgen kann. Mit dieser Vorstellungskraft kann der Vater jeden mechanischen Gegenstand auseinanderbauen, reparieren und wieder zusammenbauen, auch ohne Pläne. Motoren, Getriebe und Bremssysteme werden repariert, Generatoren neu gewickelt, Telefone umgerüstet. Schaltpläne und Gleichstrom oder Wechselstrom sind für ihn kein Geheimnis. Angefangen mit den Vakuumröhren aus alten Fernsehern bis hin zum Innenleben von Schweizeruhren können die stetige Hand und der konzentrierte Blick des Vaters alles diagnostizieren und reparieren.

Und hat der Vater nicht den komplett geschlossenen hölzernen Beiwagen für das englische Motorrad gebaut, das sie dann verkaufen mussten, als Jenny geboren wurde? Paul erinnert sich an das Beißen der schnellen Luft und das Knistern des Leders, als er seinen Vater beim Fahren umarmte. Er erinnert sich auch an die Anweisungen, sich in die Richtung zu lehnen wohin sich Motorrad und Körper beugen, dem Instinkt des Fahrers für Gleichgewicht zu vertrauen. Er hofft, dass sich seine Instinkte zum Bauen des Gokarts auch als richtig erweisen werden.

Paul und sein Vater gehen langsam hinter das Haus, wo die grüne Maschine auf ihre Beurteilung wartet. Er schaut auf die Augen seines Vaters, auf die Form des Munds, und sieht sich den Hügel der ruhigen Seitenstraße hinab sausen, schnell Fahrt aufnehmend dank dem Schub der väterlichen Hände. Der Vater beugt sich vor, um die Mechanik zu inspizieren. Paul sieht sich schon die Gefahren der Schlaglöcher und Straßenränder vermeidend. Was er nicht sieht, sieht der Vater sofort.

„Hast du ihn schon ausprobiert, Sohn?"

Paul hofft auf Stolz in der väterlichen Stimme, hört aber nur einen Hauch von Hohn und Enttäuschung.

„Nein, Papa.“

„Hab es mir gedacht. “ Er gluckst. „Du wärst jetzt wahrscheinlich im Krankenhaus.“

„Warum?“

Der Vater zeigt nur nach vorn.

Als Paul den Kart-Fahrern zuschaute, sah er die Seile, die die Jungen zum Lenken benutzten, aber nicht die losen Befestigungsschrauben, die den vorderen Querbalken mit dem zum Kart-Rahmen verbanden. Wenn die Jungen an den Seilen zerrten, drehten sich die Räder von Seite zu Seite. Paul hat aber den Querbalken zum Rahmen genagelt, seine Räder werden sich nie drehen.

Der Vater schüttelt den Kopf. „Deshalb sage ich dir immer, du musst alles durchdenken, bevor du was machst.“

Vater zieht den Gokart ein paar Meter um sie herum und erzählt Paul von Wendekreisen und der Notwendigkeit, einen Plan zu zeichnen, der den Erfolg des Drehens misst; er spricht auch über den Zusammenhang zwischen Vorder- und Hinterrädern und von Kreisen innerhalb sich überschneidender Kreise. Plane, zeichne Muster in den Sand, nimm Maß und plane noch einmal. Plane, und die Maschine hört auf deinen Zug am Seil und den Schub der Schwerkraft. Plane, und es wird perfekt. Plane, und du scheiterst nicht, du blamierst dich nicht. Plane, und du wirst immer Erfolg haben.

„Ich finde, keiner soll einen Führerschein bekommen, bevor er ein Auto auseinandernehmen und ohne Hilfe wieder zusammenbauen kann.“

Der Vater führt Paul zur Werkzeughütte und zeigt ihm die Bolzen und Muttern in ihren Metall-Schubladen. Die Nacht nähert sich, und sie gehen ins Haus zum Abendessen. Der Vater erzählt der Familie von Pauls Fehler. Die Schwestern kichern.

Am nächsten Wochenende, als der Vater bei seiner Zweitarbeit an der Tankstelle gegenüber ist, bohrt Paul Löcher durch den Kart-Rahmen und den Querbalken des Gokarts und schraubt sie locker zusammen. Wenn er am Lenkseil zieht, drehen sich die Räder.

Als Paul das erste Mal den Hang herunterrast, schaben die Räder an der Straßenrinne entlang, bevor er das Gefährt zurück auf die Straße schwenkt. Immer wieder. Alles passiert rasend schnell. Rufe und Schreie der Anstrengung.

Paul zieht den Gokart wieder hinauf, schiebt ihn wieder an und springt hinein. Er schnappt sich das Seil, lehnt sich in die richtige Richtung und lenkt ihn zur Straßenmitte. Augen und Muskeln sind angespannt, das Fahrzeug springt und rutscht unter ihm, er hält die Räder gerade.

Weitere Schreie, als der Wind ihm ins Gesicht brennt.

Just als der Gokart unten ankommt, zerquetscht ein ungesehenes Schlagloch ein Vorderrad. Der Wagen schliddert herum, schlägt auf den Bordstein und kippt Paul erst auf den Beton und dann aufs Gras. Er schreit vor Schmerzen, als ein Bein verdreht wird. Eine lange Weile hechelt er und versucht, sein pochendes Knie und seine zerfetzte Haut zu ignorieren.

Letztendlich zieht er sich auf die Beine hoch und schleppt sich zu seinem Gefährt. Der Querbalken ist durchgebrochen und der Rahmen ist komplett demoliert.

Seine Mutter ruft zum Baden, was heißt, dass der Vater bald nach Hause kommt. Und Paul weiß, was er sagen wird.

„Wie hast du dir wehgetan?"

„Ich habe ein Schlagloch übersehen."

„Warum bist du die Straße runtergelaufen?"

„Bin ich nicht. Ich bin mit dem Gokart gefahren."

„Ah ja, das Ding. Bin nicht überrascht. Hab dir gesagt, du wirst dir wehtun, wenn du die Sache nicht richtig machst."

Paul entscheidet sich, den kaputten Gokart den Hang hoch zu schleppen und ihn unter dem Haus zu verstecken, wo sein Vater ihn nicht sehen wird.

Und zu lügen.

„Ich bin beim Baumklettern ausgerutscht."

„Typisch", wird sein Vater kommentieren.

Übersetzerin: D C Hubbard

Lügner, Lügner – Teresa Sweeney

Als ich ein Kind war, gab es nur mich und meine Schwester – ein Junge und ein Mädchen. Ich war rau und laut und normalerweise schmutzig. Sie war zart und süß und perfekt herausgeputzt. Jeder dachte, wir seien die perfekte Anzahl an Kindern.

Ein Schönheitsfehler an der Sache war nur, dass meine Schwester ein kleines Biest war. Sie ist es tatsächlich immer noch, aber jetzt muss ich zumindest weniger mit ihr zusammen sein. Sie war zwei Jahre jünger als ich, und jeder liebte sie. Sie war bewundernswert, niedlich und gewitzt.

Ich hasste sie. Nichts, was ich jemals tat, galt irgendetwas im Vergleich zu dem, was sie machte. Es spielte keine Rolle, ob ich hundert Prozent der Lösungen in einer Klassenarbeit richtig hatte oder meinen Kopf gegen die Wand haute, bis er voller Blutergüsse war. Und ich habe beides ausprobiert. Es war, als ob ich nicht existieren oder zählen würde.

Die meiste Zeit über ignorierte meine Schwester mich, und ich ignorierte sie auch. Wir spielten nicht zusammen, wir sahen nicht zusammen fern. Das einzige, das wir zusammen machten, war Streiten und Kämpfen. Sie konnte gut treten damals, voll gegen das Schienbein. Ab und zu fing ich ihren Blick auf, wenn ich mit Steinen auf Krähen warf oder den Hund ärgerte, und ich wusste, dass sie nur liebend gern mitgemacht hätte - sich eine kurze Zeit lang im Schlamm zu wälzen, einfach mal Spaß zu haben.

Sie tat es aber nie. Sie machte sich zu viele Sorgen darum, anderen Sorge zu bereiten, besonders unserer Mutter. Und diese Frau war absolut geisteskrank. Das war völlig offensichtlich, aber nie sagte irgendjemand etwas dazu. Damals nicht. Heute nicht. Aber als wir aufwuchsen, wussten wir, dass sie einfach nicht richtig im Kopf war. Sie machte ihre normale Hausarbeit – wie zum Beispiel Essen zubereiten, das Haus in Ordnung halten und Prügel austeilen, wenn wir uns schlecht benommen hatten. Aber wir waren wie Menschen von einem anderen Stern für sie. Es war so, als ob wir gar nicht wirklich da wären; wenn sie sich um uns kümmerte, war es so, als ob sie sich um die Wäsche kümmern würde. Sie beantwortete unsere Fragen mit „Frag deinen Vater" oder „Ich weiß es nicht". Sie berührte uns nur ganz selten, nicht einmal damals, als ich hingefallen war und das Blut nur so aus meinem Knie herausspritzte. Klar, sie hielt ein Tuch gegen das Knie, um die Blutung zu stoppen. Aber sie nahm mich nie in den Arm, um mich zu trösten, bis ich aufhörte zu weinen.

Mit unserem Vater ging sie genauso um. Manchmal schrie sie ihn an, nannte ihn „mörderischen Bastard", und sie schlug nach ihm aus – bereit, ihm die Augen auszustechen. Obwohl ich meine Schwester damals hasste, stellte ich mich schützend vor sie, damit sie nicht als Nächstes etwas abbekam. Und unser Vater, unser Beschützer, sagte uns nachher immer: „Eure Mutter hat es an den Nerven".

Sie war von meiner Schwester besessen. Sie scharwenzelte immer um sie herum, guckte immer, was sie machte, ließ sie nicht aus den Augen. Manchmal jedoch rief sie sie bei einem falschen Namen. Sie nannte sie „Anna". Anna war der Name meiner älteren Schwester. Sie starb vor so langer Zeit, dass ich mich nicht daran erinnern kann.

Meine Schwester, das Objekt der verstörenden und nicht erlahmenden Aufmerksamkeit meiner Mutter, wurde wie eine Puppe angezogen und bewundert. Eine Puppe, die man anschaut, aber nicht liebt. Unser Vater verschwendete keine Zeit an uns. Er nahm uns gar nicht wirklich wahr, er fühlte sich nicht für uns verantwortlich. Er war der andere mustergültige Elternteil.

Und ich? Ich war auf mich allein gestellt. Niemand schenkte mir auch nur ein bisschen Aufmerksamkeit. Es war, als ob ich in einem Haus mit drei Fremden zusammenleben würde. Nach der Schule verschwand ich stundenlang und tauchte erst wieder auf, wenn ich hungrig war. In unserer Nachbarschaft wohnten keine anderen Kinder, und dennoch fragten meine Eltern nie, wo ich gewesen war oder mit wem ich unterwegs war oder was ich gemacht hatte. Es sei denn, ich hatte etwas wirklich Schlimmes verbrochen, das zu Beschwerden der Nachbarn führte oder meine Schwester laut aufschreien ließ. „Ich verpetz dich", sagte sie dann – was sie auch mit schöner Regelmäßigkeit tat.

Meine Schwester war mir völlig fremd. Wir wuchsen in verschiedenen Welten auf. Sie kreuzte nur in der meinen auf, um mir Ärger zu bereiten. Sie war eine Petze. Deshalb beschloss ich eines Tages, sie davon zu überzeugen, dass wir nicht wirklich Bruder und Schwester wären. Wir wären gar nicht miteinander verwandt. Meine Mutter hätte sie aus dem Krankenhaus gestohlen, als sie geboren worden war, und sie als ihr eigenes Kind großgezogen. Und wir dürften niemals jemandem davon erzählen, sonst würde unsere Mutter im Gefängnis landen.

Kurze Zeit nach meiner Lüge, nicht mehr als zehn Minuten später, hatte ich schon wieder vergessen, dass ich ihr all das erzählt hatte. Ich hatte Wichtigeres zu tun – Würmer zerhacken und tote Vögel untersuchen.

Die Jahre vergingen. Sie blieb der perfekte Engel, der sie schon damals gewesen war. Sie wurde eine schöne und kluge erwachsene Frau. Sie leistete Erstaunliches in der Schule und begann eine brillante Karriere, mit jeder Menge Geld als Zugabe; sie heiratete einen ebenso erfolgreichen Mann, und sie hatten selbst eine perfekte Anzahl an Kindern, die sie verhunzen konnten. Sie war genauso liebevoll zu ihnen wie unsere Mutter zu uns – die armen Kinder.

Ich wurde älter und lernte, meine Schwester nicht mehr so abgrundtief zu hassen; ich dachte kaum mehr an sie. Wir sprachen höchst selten mal miteinander. Wir hatten uns einfach nichts zu sagen. Es ist schon komisch, wie wir während dieser ganzen Zeit die Schranken unserer Kindheit niemals überwinden konnten. Wenn wir uns gemeinsam in einem Raum befanden, waren wir wieder diese beiden Kinder. Wir waren einfach zu unterschiedlich aufgewachsen, als dass wir hätten zusammenwachsen können.

Kürzlich ist unsere Mutter verstorben. Ihr Tod führte dazu, dass ich drei monotone Tage in unserem alten Haus festsaß. Ich hatte auch das Vergnügen, unserem Vater wieder zu begegnen. Aber ich glaube, er hat mich nicht erkannt. Er weiß kaum noch seinen eigenen Namen.

Nach der Beerdigung zog mich meine mittlerweile vierunddreißigjährige Schwester beiseite. Ich war überrascht, dass sie mich allein sprechen wollte. Für gewöhnlich vermieden wir das. Aber ich hörte ihrer Stimme die Dringlichkeit an. Immerhin waren wir noch Bruder und Schwester. Sie sprach leise, aus Furcht davor, von anderen Leuten gehört zu werden. Sie sagte, es sei jetzt an der Zeit für sie, die Wahrheit über ihre richtige Mutter herauszufinden. (Frank Joußen)

Unsere Geschichte – Mr. Ben

Es war ein schöner Sonntagmorgen: Catherine saß auf ihrem riesigen Sofa im Wohnzimmer – völlig entspannt und quicklebendig. Ihr Mann Richard war in der Küche und verteilte das Essen auf die Teller, während ihr Sohn Vince sich möglichst leise aus dem Haus zu schleichen versuchte.

Als Vince schon fast an der Haustür war, fragte seine Mutter. „Zu wem gehst du?" Catherines Gesicht war voller Sorge.

„Langsam solltest du wissen, wo ich hingehe!", gab Vince zurück. In seiner Bemerkung hörte man einen frustrierten Unterton. „Mama, weißt du denn nicht, dass ich ein erwachsener Mann von dreizehn Jahren bin?"

„Vince, was ist denn mit dir los?" Catherine war erschrocken. „Habe ich dir irgendetwas zu Leide getan, als ich dich fragte, wohin du um diese Uhrzeit gehst? Es ist erst halb acht, weißt du..."

„Mama", unterbrach sie Vince zornig, „eine ganze Menge ist los bei mir! Eine Menge! Und das habe ich bestimmt nicht dir zu verdanken!"

Sie stand vom Sofa auf, starrte Vince an und hielt kurz inne. Sogleich brach sie aber ihr Schweigen. „Vince, hast du die Jalousien saubergemacht, dein Zimmer und unseres ausgefegt?"

„Das mache ich alles, wenn ich wiederkomme! Ich will Oasis besuchen, meinen Freund. Er wohnt nur ein paar Straßen entfernt."

Es war Vinces „Ist-mir-doch-egal" Reaktion, die sofort Richards Aufmerksamkeit erregte, der gerade im Begriff war, das Essen zu verteilen, nachdem er die letzten hartnäckigen Flecken von den Tellern abgewaschen hatte. Er verließ die Küche, um sich der Sache anzunehmen. „Vince, bevor du gehst, würde ich dich gern mal sprechen."

Zuerst war Vince gar nicht geneigt, die Türklinge loszulassen. Aber ein strenger Blick von Richard ließ seinen Widerwillen verschwinden. Er fügte sich. Vince drehte sich von der Haustür weg und baute sich frontal vor seinem Vater auf. Richard aber ging zu dem großen Sofa im Wohnzimmer.

Als ihm auffiel, dass seine Frau traurig aussah, sagte er liebevoll zu ihr: „Liebling, setz dich bitte wieder hin. Alles wird gut."

Catherine setzte sich an seine Seite, hielt dann krampfhaft Richards Hände fest und blickte unverwandt auf ihren mürrischen Sohn, der sich bisher nur ein paar Schritte auf sie zubewegt hatte.

„Junge, kannst du bitte zu uns herüberkommen?" bat Richard. Er löste sich sanft von seiner Frau, um ihren Sohn in der Mitte sitzen zu lassen.

Als dieser ihm gehorchte, gelang es Richard erstaunlich gut, ein Gefühl von Genugtuung zu verbergen. „Vince, ich war in der Küche, als ich hörte, wie du deine Mutter angeschrien hast. Als Antwort auf eine Frage, die diese Reaktion nicht verdient hatte. Du bist sogar so weit gegangen, ihr mitzuteilen, dass du jetzt ein erwachsener Mann von dreizehn Jahren bist! Hm, das ist okay, aber darfst du deiner Mutter so antworten?"

„Nein, Dad."

Diese erzwungene Antwort war aber nicht ehrlich gemeint, was an seinem verschlossenen Gesichtsausdruck abzulesen war. Auch Catherine war noch nicht versöhnt. Sie starrte ihren Sohn wie versteinert an. Aber selbst das berührte Richard in diesem Moment nicht. Er wusste, was er erreichen wollte.

„Gut! Ich möchte mal etwas klären: Du sagst, du seist ein erwachsener Mann. Du bist jetzt ein Teenager, ein Heranwachsender. Wow! Mein Glückwunsch, Vince, willkommen in der Welt der Erwachsenen. Gestatte mir aber noch eine Frage, bevor ich richtig mit der Diskussion anfange, mein Sohn: Wann wirst du dreizehn?"

„Nächsten Monat."

„Okay. Das heißt, du bist jetzt zwölf. Richtig?"

„J-aa."

Vince zog seine Stirn in Falten; Richard ahnte, dass der Sohn seinen Gedankengang nicht nachvollziehen konnte - aber auch nicht draufkam, woran es lag.

„Kannst du mit Fug und Recht behaupten, jetzt schon dreizehn zu sein?"

„N-ein."

Vincent verschränkte die Arme vor seiner Brust und Richard musste innerlich schmunzeln, weil er diese Trotzreaktion als das erkannte, was sie war: Ratlosigkeit. Unterdessen konnte Catherine nicht mehr verbergen, wie schwer es ihr ums Herz war; sie ließ ihren Tränen einfach freien Lauf und bedeckte ihr Gesicht mit den Händen. Richard war immer noch ungerührt; er behielt die Beherrschung und führte die Unterhaltung mit seinem Sohn fort, obwohl dieser nicht mal mit den Wimpern zuckte, als er seine Mutter so weinen sah.

„Oh, habe ich da ein ‚Nein' gehört? Du nimmst mich wohl auf den Arm! Du hast deiner Mutter doch gesagt, du seist ein erwachsener Mann von dreizehn. Dabei hast du erst nächsten Monat Geburtstag. Ich nehme mal an, dass du es nicht mehr erwarten kannst. Ha, ha. Entschuldige, aber da muss ich lachen! Wie du wohl siehst, weint deine Mutter. Das hat natürlich nichts mit deinem temperamentvollen Verhalten eben zu tun. Liebling, wisch dir bitte die Tränen ab."

Catherine verlor keine Zeit und tat genau das.

„Liebling, erinnerst du dich, dass wir uns darauf geeinigt haben, Vince unsere Geschichte zu erzählen, sobald er dreizehn Jahre alt wird?"

„Ja, mein Lieber." Catherines Antwort war laut und deutlich.

Als Vincent zur Decke schaute, erkannte Richard, dass der Sohn diese Diskussion nur als beendet wissen wollte. „Ich denke, wir müssen die Katze jetzt aus dem Sack lassen. Er will seinen jugendlichen Überschwang genießen. Das ist ja nur natürlich. Lass uns ihm die Geschichte erzählen, bevor er völlig durchdreht. Was du heute kannst besorgen, das verschiebe nicht auf morgen, nicht wahr? Je früher Vince unsere Geschichte kennt, desto besser. Was meinst du?"

Catherine nickte zustimmend.

„Bevor wir damit anfangen, möchte ich dir noch Folgendes sagen: Ein Teenager zu sein, ist wunderbar. Du wirst dabei vom Jungen zum Mann. Da sind die körperlichen Veränderungen. Du bekommst die Figur eines Mannes, du kommst in den Stimmbruch, deine Schamhaare wachsen, all das und viel mehr passiert, wenn du in die Pubertät kommst. Dazu kommt noch das Gefühl, dass die Welt dir zu Füßen liegt und du jetzt alles selbst entscheiden kannst. Dein Verhältnis zum anderen Geschlecht, Partys feiern, Rauchen, Trinken - aus allem kannst du das Beste herausholen. Wenn man einem Teenager das alles erlaubt, leidet er für den Rest seines Lebens unter den Folgen. Deine Mutter und ich waren auch mal solche Teenager. Wir hatten Spaß, vermengt mit allem Guten, Schlechten und richtig Abstoßenden. Die Folgen unserer damaligen Handlungen haben uns zu dem gemacht, was wir heute sind. Da du das jetzt weißt, bitte ich deine Mutter mit ihrer Geschichte, mit ‚Unserer Geschichte' anzufangen."

Catherine setzte sich gerade hin, sie schaute zu ihrem Hochzeitsfoto an der Wand und begann zu berichten:

Ich war das einzige Kind meiner Eltern. Ich wuchs ganz behütet, aber auch streng kontrolliert auf. Alles, was ich brauchte, bekam ich von ihnen – die beste Erziehung, ein Dach über dem Kopf, Kleidung – und vor allem: Liebe und Zuneigung. Sie stellten jederzeit sicher, dass es mir an nichts fehlte, denn sie hatten mich erst sehr spät bekommen – im zwanzigsten Jahr ihrer Ehe. Meine ganze Kindheit hindurch war ich Papas und Mamas kleines Mädchen – bis ich vierzehn wurde.

Ab dann steckte ein Teufel in mir, der sich gegen ihre strenge Erziehung auflehnte. Ich dachte mir, ich habe jetzt ein Alter erreicht, in dem mich niemand mehr wie einen Roboter kontrollieren kann. Papa schickte mich zum Beispiel los, um ihm etwas zu essen zu besorgen, aber ich weigerte mich. Mit Mama machte ich das Gleiche. Sie waren schon alt und ich nutzte diesen Umstand schamlos aus; ihre Worte hatten einfach nicht mehr die gleiche Durchschlagskraft wie früher. Na also, die Welt liegt mir zu Füßen, dachte ich, hurra!

Weil sich da ein Schlupfloch in meinem Elternhaus aufgetan hatte, freundete ich mich mit Joyce an. Sie führte mich in die Welt der Prostitution ein, mit siebzehn. Für mich war das der Gipfel der Freiheit. Zusammen mit Freundinnen trieben wir uns in Clubs herum und wurden für unsere ‚Kundendienste' bestens bezahlt. Weil ich noch minderjährig war, verdiente ich mehr als meine Kolleginnen und kam so an ‚das große Geld'.

Mein Lebensstil bestand aus Alkohol, Rauchen, in Nachtclubs gehen und wahllosem Geschlechtsverkehr. Das Resultat war, dass ich mit ungefähr neunzehn nicht weniger als fünf Abtreibungen hinter mir hatte! Es war eine Gnade, dass ich bis dahin keine Geschlechtskrankheit bekommen hatte, aber vor mir lag eine große Gefahr.

Auf den Straßen von Fah, dem Zentrum für Prostituierte, waren Joyce und ich wieder einmal auf der Suche nach Kunden, als einige bewaffnete Männer das Feuer eröffneten und Joyce per Zufall drei Querschläger in ihre Brust bekam. Sie starb auf der Stelle. Ich dachte, ich wäre tot, aber dann kam ich zu mir und merkte, dass ich mich im Krankenhaus befand. Wie ich dorthin gekommen war, ist mir bis heute ein Rätsel.

Irgendwie kam diese Nachricht meinen Eltern, die ich vor Jahren verlassen hatte, zu Ohren. Unglücklicherweise starben beide kurz darauf. Gerüchte besagen, dass beide an einem Herzanfall gestorben sind. Ob das stimmt, weiß ich nicht. Jedes Mal, wenn ich daran denke, plagt mich mein Gewissen. Nachdem ich gehört hatte, dass beide tot waren, war ich erst ein bisschen traurig. Aber dann versank ich noch mehr in dem, was man ‚das schnelle Leben‘ nennt.

Die nächsten sieben Jahre ließ ich mich mit allen möglichen Männern ein, wegen des Geldes. Ich machte mir nichts daraus, was mit mir passieren würde; ich war diesen Job gewohnt.

Aber eines Tages, ich war gerade auf dem Weg nach Hause von dem Clubhaus, in dem ich groß abkassierte hatte, stieß ich mit einem Fremden auf der Straße zusammen.

„Was ist los mit dir?" schrie er mich an, „pass nächstes Mal auf, wo du hintrittst."

Ich entschuldigte mich und mir fiel auf, wie gutaussehend er war.

Obwohl er ein Fremder war, bemerkte ich doch etwas Besonderes an ihm. Ich konnte es mir nicht erklären. Ich wusste nur, dass sich irgendetwas in mir regte. Aber ich hatte keine Ahnung, was das sein könnte. Als er sich umdrehen und weggehen wollte, sprach ich ihn noch einmal an, „Du bist ein hübscher Bursche. Ich heiße Catherine - und du?"

Ich dachte, er würde mir eine Abfuhr erteilen, weil er doch sehen musste, wie aufreizend ich angezogen war. Aber zu meiner völligen Überraschung lächelte er. „Ich bin Richard."

„Macht es dir etwas aus, wenn ich dich nach deiner Telefonnummer frage?"

„Nein. Bitte, hier ist meine Visitenkarte. Du kannst mich jederzeit anrufen."

Er ging weiter, aber mir wurde plötzlich klar, was ihn zu etwas Besonderem machte – Richard war der Mann für mich! Das war wohl der merkwürdigste Gedanke, der mir je in meinem ganzen Leben gekommen war. Ein Fremder, den ich zum ersten Mal getroffen hatte, sollte meine große Liebe sein? Jeder würde das doch für unvorstellbar halten!

Mit vielen Telefonaten bauten wir eine platonische Freundschaft auf, aber bald wurde etwas Intimeres daraus. An diesem Punkt erkannte ich, dass ich meine schmutzige Vergangenheit hinter mir lassen und ein neues Leben beginnen sollte. Unsere Beziehung gedieh, und er brachte mir bei, das Leben positiv zu sehen und meinen wahren Wert zu erkennen. Durch seine Entschlossenheit und seine Hilfe sagte ich mich langsam los vom Rauchen, Trinken und ‚Anschaffen gehen'. Ich muss gestehen, dass es mir nicht leichtfiel. Es gab Zeiten, da erwischte er mich auf frischer Tat – beim Rauchen, Trinken, oder mit einem Kunden. Aber er ließ mich nie fallen! Zu guter Letzt gab ich all das auf und wandte mich dem zu, was danach kommen sollte – der Verantwortung der Ehe.

Ich war sechsundzwanzig, als ich Richard traf. Wir waren fünf Jahre zusammen, bevor wir heirateten. Im darauffolgenden Jahr wurde unsere Ehe mit einem Sohn gesegnet und … dieser Sohn … bist du! Wir versuchten später noch weitere Kinder zu bekommen, aber es klappte nicht. Die Ärzte, die wir konsultierten, darunter auch unser verstorbener Familienarzt, Doktor Carr, teilten uns mit, dass ich keine Kinder mehr bekommen könne, weil meine Gebärmutter stark in Mitleidenschaft gezogen worden sei. Um ehrlich zu sein: Das war ein großer Schlag für Richard und mich. Aber wir entschlossen uns, weiterzumachen und uns gegenseitig zu lieben.

Wir einigten uns darauf, unseren Sohn, dich, auf die bestmögliche Weise zu erziehen, damit aus ihm ein verantwortungsvoller Erwachsener werden könnte: Ärger aus dem Weg zu gehen und alle Laster zu meiden, von Kleinkindertagen an bis zu den entscheidenden Jahren der Pubertät. Verzeih uns, wenn wir streng mit dir gewesen sind. Alles, was wir jemals gewollt haben, ist dein Bestes, weil wir dich lieben und an dich glauben.

Richard war in unserer Familie federführend. Er schaffte den Balanceakt zwischen Arbeitszeiten im Büro und Zeit mit der Familie. Meiner Meinung nach ist sein Einsatz für dich und mich besonders lobenswert. Durch ihn erkannte ich, dass es egal ist, wie beschäftigt man ist: Die Familie steht an erster Stelle.

Und der Mann, den ich wahrhaft lieben gelernt habe, sitzt jetzt zu deiner Rechten.

Vince war sprachlos. Er betrachtete seinen Vater mit neuen Augen. Er musste seine Anerkennung nicht einmal in Worte fassen. Er war so von der Geschichte seiner Mutter gefangengenommen, dass es für ihn unmöglich geworden war, zu Oasis zu gehen. Seine Mutter lehnte sich auf dem Sofa zurück und schaute den Vater an, wie er seine rechte Hand auf Vinces linke Schulter legte und mit seiner Geschichte begann:

Ich wurde als Zwilling geboren. Mein Bruder Franklin war genau das Gegenteil von mir. Seine langen Finger verhinderten, dass er ein aufrechter Kerl wurde. Meine Mutter war bei unserer Geburt gestorben, und mein Vater ließ uns in der Obhut unserer Großmutter zurück. Damals waren wir acht Monate alt, und ich habe ihn seitdem nie mehr gesehen.

Unsere alte Großmutter tat ihr Bestes, uns zu anständigen Menschen zu erziehen. Aber mein sturer Bruder zog schlechte Gesellschaft an wie Honig die Bienen. Franklin war seit seinem fünften Lebensjahr so gewesen – und egal, was meine Großmutter auch mit ihm anstellte, alle ihre Erziehungsversuche blieben fruchtlos.

Dreizehn Jahre später kam uns zu Ohren, dass Franklin sich einer berüchtigten Gang von vier Straßenräubern angeschlossen hatte. Man nannte sie die ‚Die Gang der wahren Räuber'. Er verließ unser Haus in Isle, wo wir geboren worden und aufgewachsen waren, und ging Gott weiß wohin. Zwölf lange Jahre hörten wir nichts von ihm – bis die Einzelheiten seiner Schandtaten mit seiner Gang dem langen Arm des Gesetzes nicht mehr entgehen konnten! Nach einem missglückten Raubüberfall überlebte Franklin als Einziger den Schusswechsel mit der Polizei von Isle. Der junge Mann, der genauso aussah wie ich, wurde wegen mehrfachen Mordes, versuchter Raubüberfälle und

Vergewaltigung verhaftet. Am Ende einer fairen Gerichtsverhandlung lautete das Urteil des Richters: Tod durch Erschießen.

Eine Bekannte von mir informierte uns darüber, dass Franklin am darauffolgenden Tag hingerichtet werden sollte. Das war zu viel für meine Großmutter und sie starb auf der Stelle. Irgendwie brachte ich dennoch den Mut auf, mich zur Hinrichtungsstätte außerhalb von Isle zu begeben. Obwohl ich verzweifelt war, erst so spät von Franklins aussichtsloser Lage erfahren zu haben, war sein trauriges Ende doch keine Überraschung für mich. Ich hatte schon immer damit gerechnet!

Am nächsten Morgen, um acht Uhr fünfundvierzig, war es soweit. Ich sah zu, wie Franklin und sieben weitere zum Tode Verurteilte an Bäume gefesselt wurden. Jedem von ihnen wurde ein Soldat zugeteilt, der auf das Kommando des befehlshabenden Offiziers wartete. Der Befehlshabende starrte uns aus einem dreigeschossigen Gebäude durch eine durchsichtige Jalousie an. Der Soldat, der Franklin zugeteilt worden war, sah gemein aus; ich konnte ihm kaum ins Gesicht sehen. Unmittelbar nachdem der Geistliche zu ihnen herangetreten war, rief der Befehlshabende „Feuer" - und die Kugeln durchsiebten mit ohrenbetäubendem Lärm ihre Körper, auch den von Franklin. So beendete er seine Reise hier auf Erden.

Eine Bekannte versuchte mich zwar zu trösten, aber das war völlig sinnlos. Auf dem Weg nach Hause begegnete ich einer Fremden, die später meine Frau werden sollte – deiner Mutter.

So hat unsere Geschichte angefangen. Seitdem war sie das Rückgrat unserer Familie und der Grund dafür, dass ich stark sein konnte, trotz allem, was in der Vergangenheit passiert war. Wie das Sprichwort sagt: „Eisen wird von Eisen geschärft!" Durch diese zwei Geschichten, die zu „Unserer Geschichte" wurden, wurden mit der Zeit alle Wunden der Vergangenheit geheilt. Unsere Unsicherheit, unsere Zweifel, unsere Angst und unsere Schuldgefühle wurden langsam weniger, je mehr unsere Liebe wuchs. Wie deine Mutter schon sagte: Ärger aus dem Weg zu gehen und alle Laster zu meiden, von Kleinkindertagen an bis zu den entscheidenden Jahren der Pubertät, das war der Weg, auf den wir uns bei deiner Erziehung einigten.

Mein Sohn, wir lieben dich und glauben an dich, wir sorgen uns immer um dich. Aber dich so streng aufzuziehen ist der einzige Weg, glaube mir. Ich wünschte, es gäbe einen anderen…

Als ich in deinem Alter war, brachte Großmutter mir dies bei: Im Zentrum einer Familie muss die Einheit stehen. Nur wenn sie eine Einheit ist, hat die Familie Bestand. Ohne Einheit kann das Zentrum nicht halten, und wenn das Zentrum nicht hält, fällt alles auseinander.

Nach dieser Devise habe ich immer gelebt, obwohl das unverantwortliche Handeln meines Bruders uns als Familie entzweit hat.

Richard stand auf. „Möchtest du immer noch zu Oasis gehen?"

„Nein, Papa."

Vince war so von der Geschichte berührt, dass er sich nur noch entschuldigen konnte. „Papa, Mama, mein Verhalten war total daneben; es tut mir leid. Es tut mir auch leid, was ich tun wollte…"

Catherine horchte auf. „Was wolltest du denn tun, mein Sohn?"

„Mama, Oasis wollte mich hier in Grayville ins Drogengeschäft einführen. Er arbeitet mit einem Dealer. Er wollte mich ihm vorstellen. Oasis hat versprochen, dass ich gut verdienen könnte. Das war der Grund, warum ich so früh aus dem Haus wollte. Es tut mir leid, Mama."

Richard war geschockt. „Oh Gott! Wie kommt es, dass du dich fürs Dealen interessierst? Wie lange geht das schon ohne unser Wissen? Weißt du nicht, dass Dealen eine Straftat ist?"

„Papa, es tut mir leid. Ich verspreche, dass es nicht wieder passieren wird!" versicherte Vince seinen Eltern. „Ich werde immer euer Kind bleiben und auf euch hören."

„Das ist auch besser für dich, Vince, denn sonst hört der Spaß auf!" warnte Richard ihn. „Ich werde dich auf eine andere Schule schicken und dafür sorgen, dass du nichts mehr mit Oasis zu tun hast."

Catherine war jetzt auch aufgestanden. Sie umarmte ihren Sohn, küsste ihn auf die Stirn und flüsterte ihm ins Ohr. „Ich glaube an meinen Sohn. Kannst du jetzt bitte deine Haushaltsarbeiten erledigen?"

„Ja, Mama!"

Vince löste sich aus der Umarmung seiner Mutter und verbrachte den ganzen Morgen damit, seinen Haushaltspflichten nachzukommen. Richard und Catherine hatten ein waches Auge auf ihn gerichtet, aber später half Catherine Vince auch bei der Arbeit.

***

Vince blieb seinem Versprechen treu. Er stellte die Familie immer in den Mittelpunkt und las Bücher und Zeitschriftenartikel über alle Themen, die mit Familie zu tun haben. Vor drei Jahren starb seine Mutter an den Folgen von Lungenkrebs und sein Vater entging nur um Haaresbreite dem gleichen Schicksal. Vince veröffentlichte daraufhin eine Kurzgeschichte, „Eine Familie erzählt ihre Geschichte", die er seiner verstorbenen Mutter, Catherine Russ, und seinem Vater, Richard Russ, widmete, weil – so steht es in der Geschichte – „mich ihre Liebe und Zuneigung von jedem Ärger und allen Lastern ferngehalten hat und nun unsere Geschichten zu einem Familienerbe geworden sind, das ich an meine eigenen Kinder weitergeben kann."

Übersetzer: Frank Joußen

Benjamin – Dr. Jeri Fink

Benjamin Michelson lag im Sterben. Es war die richtige Zeit für den Tod: Die Nacht war kühl und mondlos. Es war auch die richtige Zeit für das Leben: Der Wind raschelte in den Bäumen; eine Katze heulte in der Dunkelheit.

Wir warteten.

Benjamins Leben las sich wie ein Geschichtsbuch. Er war ein New Yorker der ersten Generation – der Sohn lettischer Einwanderer. Englisch war seine Muttersprache. Er heiratete Rose, eine zierliche, reizende, osteuropäische Einwanderin aus Galizien. Sie kam 1906 in New York mit dem Schiff an, wo sie auf dem Zwischendeck gereist war. Sie bauten sich gemeinsam ein Leben auf.

Das Jahrhundert war noch jung – die 1900er Jahre taten sich vor ihnen auf, erfüllt von Hoffnung.

Ich saß neben Rose in den letzten Stunden von Benjamins Leben. Ihre Augen flatterten. Vielleicht war es genauso gewesen, als sie Benjamin zum ersten Mal traf und die beiden sich verliebten. Fünfzig Jahre hatten die grazile Schönheit in eine gebrechliche alte Dame mit einer dünnen, durchscheinenden Haut und einer sanften, raspelnden Stimme verwandelt.

Sie war meine Großmutter. Jetzt schaute sie mich an: „Wir müssen uns verabschieden." Ihre Stimme zitterte.

„Ja", sagte ich sanft, mit all der Weisheit, die eine Sechzehnjährige aufbringen konnte.

Oma Rose nickte. „Er war…ein…feiner Mensch."

Ich versuchte mir dieses alte Gesicht in Gedanken in das Gesicht einer jungen Frau zurück zu verwandeln – ohne Falten, mit strahlenden Augen, verliebt. Es gelang mir nicht.

„Du solltest stolz sein", fügte sie hinzu.

Benjamin Michelson war ein Mensch mit einer langen Geschichte, fast so wie unser Volk eine lange Geschichte hatte. Es gab einen alten Glauben, an dem wir festhielten, namens Tikun Olam. Er bedeutete, dass jeder von uns die Verantwortung trug, die Welt zu reparieren oder zu heilen, so gut wir es nur konnten. Jüdische Menschen nahmen dies sehr ernst.

Als junger Mann marschierte Benjamin auf den belebten Union Square, hielt Reden und hielt Schilder hoch, auf denen er soziale Gerechtigkeit für alle forderte. Er bot Hilfe an, wo er konnte, und engagierte sich für verschiedene Aktionen zur Verbesserung der Lebensumstände vieler Menschen.

„Ein guter Mensch", fügte Rose, gefangen in ihren Erinnerungen, mit einem melancholischen Lächeln hinzu.

Oma Rose glaubte auch an Tikun Olam. Sie war ein Überbleibsel aus der Vergangenheit, die ich nur aus Büchern kannte. Sie überlebte den Brand der Triangle Shirt Waist Factory im Jahre 1911, den schlimmsten Brand in einer Fabrik in der Geschichte New Yorks. 145 Sweatshop-Arbeiter – meist junge Frauen auf den oberen Etagen – wurden bei lebendigem Leib verbrannt, als sie nicht durch die abgeschlossenen oder unpassierbaren Notausgänge entkommen konnten. Viele ihrer Freundinnen starben an jenem Tag. Danach wurde Rose ein aktives Mitglied der International Ladies Garment Workers´ Union, die gegen den Missbrauch der Armen durch Fabrikbesitzer kämpfte.

Manchmal frage ich mich, wo ich wäre, wenn sie damals nicht überlebt hätte. Natürlich können solche Fragen nie beantwortet werden.

„Hast du dich deshalb der Ladies Union angeschlossen?" fragte ich.

Rose sah mich seltsam an. Geschichten handelten nie von ihr – immer von Benjamin.

Sie ignorierte meine Frage und erzählte weiter: „Dein Großvater besaß ein winziges Schnellrestaurant. Er bediente Taxifahrer, Lastwagenfahrer und städtische Arbeiter. Eines Tages tauchten Gangster bei ihm auf." Ihre Stimme war von Stolz erfüllt. „Sie schmissen seine Kunden raus und verlangten kostenlose Getränke und Speisen."

Rose schüttelte den Kopf. „Seine Kunden waren arme, fleißige Arbeiter. Benjamin kümmerte sich um sie. Er weigerte sich, die Gangster zu bedienen. Er wartete auf die Rückkehr seiner Stammkunden – als einziger Ladenbesitzer, der den Gangstern entgegentrat. Sie sorgten dafür, dass sein Lokal geschlossen wurde."

Ich dachte an den hoch aufragenden Mann, der mein Großvater war – mit seinem breiten Lächeln – und an seine tiefe, raue Stimme. Er sorgte sich immer um uns und um die anderen – Verwandte, Nachbarn und Fremde. Man sagte, dass Benjamin Michelson ein großes Herz besäße.

Er liebte auch blitzende Autos, Pferderennen und die Boxkämpfe in der Sunnyside Garden Arena auf Long Island. Ich muss lächeln, wenn ich an diese Geschichten denke. Er erzählte sie uns, wenn er und Rose uns jeden Sonntagmorgen besuchten mit Bagels, verschiedenen Lachssorten und Rugelach, kleinem Quarkgebäck, das alles enthalten konnte von Aprikosen über Himbeeren bis hin zu Schokolade.

„Die große Wirtschaftskrise kam", fuhr Rose fort, „und er fuhr Taxi, so dass wir zu essen hatten."

Ich fragte mich, ob ich je den Mut aufbringen könnte. Wozu? Wie stark glaubte ich an irgendetwas?

„Er blieb bei dem, was er für richtig hielt."

„Ich weiß, Oma."

Rose sah mich fragend an. Wie konnte ich das wissen? „Als Benjamin nicht mehr zum Union Square marschieren oder Essen an städtische Arbeiter verkaufen konnte", fuhr sie fort, „wurde er einer der ersten weißen New Yorker, der sich CORE anschloss, einer afroamerikanischen Bürgerrechtsorganisation, die 1942 gegründet wurde."

Tikun Olam – es brauchte einen Helden, um sich dem Establishment entgegenzustellen.

Und nun lag Benjamin Michelson im Sterben. Er würde seinen Mut und seinen Glauben an Tikun Olam mit sich nehmen. Er war nicht berühmt; er schrieb keine Bücher und hatte keine politischen Ämter inne; und er trat niemals im Film und Fernsehen auf. Die Welt würde ihn schnell vergessen.

„Nein", sagte Großmutter. Sie berührte meine Hände, als ob sie meine Gedanken lesen könnte. Ich schaute auf ihre faltenreichen Finger, die von geschwollenen, arthritischen Gelenken entstellt waren. „Nein", sagte sie noch einmal. „Es ist wie mit Kolumbus. Dein Großvater wird nicht in Vergessenheit geraten."

Christoph Kolumbus? Was hatte Kolumbus mit Benjamin Michelson zu tun?

Rose lehnte sich zu mir herüber, um mir ihr Geheimnis zuzuflüstern. „Kolumbus war ein Jude, weißt du. Wir haben diese Tatsache durch die Jahrhunderte bewahrt. Er war ein geheimer Jude, der hoffte, in der Neuen Welt den verlorenen Stamm des Volkes Israel zu finden."

Ich hätte laut gelacht, wenn meine Großmutter es nicht so ernst gemeint hätte.

„Wir kennen alle das Geheimnis", fuhr sie fort. „Jetzt kennst du es auch. Ein Geheimnis, das über fünfhundert Jahre alt ist."

Ich war mir sicher, dass Großmutter Rose vor lauter Trauer verrückt geworden war.

„Genau wie Kolumbus", fügte sie hinzu: "Benjamin wird nicht vergessen werden."

Ich tat so, als würde ich ihr glauben.

Einige Stunden später verschied Benjamin in einem winzigen, überfüllten Krankenhauszimmer, umgeben von seiner liebenden Familie. Das Jahrhundert ging weiter. Die Jahre flogen vorbei – Oma Rose starb, dann meine Eltern und meine zwei Schwestern. Das Millennium kam.

Ich war die Letzte, die noch übrig war.

Eines Tages ging ich in einen beliebten New Yorker Buchladen und sah per Zufall in einer Auslage auf einem der Tische eine „neue" Entdeckung. Auf dem dazugehörigen Schild stand „Christoph Kolumbus war ein Jude."

Ich erstarrte.

Ich hörte das Echo von Großmutter Roses Stimme in meinem Kopf...gefolgt von dem Flüstern der Millionen Menschen vor ihr.

Es ist wie mit Kolumbus. Dein Großvater wird nicht in Vergessenheit geraten.

Ich kaufte die Bücher und las jedes von ihnen sorgfältig durch. Die neuesten Forschungsergebnisse, basierend auf alten Dokumenten, Briefen und DNA, legten nahe, dass Christoph Kolumbus aus Katalonien in Spanien kam. Er war kein Italiener, wie wir es in der Schule gelernt haben. Viele behaupten, er stamme von einer Familie von Conversos ab, also von geheimen Juden, die ihre Religion unter dem Vorwand versteckten, sie wären Konvertiten zum Christentum. Man war Konvertit oder starb. Deshalb bewahrten sie ihr Geheimnis in den Tunneln und versteckten Räumen ihrer Häuser.

Kolumbus' Familie floh aus Katalonien und ging nach Genua. Sein Vater war ein Meisterweber und Christoph arbeitete für kurze Zeit bei ihm. Niemand weiß, warum er in jungen Jahren Seemann wurde.

Auf seine Reise im Jahr 1492 nahm er einen Mann namens Luis de Torres mit. Er war der offizielle Dolmetscher und einer der wenigen, die Hebräisch, Aramäisch und etwas Arabisch sprachen. Torres, ebenfalls ein geheimer Jude, wurde vor der Reise mit Kolumbus dazu gezwungen, sich taufen zu lassen. Die Bücher besagten, dass Kolumbus erwartete, den verlorenen Stamm des Volkes Israel zu finden.

Mich fröstelte. Die Vergangenheit erfüllte mich mit Erinnerungen – viele davon waren von anderen ererbt und andere, wie die Erinnerungen an meine Großeltern, kamen aus meinen eigenen Erfahrungen. Plötzlich verstand ich: Tikun Olam war immer noch lebendig.

Ich setzte mich an meinen Computer und begann zu schreiben: „Wie Kolumbus würde niemand Benjamin Michelson vergessen."

Tikun Olam – hebräisch; wörtlich: „Reparatur der Welt"; ursprünglich ein Begriff des frühen rabbinischen Judentums, der im Laufe der Zeit verschiedene Bedeutungen annahm.

International Ladies Garment Workers' Union – in den 1920er und 1930er Jahren eine der größten und einflussreichsten Gewerkschaften der U.S.A.

CORE – Der Congress of Racial Equality (Kongress der Rassengleichheit)

Übersetzer: Frank Joußen

Das anomale Duo – Mehreen Ahmed

Ohne zu bemerken, wie schnell die Zeit vergangen war, erreichten Minah und Sidu die Pubertät mehr oder weniger gemeinsam. Sidu – was die Kurzform von Siddharta ist – war Minahs bester Freund; ihre innige Verbundenheit war mit der Zeit und durch ihr häufiges Zusammensein gewachsen. Ihr liebster Treffpunkt war das Mango-Wäldchen am Dorfteich, wo sie jeden Tag abhingen. Sie verbrachten so viele flüchtige Momente dort – Bäume kletternd, herumalbernd, wie von Sinnen tanzend, mit oder ohne Flötenspiel.

Ihre Verbindung wurde durch das Versprechen besiegelt, dass sie immer füreinander da sein würden – unwissend, dass sie in der Ordnung des Kosmos längst voneinander getrennt waren durch ihre unterschiedlichen religiösen Überzeugungen, ganz zu schweigen davon, dass Minah ein Mädchen und Sidu ein Junge war. Minahs muslimische Familie verfügte über großen Wohlstand, wohingegen Sidus Familie orthodoxe Brahmanen der höchsten Kaste waren. In jenen frühen Tagen der sorglosen Freude waren jedwede Bedenken jedoch wie Federn in einem Sturm, die von den Winden der Unschuld weggeweht wurden.

Dann kam Minah eines Tages etwas zu spät zum Treffpunkt. Sidu erwartete sie ungeduldig. Mittlerweile war Minah achtzehn, und Sidu war zwanzig geworden. Als sie endlich auftauchte, betrachtete Sidu sie misstrauisch von Kopf bis Fuß. Ihm schien etwas faul zu sein.

„Es wurde aber auch Zeit; du hast ja ewig gebraucht", sagte er.
„Und warum bist du so anders angezogen?"
„Warum? Weil heute Leute gekommen sind, um mich zu sehen."
Sie setzte sich auf einen Grasfleck unter dem Baum. Er folgte ihr.
„Wer? Wer ist gekommen, um dich zu sehen?"
„Leute."
„Was für Leute?"
„Woher soll ich das wissen? Ich nehme mal an, dass ich bald verheiratet werde."

„Und wann hast du diesen Sari gekauft? Du hast mir nie davon erzählt."

„Nein, Mama hat ihn für diesen Anlass gekauft. Wie findest du die Farbe?", fragte Minah ihn.

„Die Farbe ist schön; es ist nur – ich bin nicht gewöhnt, dich in einem Sari zu sehen. Ist das Rot? Es steht dir wirklich. Wann soll die Hochzeit sein?"

„Das weiß ich doch nicht, du Dummerchen!". Sie errötete.

„Du siehst hübsch aus, wie eine erwachsene Frau."

Minah stand auf und zog ihn hoch.

„Komm, lass uns was machen."

„Du könntest das zum Durga Puja tragen, oder nicht? Ich könnte dir dazu passende Armreifen kaufen. – Glaubst du, du wirst bis dahin schon verheiratet worden sein?"

Er faselte weiter. Sie wanderten händchenhaltend durch das Mango-Wäldchen, nicht ahnend, dass die Zeit schon bald aus den Fugen geraten würde. Plötzlich fiel etwas von den Bäumen auf sie herab. Mit einem dumpfen Aufprall landete es vor ihren Füßen.

„Es ist ein Vogelei. Wir müssen es zurücklegen", sagte Sidu.

Ein Kuckucks-Pärchen nistete in einem der Mangobäume. Er hob das Ei auf, aber das Nest war zu hoch, und er brauchte Minahs Hilfe.

„Ich lege es zurück ins Nest. Ich bin mir sicher, dass ich das Nest erreichen könnte, wenn ich auf deinen Schultern stehen würde", sagte sie.

Es schien ein guter Plan zu sein. Also nahm Minah ihm das kleine Ei aus der Hand, und er beugte sich herunter, um sie auf seine Schultern klettern zu lassen. Als beide Füße sicher standen, stand sie schwankend auf, hielt mit der einen Hand den dicken Ast fest, während sie mit der anderen das Ei sanft zurück zu den anderen legte. Ihr Sari legte sich um Sidus Kopf, und er schaute zwischen ihre Beine. Aber sobald sie ihre Aufgabe erledigt hatte, verlor sie die Balance, und sie fielen beide zu Boden.

***

Zufällig ging Sidus Vater, der angesehene Gelehrte Herr Mukherjee, an ihnen vorbei, als sie gerade umfielen. Weil er seit seinem Abschluss nicht mehr zur Schule ging, hatte Sidu vergessen, dass gerade Mittagspause in der Schule war und sein Vater zum Essen nach Hause kommen würde. Herr Mukherjee war zudem Minas Lehrer, sogar einer ihrer Lieblingslehrer. Herr Mukherjee sah sie verdutzt durch seine altmodischen, runden Brillengläser an. Sie standen linkisch auf und brachten ihre Kleidung in Ordnung. Minahs Sari war ihr weit über die Knie gerutscht, und sie versuchte verzweifelt, ihn bis auf die Knöchel herunterzuziehen. Der Gelehrte äußerte seine Besorgnis und bot ihnen seine Hilfe an.

„Seid ihr verletzt?", fragte er.

„Uns geht´s gut", sagte Sidu.

„Was ist denn los?"

„Nichts Schlimmes. Wir sind nur hingefallen."

„Ja, das kann ich wohl sehen", meinte der Gelehrte und konnte sein Lachen nicht mehr zurückhalten.

„Du wirst bald verheiratet werden, meine Liebe. Deshalb ist es nicht gut für dich, mit ihm gesehen zu werden", fügte er hinzu.

„Was ist schon dabei?", zischte sie ihn an.

Der Gelehrte war sehr überrascht über diese schroffe Antwort. Er zog die Augenbrauen hoch und lud sie zum Mittagessen ein.

Sidu lebte zusammen mit seiner Mutter, seinem Vater und einer jüngeren Schwester in einem kleinen Steinhaus nahe am Mango-Wäldchen. Sie aßen immer auf dem Fußboden der vorderen Veranda, die ihnen auch als Küche diente. Als sie ankamen, rollte gerade Monjushree, Sidus Mama, eine Matte auf dem Fußboden aus, als ob sie die beiden erwartet hätte. Ein Kessel mit dampfendem Reis kochte auf dem Kerosin-Kocher. Sie war gerade damit fertig, den Reis mit einem Holzlöffel umzurühren, als sie die Veranda betraten. Sie legte den Deckel zurück auf den Topf und tat den Löffel weg.

„Hallo Minah, wie geht es dir, Liebes?", fragte sie. „Wir haben heute vielleicht ein Glück! Unser Gast ist eine zukünftige Braut." Sie lächelte.

„Hm. Was kochst du Gutes?"

„Du siehst schon aus wie eine errötende Braut, was? All deine Lieblingsspeisen, gebratenen Maifisch, Linsen, Bratkartoffeln in Tomatensauce."

„Lecker!", freute sich Minah.

Sidus Mutter wandte ihren Blick von Minah ab, um Herrn Mukherjees friedfertigen Gesichtsausdruck zu ergründen. Er lächelte sie reumütig an. Es war ihnen beiden nicht entgangen, dass Sidu immer dann, wenn das Gespräch auf die Hochzeit kam, seine Finger zu schnell durch den Reis bewegte oder sein Wasser zu hastig trank, so dass er beinahe daran erstickte.

„Iss deinen Fisch bitte langsam, Sidu. Vergiss nicht: Es ist Maifisch. Seine rasiermesserscharfen Gräten können viel Unheil anrichten, wenn sie dir im Hals stecken bleiben", warnte ihn der Gelehrte.

„Ja, wenn wir denn netterweise das Thema wechseln könnten", antwortete Sidu, mit dem Mund voller Reis. „Ich glaube nicht, dass Minah gerade jetzt über ihre Hochzeitspläne sprechen möchte."

Er schenkte Minah einen flüchtigen Blick, und sie senkte ihren Kopf noch mehr.

„Ich habe deine Mutter länger nicht gesehen", sagte Frau Mukherjee.

„Nein? Sie hat erst gestern Abend von dir gesprochen und gesagt, sie wolle dich sehr bald besuchen. Wenn nicht heute, dann vielleicht morgen", antwortete Minah.

„Ja, wahrscheinlich. Wirst du ausziehen, wenn du verheiratet bist?", fragte Sidus Schwester Moushimi.

„Höchstwahrscheinlich", sagte der Gelehrte.

Es gab kein Entrinnen von diesem Thema, dachte Sidu missmutig. Er wusch sich die Hände, stand auf und ließ seinen Teller auf der Matte stehen. Alle sahen ihn verunsichert an, aber er wich ihren Blicken aus.

Bald darauf war das Mittagessen beendet. Während Frau Mukherjee die Reste von Sidus Teller dem unterernährten Hund vor ihrer Haustür hinwarf, brachte Sidu Minah nach Hause.

***

Ihre Mutter, Frau Rahman, saß aufrecht in einem Lehnstuhl auf ihrem Balkon.

Sie sprach Minah sofort an. „Jetzt, da du bald heiraten wirst, musst du zuhause bleiben. Der Juwelier kommt heute Nachmittag, um unsere Bestellung aufzunehmen. Ich möchte, dass du dann hier bist; also lauf nicht fort!"

Frau Rahman war kein Mensch, der viele Worte machte; aber sie ließ normalerweise keinen Zweifel daran, was sie meinte.

„Der Heiratsvermittler war vor kurzem hier. Das Datum der Hochzeit ist festgesetzt worden."

Sie sagte das mit solcher Endgültigkeit, dass man den Eindruck bekam, es sei in Stein gemeißelt. Aber Minahs Gedanken überschlugen sich: Wer war ihr Bräutigam? Was machte er beruflich? Wo würden sie wohnen? Aber sie traute sich nicht zu fragen. Die ganze Sache schüchterte sie ein. Deshalb schaute sie ins Weite, auf die Reisfelder, während ihr Herz wie wild schlug. Eine Dienerin rief Frau Rahman ins Haus. Der Fischverkäufer war gekommen, um sein Geld abzuholen.

Minahs Gesichtsausdruck war leer, als sie das hohe Gras betrachtete, das sich im Herbstwind hin und her bewegte. Die Sonne war langsam am geröteten westlichen Himmel untergegangen. Es war Zeit, die Laternen anzuzünden. – Langsam nahm sie die Streichholzschachtel in die Hand. Dann hob sie die Glasglocke so weit an, bis sie den Docht erreichen konnte. An diesem Abend bemerkte sie, dass sie einen Zuschauer hatte. Eine nach der anderen zündete sie die Laternen an, aber als sie an der letzten angelangt war, drehte sie sich instinktiv um und schaute zum Haus ihrer Nachbarn. Sie schaute direkt in Sidus Augen. Müde lächelnd ging sie ins Haus.

***

Die Hochzeitsvorbereitungen kamen gut voran. Minah hörte jeden Tag Leute kommen und gehen. Mehr Dienerinnen und Diener wurden engagiert. Verwandte kamen von nah und fern, um bei ihnen zu bleiben, bis die Hochzeit vorüber war. Sobald die Juweliere fertig waren, kamen die Schneider, um Maß zu nehmen. Eine endlose Reihe an Süßspeisen, Samosas und Pita-Broten wurde angeliefert. Mittag- und Abendessen wurden in Unmengen serviert, bestehend aus Fisch-, Fleisch- und Gemüsegerichten. Das Haus roch tagelang nach Curry. Die Männer aßen meistens oben, die Frauen unten. Eines Tages sah Minah Frau Mukherjee unter den Gästen, war sich aber nicht sicher, ob Sidu auch gekommen war. Sie ging nicht mehr aus, sah aber manchmal seine dunklen, hungrigen Augen, wie er ihr von seiner Seite des Zauns beim Entzünden der Laternen zusah.

Ein paar Tage vor der Hochzeit hörte Minah Lärm aus Sidus Haus. Angespannt wartete sie darauf, ihn am Abend zu sehen. Dann hörte sie einen Schrei, und Sidu stürmte aus dem Haus, gefolgt von Frau Mukherjees flehentlichem Bitten, ihn aufzuhalten.

Minah war neugierig. Am Abend, als sich ihre Eltern in ihrem Schlafzimmer unterhielten, schlich sie sich leise aus dem Haus. Sidus Schwester Moushumi saß mürrisch auf den Stufen zur Veranda, als Minah durch das Tor im Zaun kam. Sie wollte zu Sidus Mutter, sah aber Moushumi.

„Moushumi, was ist hier passiert?", fragte sie.

„Es ist Sidu", sagte Moushumi.

„Nun?"

„Er hat Vater gefragt, ob er dich heiraten könnte."

„Was? Und dann?"

„Vater sagte ‚nein', irgendetwas mit unserem Glauben spräche dagegen."

Niemand von beiden bekam mit, dass Sidus Eltern auf der Bildfläche erschienen waren und ihr Geflüster mitanhörten. Der Gelehrte bat Minah, mit in das kleine Wohnzimmer zu kommen.

„Wir lieben dich wirklich sehr", sagte er. „Aber ich bin an die Lehren meiner Religion gebunden. Ich kann Sidu nicht erlauben, dich zu heiraten. Vergib mir, aber wir würden geächtet werden, und niemand würde Moushumi heiraten. Wir können dagegen nicht ankommen; das Risiko ist zu groß. Ich wünschte, wir wären in einer anderen Welt, zu einer anderen Zeit geboren worden."

Durch das trübe Licht der Laterne konnte Minah dennoch den finsteren Blick und die Anzeichen von Stress auf seiner schmalen Stirn sehen. Seine Stimme verklang. Sie blickte auf den dicken Stapel Bücher auf dem Ecktisch des Wohnzimmers und fühlte sich entmutigt, weil es in ihnen keinen Platz für sie und Sidu gab.

„Dann muss ich also gehen?", fragte sie.

„Ja, das musst du", sagte er und fügte nach einer Pause hinzu, „Ich wünsche dir Glück, für immer. Ich wünsche nur das Beste für dich. Möge Bhagwan dich segnen, liebes Kind."

Irgendwie murmelte sie ein „Adieu", dann huschte sie aus dem Zimmer.

Während der letzten Tage vor ihrer Hochzeit schien Minah mehr denn je an Sidu denken zu müssen. Sie sehnte sich danach, bei ihm zu sein und ihn zu berühren. Sie starrten sich über den Zaun hinweg an, während die ungesagten Worte ein Feuer in ihnen entfachten.

***

Eines Morgens kam eine Dienerin in ihr Zimmer, aber Minah war nicht dort.

Dienstboten wurden ausgeschickt, um nach ihr zu suchen. Das brachte das ganze Dorf in Bewegung, einschließlich Sidu und seiner Familie. Als er davon hörte, rannte Sidu sofort los, als ob er genau wüsste, wo sie zu finden sei. Und so war es! Minuten später trug er Minah durch das Tor des großen Hauses.

Ruby Rahman kam ihnen entgegen. „Wo hast du sie gefunden?"

Sidu wankte mit Minah in seinen Armen ins Haus und trug sie ohne ein Wort in ihr Zimmer. Dort legte er sie vorsichtig auf ihr Bett. Herr Rahman schickte schnell nach einem Arzt.

„Sie lag unter dem Mangobaum. Es geht ihr gut, sie schläft", japste Sidu.

Als der Doktor endlich eintraf, schickte er alle außer Ruby Rahman aus dem Zimmer. Er drehte Minah auf den Bauch und fand einen Blutpfropfen an ihrem Hinterkopf. Später saß der Arzt mit ihren Eltern auf der Veranda und erzählte ihnen, dass Minah geschlafwandelt sei.

Das reichte, um die Gerüchteküche kräftig anzuheizen. Die Leute im Dorf flüsterten sich zu, dass Sidu und Minah tatsächlich die Nacht zusammen verbracht hätten, denn wie sonst hätte er genau gewusst, wo sie zu finden war?

Dieses beschämende Gerücht machte schnell die Runde und erreichte auch die Familie ihrer zukünftigen Schwiegereltern. Drei Tage später klopfte der Heiratsvermittler an ihre Tür.

„Es hat ein paar Probleme gegeben", begann er. „Sie beunruhigen die Leute."

„Was meinst du?", fragte Herr Rahman.

„Nun, sie wollen die Hochzeit wegen dieses Vorfalls absagen. Sie glauben, Minah könnte besessen sein."

„Aber sie ist doch nur geschlafwandelt."

Der gerissene Geschäftsmann studierte eingehend Herrn Rahmans Gesichtsausdruck. Er erkannte, wie begierig er darauf war, die Hochzeit doch stattfinden zu lassen. Das ließ in ihm einen neuen Plan reifen, um mehr Geld in seine Schatulle zu schaufeln.

„Vielleicht überlegen sie es sich noch einmal. Für den Preis von fünfzigtausend Taka. Bar."

„Fünfzigtausend Taka."

„Ich sage dir: Friss oder stirb! Es gibt ja auch noch andere Probleme mit der Hochzeit. Die Gerüchte um Sidu und Minah nehmen nicht ab. Ende der Diskussion."

„Ja, gut. Ich mache es. Aber ich benötige mehr Zeit."

„Lass mich deine Entscheidung bald wissen."

***

Minah wurde mit jedem Tag dünner. Aber ihre Zuneigung zu Sidu wuchs mit jedem Tag. Eines Nachts fühlte sie ein unkontrollierbares Verlangen, ihn unter dem Mangobaum zu treffen. Sie schlich sich hinaus in die dunkle, kühle Herbstnacht. Sie spähte in Richtung von Sidus Haus, konnte aber nichts außer dem leichten Schein der Laterne erkennen. Langsam näherte sie sich dem Treffpunkt. Sie wusste, dass Sidu dort sein würde! Und da war er; sie erkannte seine weißgekleidete Gestalt. Sidu hatte sie auch gesehen, hörte ihre eiligen Schritte auf dem Pfad. Sie lief direkt in seine ausgestreckten Arme. In dieser Nacht war Minah nicht geschlafwandelt.

Sidu hielt Minah engumschlungen. Schüchtern legte sie ihren Kopf auf seine Brust, und er küsste sanft ihr Haar, um sie zu beruhigen.

„Ich hab dich so vermisst", sagte er, schwer atmend.

„Ich habe dich mehr vermisst."

Sie standen im Angesicht Gottes und wählten einander als Partner aus, in einer im Himmel geschlossenen Verbindung, die kein soziales oder religiöses Gesetz der Welt mehr ändern konnte. Sie hörten, wie der Ruf des Muezzins sanft durch die Stille der Nacht glitt und die Gläubigen zum Morgengebet rief.

„Ich muss gehen", sagte Minah.

„Nein, bleib noch etwas bei mir", flehte er.

„Ich komme heute Abend zur gleichen Zeit wieder", versprach Minah.

Er ließ sie gehen.

Sobald sie zu Hause war, sah sie die blutigen Flecken auf dem Sari, den sie gerade ausgezogen hatte. Sie versteckte ihn schnell unter ihrem Bett und nahm sich vor, ihn später auszuwaschen. Jetzt hatte sie keine Kraft mehr dazu und ging sofort zu Bett.

***

Schließlich konnte Herr Rahman ein Stück Land verkaufen, um das zusätzlich benötigte Geld aufzutreiben. Ein neuer Hochzeitstermin wurde festgelegt. Damit waren die Verhandlungen abgeschlossen. Minah wusste, dass ihr keine Wahl blieb, und sie stimmte allem zu. Denn diese Ehe wurde nur noch wegen der Familienehre geschlossen.

In der Nacht vor der Hochzeit trafen sich Minah und Sidu ein letztes Mal, um sich unter dem sternenklaren Himmel zu lieben. – Nach der Hochzeitszeremonie sollte Minah den Zug nehmen, um das Haus ihres Bräutigams im nächsten Dorf zu erreichen. Sie wurde in einer Sänfte zum Bahnhof getragen. Dort angekommen, trug der Bräutigam sie wie teilnahmslos von der Sänfte in ein Zugabteil. Er setzte sie wortlos auf einem Fensterplatz ab. In ihrer Verzweiflung schrie sie: „Sidu!"

Ganz allein saß Minah im Zug. Die Zeit der Abfahrt kam, aber niemand war zu sehen. Plötzlich tauchte eine männliche Gestalt in der Tür auf, ergriff sie mit zwei starken Armen und brachte sie schnell aus dem Abteil. Sie wurde wieder zu der gleichen Sänfte getragen. Die Träger rannten mit ihr aus dem Bahnhof heraus. Sobald sie die Sänfte irgendwo in den Außenbezirken abgestellt hatten, stieg Sidu voller Freude zu ihr hinein. Minah war einfach nur ergötzt. Er flüsterte ihr Zärtlichkeiten ins Ohr, küsste sie stürmisch und streichelte sie überall. Geschah das alles wirklich? - Es war wie in einem märchenhaften Film.

„Ich hätte dich nicht gehen lassen können", sagte Sidu nach einer Weile. „Deshalb habe ich die Träger bestochen zu bleiben, bis ich dich mit ihrer Hilfe entführen konnte. Meinen Eltern habe ich erzählt, dass ich weggehen müsse, um meine Ausbildung abzuschließen. Und dass ich ehelos leben wolle. Sie haben das akzeptiert."

***

Seit diesem Tag waren weder Minah noch Sidu auffindbar. Die Gerüchte und die Klagen verebbten. Allerdings schrieb Sidu seiner

Schwester Moushumi Briefe ohne Absender und bat sie, diese unter dem legendären Mangobaum zu vergraben.

Erstveröffentlichung der englischen Originalfassung in: Asia Writes, 3/2011.

Durga Puja – hinduistisches Fest zu Ehren der Göttin Durga, das entsprechend dem hinduistischen Kalender Ende September oder Anfang Oktober als großes gesellschaftliches Ereignis begangen wird.
Taka – die Währung Bangladeschs, 100 Taka entsprechen ca. 1,15 Euro.

Übersetzer: Frank Joußen

Laute Stille – Enja Stumpf

Sie saßen auf der Veranda. Tauben in ihrem Verschlag, die Köpfe unter den Federn. Schweigen, ausdrucksvoll laut, breitete sich zwischen ihnen aus. Eine Mauer trennte sie. Gelbe Elefanten grasten eifersüchtig und engstirnig in ihren Hirnen, nahmen ihnen die Sicht, machten sie blind für die Welt des jeweils anderen.

Es war ein anstrengender Tag gewesen. Einer von vielen, und beide wünschten sich, sehnten sich das Ende herbei - denn morgen, dachten sie, würde alles besser werden.

Zorn wallte auf und ebbte ab. Sie waren nun schon so lange zusammen, hier in diesem Haus, auf dieser Veranda, dass sie beide vergessen hatten, wie lange es nun genau war.

Tage vergingen nur noch mühsam, schlichen vorbei, und sie konnten Schnecken beim Flitzen beobachten. Vielen ging es so wie ihnen: irgendwann wurde alles öde, langweilig, und aus ihrem Schweigen ging Zorn hervor, schrie ohne Worte. Man war enttäuscht, vom Leben, vom Partner, von sich selbst. Keiner wagte es auszusprechen, man wahrte die Fassade, schien wirklich glücklich.

Also blieb alles beim Alten. Sie stritten am Morgen und schwiegen am Abend. So war es und so würde es immer sein. Kein Entkommen aus der Ehe-Falle. Beide Parteien hatten ihr JA gegeben und waren sich in ihrer Jugend und Verliebtheit nicht im Klaren gewesen, wie lieblos und kalt es später werden könnte. Doch war kalt das falsche Wort, zumindest wenn man die Zeit zwischen Sonnenaufgang und Sonnenuntergang betrachtete. Denn, während der glühende Ball seine Reise über das Zelt vollzog und den rachsüchtigen Menschen beim Streiten zusah, sah er bei ihnen nichts anderes. Sie fügten einander keinen körperlichen Schaden zu, schossen nur mit verbaler Munition. Doch Worte wurden schnell zu Lügen - und wo einst Liebe war, herrschte erbitterter Krieg. Keiner gab auf, keiner fiel.

Oft saß einer von beiden im Keller und schrie seine Verzweiflung zum Himmel. Nur dann seiner Gefühle bewusst. Solche, die den Kern berührten und ihn zum Kochen brachten. Stiegen sie wieder aus dem

Dunkel hervor, begann der Schusswechsel erneut. Doch diese Kugeln streiften nur die Hülle. Es war ausweglos, ein Teufelskreis.

Noch einige Minuten, dann wurde es dunkel und sie konnten sich in das Innenleben ihres Hauses verziehen. Das Streiten machte träge, sog ihre Lebenskraft aus den Adern. Heute ging niemand in den Keller und Sprechen war verboten. Sie kugelten sich ein und schliefen. Sammelten Kraft für die nächste Schlacht.

Ahnenverehrung – Yuan Changming

Ich wurde im Saint-Pauls-Krankenhaus geboren; ich wuchs in Vancouver auf, also bin ich Kanadier. Daran besteht kein Zweifel.

Aber mein Vater sagt, ich sei auch Chinese, obwohl ich es nicht bin und auch nicht sein möchte. Er sagt oft: „Sowohl deine Mama als auch ich kamen aus China; wir sprechen zu Hause Chinesisch, deshalb…" Bla, bla, bla; wie es scheint, zieht er es vor, Chinese zu sein, aber mir ist das egal.

Was mir aber auf die Nerven geht, ist die Tatsache, dass mein Vater mich bekehren will, ein Chinese zu sein. Als ich jung war, las er mir chinesische Geschichten vor. Vor ein paar Jahren zwang er mich, zur chinesischen Sonntagsschule zu gehen und diese blöden chinesischen Schriftzeichen zu lernen. Im letzten Sommer hat er mich dazu überredet, eine große Reise nach China zu unternehmen.

Wir besuchten viele chinesische Städte, zum Beispiel Shanghai, Suzhou, Hangzhou, Wuhan, Zhangjajie, Tianjin und Peking. Meinem Vater gefielen sie offenbar sehr, aber ich habe mir nicht viel aus ihnen gemacht, weil überall einfach viel zu viele Menschen waren. Ich erinnere mich – als wir die Große Mauer bei Badaling hinaufstiegen, war es einfach zu lustig und abstoßend, Welle um Welle von menschlichen Hintern direkt vor mir aufsteigen zu sehen.

Von all den vielen, vielen Dingen, die wir in China aßen, tranken und sahen, blieb mir nur eine Sache wirklich im Gedächtnis haften, und ich muss zugeben, dass ich sie auch aufregend fand. Es war der Besuch eines Bergdorfes namens Shishan. Papa versicherte mir, dass alles, was dort geschah, irgendwie von meinem Urgroßvater arrangiert worden war. Von meinem Uropa, der sofort, nachdem er vor über sechzig Jahren an einer unbekannten Krankheit gestorben war, zu so einer Art lokaler Gottheit geworden war. Ich hatte nur eine sehr vage Ahnung davon, wie unsere Begleiter und mein Vater mir dieses mystisch klingende Arrangement erklären wollten. Das, was sie die ganze Zeit über erwähnten, war der Umstand, dass mein Uropa dreizehn war, als er das Dorf verließ, und als mein Großvater mit Papa zurückkehrte ins Dorf, war Papa ebenfalls dreizehn, und als mein Opa und mein Papa mich zum ersten Mal an diesen Ort führten, da war ich zufälligerweise auch dreizehn. Auch wenn das ja stimmte – was war denn so ungewöhnlich daran? Nichts als Zufall!

Sobald wir in das Dorf hineingefahren waren, mussten wir den Kleinbus verlassen und den Anstieg in die Hügel zu Fuß beginnen, einfach deshalb, weil keine Straße mehr da war. Wir folgten einem von Großvaters jüngeren Vettern, der uns einen Pfad mit einem sehr merkwürdig aussehenden Schwert bahnte, durch die Büsche und Sträucher bis zu einem Bergkamm, wo sich das Grabmal meines Ur-großvaters befand. Als ich alle so keuchend atmen hörte, dachte ich für einen Moment, ich wäre wieder im Cypress Provincial Park in British Columbia, aber der chinesische Dialekt, den mein Vater mit unseren anderen Verwandten sprach, erinnerte mich daran, dass ich mitten im wilden Herzen Chinas war.

„Hat dein Vater dir die beiden dayoushi von deinem taiyeye er-klärt?" fragte Großvater in seiner hohen Singsang-Stimme.

„Kannst du das bitte noch mal sagen, Großvater?"

Weil er wusste, dass ich viel Mühe mit Großvaters eigenartigem Chinesisch hatte, spielte Papa wieder einmal den Dolmetscher. „Großvater fragt, ob ich dir den Zweizeiler über deinen Urgroßvater erklärt habe."

„xianren maizai tuzikou, zisun caigao youbadou", sang Großvater mit noch lauterer Stimme.

Es klang lustig, ergab aber für mich keinen Sinn – bis Großvater meinem Vater noch ein paar Erklärungen gegeben hatte.

„Allen, das wird dir wahrscheinlich gefallen." Papa war unge-wöhnlich aufgeregt. „Dieser Zweizeiler ist in dieser Gegend sehr be-kannt. Wörtlich bedeutet er, dass, falls ein Vorfahre hier am Hasen-scharten-Kamm begraben wurde, seine Nachfahren große Talente haben werden."

„Wo ist denn nun Uropas Grab?"

„Genau am Hasenscharten-Bergkamm. Er war der Erste, der hier begraben wurde."

„Das ist wirklich cool! Aber wir scheinen nicht gerade große Ta-lente zu besitzen!"

Mein Vater zögerte für einen Augenblick. „Also, die Dörfler hier sehen das so, dass alle außer Großvater große Talente haben. Schau mal, in der ganzen Gegend, die mehrere Ortschaften umfasst, kommen nur aus unserer Familie Universitätsabsolventen – und sogar einer mit einem Doktorhut aus einem fernen Land und ein Schriftsteller, der Gedichte auf Englisch veröffentlicht hat."

„Aber das bist doch du, Papa!"

„Ja, aber das schließt auch deinen älteren Bruder, deinen Vetter und deinen Onkel mit ein, weil sie alle entweder Bachelor- oder Masterabschlüsse haben oder sie gerade im Studium anstreben."

„Werde ich auch ein großes Yuan-Talent werden?"

„Sicher, mein Sohn, solange du so gut in der Schule lernst."

Diese Worte hatten mein Interesse an Großvaters Ausführungen geweckt; deshalb bedrängte ich ihn jetzt, damit er mir mehr über die Interpretation des Zweizeilers erzählte, während wir den Bergkamm heraufstiegen.

Von meinem Vater erfuhr ich, dass mein Urgroßvater ein besonders gütiger und hart arbeitender Bauer gewesen war. Obwohl er oftmals seine Pacht nicht bezahlen oder genug Essen für seine Familie erarbeiten konnte, half er immer jedem, der in Not war. Einmal zog er seine einzigen Sommerschuhe aus, um sie einem barfüßigen Bettler zu schenken; ein anderes Mal verschenkte er die drei Eier, mit denen er für die Fähre bezahlen wollte, schwamm durch den Fluss und ertrank fast dabei. Als gläubiger Buddhist und treuer Sohn hatte er nur einen persönlichen Wunsch, nämlich den, dass ein Sohn die Ahnenreihe seiner Familie fortsetzen solle. Als meine Urgroßmutter schwanger wurde und ernsthaft erkrankte, kam eine blinde Wahrsagerin und befahl ihm, eine weiße Gans zu halten, bis dass ein gesundes männliches Baby zur Welt gekommen sei. Aber einen Tag bevor mein Opa geboren wurde, starb mein Urgroßvater im Alter von nur neunundzwanzig Jahren. Meine Urgroßmutter war zu arm, um auch nur den billigsten Sarg für ihn zu kaufen, deshalb bat sie die Mitglieder ihrer Großfamilie, ihn in eine Strohmatte einzuwickeln und am Hasenscharten-Kamm zu bestatten, weil das der nächstgelegene Ort war, der niemandem gehörte. – Jedenfalls war mein Urgroßvater dadurch schon eine herausragende Persönlichkeit im Dorf.

„Ist die Geschichte der Grund dafür, dass wir in unserer Familie keine Gans essen dürfen, Papa?"

„Das kannst du laut sagen! Seit Großvaters Geburt ist die Gans der Wächter der Yuans gewesen."

„Aber wie wurde aus diesem Vorfahren eine göttliche Figur?"

„Die lokale Legende erzählt, dass ein paar Jahre nach seiner Bestattung viele Bäume und Büsche an diesem Kamm wuchsen, der vorher kahl und unfruchtbar gewesen war. Weil ihnen das sehr merkwürdig vorkam, luden die Ältesten aus dem Dorf einen Fengshui Meister hierher ein, um den Ort zu untersuchen. Nach der Aussage dieses Meisters ist der Kamm weit und breit der beste Fengshui Platz. Obwohl nicht alle Dörfler daran glaubten, begannen doch viele, den Zweizeiler als Prophezeiung unseres Ahnherrn zu verstehen."

Ich verstand zwar nicht alles, was Papa sagte, bekam jedoch so allmählich das Gefühl, dass nicht alles davon Schwachsinn war.

„Stimmt das denn alles wirklich, was über unseren Vorfahren erzählt wird, Papa?"

„Komm, wir schauen uns das mal näher an!"

Ungefähr eine Stunde später waren wir endlich am Grab meines Ahnherrn angekommen. Allen rann der Schweiß übers Gesicht und wir brauchten erst einmal eine Pause.

Im Schatten einer riesigen Pinie schaute ich mich um und bemerkte, dass ich inmitten von Erdhaufen verschiedener Größe stand; nach Papas Aussage handelte es sich dabei um Gräber.

„Warum sind denn hier so viele Gräber?" fragte ich.

„Weil jede Familie sicherstellen möchte, dass ihre Nachfahren große Talente besitzen werden."

Nach einer weiteren Unterhaltung zwischen meinen Verwandten in einem Kauderwelsch, das ein kanadischer Junge unmöglich verstehen konnte, legten wir frische Früchte genau vor dem Grabstein meines Urgroßvaters ab. Dann brach plötzlich eine beklemmende Stille über uns herein; sogar die nervenden Grillen schienen verstummt zu sein.

„Jetzt fängt es an", flüsterte mein Vater mit einem Gesichtsausdruck, den ich noch nie an ihm gesehen hatte.

Auf Anweisung von Großvaters Vetter, den man zuvor in ein Kostüm gesteckt hatte, das ihn mehr wie eine Hexe als wie einen Zeremonienmeister aussehen ließ, kamen meine Großeltern als erste der ganzen Gruppe mit Räucherstäbchen in den Händen nach vorne. Als ob sie es trainiert hätten, gingen sie ein paar Schritte rückwärts, knieten nebeneinander nieder, machten drei Kotaus, murmelten etwas und verließen dann schweigend ihren Platz in vorderster Reihe. Wiederum nach einer entsprechenden Anweisung wiederholten mein Vater und mein Onkel dasselbe Ritual, mit dem einzigen Unterschied, dass sie drei weitere Kotaus machten.

Dann kam ich an die Reihe. Erst zögerte ich. – Ich kam mir extrem blöd dabei vor, als kanadischer Junge auf die Knie zu fallen und so extrem tiefe Verbeugungen vor einem Erdhaufen zu machen – und all das auf irgendeinem unbekannten chinesischen Hügel in der brennenden Hitze des Sommers.

„Komm, Allen! Sogar Fremde möchten vor deinem taiyeye Kotaus machen."

„Warum wollen sie vor meinem Urgroßvater Kotaus machen?"

„Um sich wünschen zu können, dass ihre Kinder mit großen Talenten gesegnet werden. Dem Ritual werden Wunderkräfte zugesprochen. Weißt du, nachdem ich mit dreizehn Jahren hier meine Kotaus gemacht hatte, wurde ich zu einem glatten Einser-Schüler und durfte später eine der besten Universitäten Chinas besuchen."

„Du willst mich wohl auf den Arm nehmen!"

„Nein, das ist eine Tatsache."

Wieder so ein merkwürdiger Zufall, sagte ich mir. „Egal, ich versuch´s einfach mal."

Schließlich machte ich nicht weniger als neun Kotaus – nicht nur, weil ich wirklich gerne ein paar Einsen mehr bekommen wollte, sondern auch, weil ich als Urenkel drei dumme Kotaus mehr als mein Vater machen musste.

Als alle Kotaus gemacht worden waren, ließ Onkel Yun eine dicke Rolle von Krachern los, die er zuvor an einem Baum nahe bei der Grabstätte aufgehängt hatte. Als die Kracher neben uns losgingen, wechselten wir uns damit ab, mit einer Hacke den Grabhügel runder zu machen.

Kurz bevor wir weggingen, sammelte mein Vater einige kleine bunte Steine vom Grab unseres Ahnherrn auf und legte sie sorgfältig und respektvoll in einen Umschlag.

„Was hast du mit ihnen vor?" fragte ich ihn.

„Ich nehme sie mit nach Vancouver."

„Das ist gruselig. Du willst doch nicht etwa diese blöden Steine in unser Haus bringen, oder?"

„Genau das habe ich vor. Ich will sie im Wohnzimmer in den Topf mit der tropischen Pflanze legen."

„Aber warum? Ist das eine Art von Magie?"

„Mehr als das, mein Sohn. Die sind so gut wie Steine der Weisen und ganz und gar in der Lage, Wunder zu bewirken, wenn die Zeit dafür reif ist."

Nachdem er das gesagt hatte, verstummte mein Vater und wir gingen schweigend den beschwerlichen Weg hinunter.

Mich bewegten aber jede Menge Fragen, die ich meinem Vater stellen wollte: Was hatten meine Großeltern vor sich hin gemurmelt während ihrer Kotaus? Warum mussten wir den Grabhügel mit der Hacke runder machen? Warum die Kracher – es war doch nicht die Zeit des Frühlingsfestes? Was für eine Art von Gottheit war taiyeye geworden – und wie? Ist er dazu imstande, Wunder zu bewirken wie die Götter, über die ich in der griechischen Mythologie gelesen habe? Und vor allem: Warum wollte mein Vater diese Steine behalten? Was hatte es mit diesen Steinen der Weisen auf sich?

„Papa, ich muss dir ein paar Fragen stellen."

„Still!"

„Papa?"

„Stör´ mich nicht, Allen; ich versuche in Gedanken ein Gedicht zu schreiben."

Aber ich fühlte mich so, als ob ich vor lauter Fragen gleich platzen würde. Ich wollte aber auch nicht Onkel Yun stören, der Großmutter als Stütze auf unserem Weg nach unten diente. Ich glaubte auch nicht, dass er Antworten auf alle meine Fragen gehabt hätte. Weil Papa nicht als Dolmetscher fungieren konnte, konnte ich auch nicht mit meinem noch lebenden Vorfahren, also mit Großvater sprechen. Deshalb musste ich notgedrungen alle meine Fragen herunterschlucken und für eine Weile meinen Mund halten.

„He, Qing, du bist doch so ein starker junger Mann. Kannst du dein Großväterchen nicht auf deinem Rücken tragen?" fragte Großmutter plötzlich in einer Sprache, die eher nach Mandarin klang als nach Großvaters Singsang. „Seine Beine sind zu schwach, um ihn sicher diesen Teil des Abhangs runtergehen zu lassen."

„Sicher", ‚Qing' war mein chinesischer Spitzname, ein Schriftzeichen aus einem berühmten Zitat, das Vater für mich übersetzt hatte: „Es kommt von Indigo, einem Farbstoff aus der Indigo-Pflanze, der aber noch erheblich blauer ist als die Pflanze selbst." Obwohl meinem Vater das Schriftzeichen gefiel, das er für mich ausgewählt hatte, hatte ich immer meinen englischen Namen bevorzugt. Um die Wahrheit zu sagen: Ich hatte diesen chinesischen Namen immer sehr gehasst, er klang richtig dumm und peinlich; nur in diesem Augenblick fing er an, natürlich zu klingen. Als Großmutter mich bei diesem Namen nannte, passte er auf einmal.

Nach einigem Hin und Her gab Großvater endlich meinem Wunsch nach. Ich hatte vorher öfters meine Freunde Kevin und Kenny auf dem Rücken getragen. Das hatte Spaß gemacht, wenn auch nur für ein paar Sekunden. Jetzt, mit meinem Großvater auf dem Rücken, sah ich schon die Gefahr, dass ich schnell ermüden würde. Nach ein paar vorsichtigen Schritten bemerkte ich aber, dass meine Sorge unbegründet war. Der Pfad war vielleicht für einen Siebenundsiebzigjährigen sehr gefährlich, vor allem, weil er nicht nur Probleme mit dem Gehen, sondern auch mit dem Herzen hatte. Für mich aber war dieser Abstieg ein Kinderspiel, denn wir konnten uns Zeit lassen. Außerdem war Opa ein Leichtgewicht von vielleicht sechzig Kilo. Armer, alter Mann, dachte ich, er musste schon ziemlich geschrumpelt sein.

„Pass auf, wo du hintrittst", ärgerte mich mein Vater. Er war offensichtlich gerade in die normale Welt zurückgekehrt, wie ein soeben erwachter indischer Schamane.

Ich wollte wirklich nicht mit meiner Kraft angeben, die ich mir in den letzten Jahren beim Bergsteigen auf dem Grouse Mountain antrainiert hatte, aber aus ganz merkwürdigen Gründen fühlte ich mich, als ob ich wie Harry Potter fliegen könnte, wie ich es so oft in meinen Träumen gekonnt hatte. War das etwa Magie, die in mir zu wirken begann? Konnte es der Widerhall von Großvaters pochendem Herzschlag in mir sein? Was für ein dummer Gedanke, dachte ich mir.

Übersetzer: Frank Joußen

Zustimmung – Varsha Pillai

„Also?" fragte Anandita mit leichtem Zittern in der Stimme. Ihr Vater nickte auf die ihm eigene nonchalante Weise, die er in den Jahren seiner Offizierslaufbahn in der indischen Armee perfektioniert hatte. Anandita seufzte. Das versprach eine lange Nacht zu werden. Das Nicken! Colonel Zutshis Nicken konnte abertausende Dinge zum Ausdruck bringen. Was hatte Phil gesagt? Ja, das „Kopfschütteln". Das kurze Schütteln mit dem Kopf konnte bedeuten: „Ja, ich verstehe, wovon du sprichst." Es konnte sein berüchtigtes ablehnendes Schütteln sein, oder es konnte mildes Desinteresse am jeweiligen Gesprächsthema signalisieren. Anandita rügte sich selbst für diese abschweifenden Gedanken. Sie wollte wissen, was ihr Vater aus dem Ereignis machte. Es war immerhin ein Ereignis gewesen. Ein aufwändiges Abendessen, mit drei Vorspeisen mit Paneer, dem indischen Frischkäse, mit Mais und Hühnchen Tikkas und dem Hauptgericht, bestehend aus Hühnchen Biryani, Raita, Linsencurry, gefolgt von Nachspeisen – eine große Auswahl an Süßspeisen wie Ras-Malai, Jalebis und Eiscreme, begleitet von zwischenzeitlichem eisigen Schweigen und bedächtigem Nicken und dann Small Talk über das Wetter, während der Kaffee gereicht wurde.

Das Dinner-Ereignis, wie sie es bei sich genannt hatte, war die eine Sache gewesen, über die sie sich in der vergangenen Woche den Kopf zerbrochen hatte. Würde es glatt, ohne nennenswertes Theater verlaufen? Oder würde ihr launenhafter Vater sein übliches Spiel mit zwanzig Fragen spielen? Was hatte er noch mal gesagt: „Ein Amerikaner – da hättest du gleich jemanden wie, wie nennt man die noch mal...diese Dinger vom Mars...ja, da hättest du ja gleich einen Marsmenschen finden können!" Einen Marsmenschen – er war erregt, das konnte sie sehen, aber sie hätte nie gedacht, dass er Phil mit einem Marsmenschen verglichen hätte. Er war eine Spur größer als der gewöhnliche Inder, sogar ihr ein Meter fünfundachtzig großer Vater musste seinen Kopf ein wenig heben, um zu Phil hinauf zu sehen, der schlaksige ein Meter neunzig groß war; deshalb konnte man ihn wohl kaum mit einem Marsmenschen vergleichen!

Das Dinner war nicht so verlaufen, wie sie es erwartet hätte. Man hatte sie gewarnt, dass ihr Vater, Colonel Zutshi, ihr die Sache nicht leicht machen würde und dass es für Phil sogar noch schlimmer kommen könnte. Phil hatte aber entspannt gewirkt, er hatte sich mit großem Appetit auf das Hühnchen gestürzt und damit gezeigt, dass er sich trotz leichter Schweißausbrüche durch die scharfgewürzten Tikkas nicht vom Essen abhalten lassen wollte. Zwischen den Bissen hatte er Ananditas Mutter zustimmend zugenickt und ihr Komplimente über ihr Essen gemacht.

Frau Zutshi, die quirlige Gastgeberin, sah bezaubernd aus in ihrem lindgrünen Sari, den sie mit einem Ensemble aus erlesenen Perlen ergänzt hatte. Sie lächelte bei Phils Bemerkungen über ihr Essen, aber das Lächeln wirkte oberflächlich. Anandita konnte ihre Besorgnis spüren, die wie eine instabile Masse Wackelpudding war. Sie warf ihrer Tochter einige konspirative Blicke zu; das war ihre Art, ihrer Tochter zu versichern, dass „alles gut werden würde", aber ihr Lächeln hatte wenig gegen die Schmetterlinge in Ananditas Bauch ausrichten können. Nach dem Abendessen gingen ‚die Männer' auf die Veranda hinaus, um einen ‚Nachttrunk' einzunehmen, wie ihr Vater es formulierte, und die Frauen gingen in die Küche, um sich demonstrativ um den Abwasch zu kümmern.

„Das lief ganz gut, oder?" fragte sie unsicher ihre Mutter.

Frau Zutshi hatte nicht viel geantwortet, nur einen Rat gegeben, der so lautete: „Du kennst deinen Vater; man weiß nie, was er denkt, bis er es selbst ausspricht." Anandita hatte geseufzt und hinzugefügt: „Ich weiß. Wie auch immer, ich denke es ist Zeit, dass Phil zurück zum Hotel geht." Anandita war auf die Veranda gegangen, wo die beiden Männer augenscheinlich in eine Diskussion über den Syrien-Konflikt vertieft waren.

Ihr Vater schien angemessen beeindruckt gewesen zu sein. Phil lächelte und sagte: „Ich muss gehen."

Als er sich von den Zutshis verabschiedete, hatte er Anandita fest in den Arm genommen und ihr ein Zeichen gegeben, dass er noch mit ihr vom Hotel aus telefonieren wollte.

Bald war die Stunde der Wahrheit gekommen. Die Aufregung war ihr ins Gesicht geschrieben. Hatte Phil Colonel Zutshi gefallen? Hatte Phil die Wandlung vom Marsmenschen zum normalen Erdenbürger, zum heiratsfähigen Mann geschafft? Colonel Zutshi war schwer damit beschäftigt, die mehr als fünfzig Fernsehprogramme durchzuklicken, bevor er sich für einen Nachrichtensender entschied. Anandita setzte sich neben ihn auf die Couch und seufzte noch einmal. Als ihr Vater keine Reaktion zeigte, fragte sie ungeduldig: „Was hast du zu sagen?"

Colonel Zutshi nickte und wandte sich dann seiner Tochter zu. Bilder aus der Vergangenheit huschten an seinen Augen vorbei, das pausbäckige Baby, das sie gewesen war, der schlanke Teenager und jetzt die schöne, kompetente Architektin und die erwachsene Frau, die total verliebt aussah und vor ihm saß, begierig zu erfahren, ob ihr Geliebter seine Zustimmung gefunden hatte. Er konnte seiner Tochter die Sache nicht einfacher machen, obwohl er den Jungen mochte, Amerikaner hin oder her.

Nach kurzem Nachdenken antwortete Colonel Zutshi: „Er hat seinen Teller nicht leer gegessen."

Er lächelte, als er den langgezogenen Seufzer seiner Tochter hörte und erhob langsam seine Hand, um ihr das Haar zu zerzausen.

Übersetzer: Frank Joußen

Ein Blizzard – Bohdan Kurowski

Kapitel 1: Ein Klopfen an der Tür

Ein lautes Klopfen an der Tür weckte uns. Was zum Teufel…? Unser kleines Dorf Polesia im Osten Polens war von Sümpfen und Birkenhainen umgeben. Konnte es sein, dass ein Geist aus den Sümpfen uns einen Besuch abstattete? Mutter öffnete die Tür. Zwei krasnoarmeytse, das heißt zwei Soldaten der Roten Armee, und ein KGB-Funktionär in einem Hut mit blauer Krempe standen in der Tür. Wir kannten diese Männer; sie waren unsere Nachbarn!

„Guten Tag, Zophia Cheslavovna", sagten sie. „Sie werden zu Ihrem Vater fahren!"

Großmutter Lucyna wachte ebenfalls auf und trat zu meiner Mutter an der Tür.

„Guten Tag, Lucyna! Sie werden umgesiedelt an einen neuen Wohnort. Sie werden Ihren Mann wiedersehen!"

Mein Bruder Zbyszek und ich standen ebenfalls auf und kamen nachsehen, was da vor sich ging.

„Und ihr Kinder – wollt ihr euren Opa sehen?"

Ja natürlich wollten wir Opa Czeslaw wiedersehen! Es war nun zwei Monate her, seit der KGB ihn an einen unbekannten Ort in Russland geschickt hatte.

„Nun, ihr werdet euren Großvater wiedersehen", sagten die Soldaten; dann fügten sie hinzu, „Ihr habt eine halbe Stunde zum Packen."

Sie wollten uns deportieren!

Es entstand ein Gewühl und Gedränge. Die Frauen liefen umher, um alles Mögliche einzusammeln, während die Funktionäre das Haus durchsuchten. Als sie unseren hölzernen Spielzeugsäbel gefunden hatten, schrien sie laut, „ein Dolch!" Dann sahen sie die Spielzeugpistolen von uns Jungs und riefen, „Pistolen!" Sie kontrollierten auch, was wir einpacken durften und was nicht. Mutter wollte Vaters Reitschuhe von der Armee mitnehmen, aber die Funktionäre erlaubten es nicht. Sie begannen, um die Schuhe zu kämpfen und auch um Vaters

Lederkoffer, auf dem ein Etikett mit den Worten „Hauptmann Witold Kurowski" stand.

„Was? Hauptmann?" schrien die Funktionäre. „Ihr habt keine Armee mehr. Wir haben sie ein für alle Mal vernichtet. Ihr habt keine Offiziere mehr!"

In der Tat – Stalin hatte alle militärischen Ränge abgeschafft: Leutnant, Hauptmann, Oberst, General. Erst viel später sollte er sie wieder einführen. Letztendlich erlaubten die Funktionäre Mutter aber, sowohl die Schuhe als auch den Koffer mitzunehmen. Es war wie ein Wunder, dass es ihr auch noch gelang, Vaters acht Silberpokale und ein Silbertablett einzupacken, die die Unterschriften seiner Offizierskameraden aus der Kavallerie trugen. Dieses Set leistete uns später sehr wertvolle Dienste – als Zahlungsmittel bewahrte es uns mehr als einmal vor dem Hunger.

Die Frist war abgelaufen. Ein Fuhrwerk stand für uns vor dem Haus bereit. Mutter, Großmutter Lucyna, Zbyszek und ich stiegen auf – und mit uns all unsere Koffer und Bündel. Die Frauen versuchten, so viel wie möglich mitzunehmen, um das meiste davon später gegen Essen eintauschen zu können. Das Fuhrwerk brachte uns bis zum Bahnhof von Antopol, wo uns ein langer Frachtzug erwartete.

Wir sahen viele bewaffnete Soldaten in Budyonny-Hüten, jeder mit einem roten Stern versehen, der aussah wie ein großer Blutfleck. Die Soldaten luden ungefähr sechzig Menschen in einen Wagon. Schon bald waren die hölzernen Pritschen unten und oben komplett belegt – Männer, Frauen, Alt und Jung, alle lagen nebeneinander. Im Wagon befand sich außer den Pritschen nur ein Ofen, der aber jetzt wegen des warmen Aprilwetters außer Betrieb war. Alles, was man davon noch benutzen konnte, war eine einzige Kochplatte. In der Mitte des Bodens befand sich ein Loch.

Kapitel 2: Durch den Ural

Unsere Reise begann. Jeder Wagon wählte einen Ältesten, der die Deportierten gegenüber den Aufsehern repräsentieren sollte. Wir erhielten eine Mahlzeit am Tag. An den Bahnhöfen wurden Eimer in die Wagons gehievt, in denen sich scheußlich schmeckende Nudeln befanden; sie waren fingerdick, mit einem Loch in der Mitte. Die

Menschen holten sie sich mit Löffeln, Töpfen oder Kochgeschirr, was auch immer zur Hand war. Einmal schauten Zbyszek und ich in den Eimer hinein und sahen, dass die Nudeln sich bewegten. Wir schrien laut auf. Ein Funktionär kam zu uns und sagte, „wenn ihr es nicht mögt, dann esst es nicht." Er nahm uns den Eimer ab und das war´s.

Viele Menschen hatten sich Essen mitgebracht; alles Mögliche, was sie gerade noch von zu Hause aus mitnehmen konnten. Einige wohlhabende Polesa-Bauern teilten ihr Essen mit uns. Einige wenige chassidische Juden waren auch in unserem Wagon, aber sie blieben unter sich und aßen natürlich kein Schweinefleisch.

Das Loch im Fußboden diente als Toilette. Von Zeit zu Zeit hielt der Zug mitten in der Wildnis. Diejenigen, die noch stark genug dazu waren, strömten aus den Wagons, um sich zu erleichtern. Aufseher umringten sie, mit Stöcken und Gewehren bewaffnet. Sie beaufsichtigten sie, bis die ganze Prozedur vorüber war. Jenseits des Urals, in Chelyabinsk, marschierten die Soldaten mit uns zu einem riesigen russischen Badehaus. Zbyszek und ich wurden umringt von einer großen Menge nackter Menschen jeden Alters, einschließlich Frauen. Wir waren fassungslos.

Bald erkrankte Mutter an der blutigen Ruhr. Es schien, als ob sie nie mehr von ihrer Pritsche aufstehen könnte. Ein Polesa-Bauer sagte zu ihr, „Zoya, ya tebya vylechu. Zophia, ich werde dich heilen." Er hatte siebzigprozentigen schwarz gebrannten Schnaps und ein Fass mit gesalzenem Schweinefett. Er goss etwas von dem Schnaps in die Tasse und gab es Mutter zu trinken. Gehorsam trank sie alles mit einem Schluck aus. Dann reichte der Bauer ihr ein Stück Schweinefett. Es war gelblich und sah unappetitlich aus, war aber noch nicht verdorben. Der Bauer sagte, Mutter müsse es essen, um den Magen zu schützen. Mutter hatte keine Wahl; auf unserem Transport gab es keine Ärzte. Nach ein paar Stunden wiederholte der Bauer seine Behandlung.

Erstaunlicherweise ging es Mutter am nächsten Tag besser. Obwohl sie immer noch sehr schwach war, konnte sie langsam wieder aufstehen. Der Alkohol verbrannte die Ruhr. Großmutter Lucyna stand ihr immer zur Seite. Sie und Mutter hatten sich immer gegenseitig sehr geholfen, obwohl Lucyna nur Mutters Stiefmutter war. Was meinen Bruder und mich betraf, so standen wir die ganze Zeit unter

Schock. Ich war nicht mal sieben, Zbyszek nicht mal neun. Wir fragten die Erwachsenen ständig: "Was geht hier vor? Wohin bringen sie uns? Wo ist Opa? Was wird aus uns werden?" Die Frauen trösteten uns. Beide beteten den Rosenkranz und sagten verschiedene Litaneien auf. Sie ermunterten auch uns zu beten. Der ganze Wagon betete gemeinsam – Katholiken, Unierte, Juden.

Kapitel 3: Kaz-tzick

Wir fuhren tausende Kilometer mit dem Zug – durch den Ural, durch große Teile Russlands und Sibiriens. Ende Mai trafen wir in der Stadt Shortandy im Akmolinsk, einem Bezirk in Kasachstan ein. Die Russen luden uns dichtgedrängt auf zwei Lastwagen, die uns ungefähr dreißig Kilometer durch die Steppe zu einem sovkhoz namens Kaz-tzick transportierten. Sobald sie uns abgesetzt hatten, fuhren die Soldaten mit den Lastwagen davon.

In den ersten Nächten schliefen wir in einem Raum, der dem lokalen Radiosender gehörte; er war so groß wie ein Konzertsaal. Mehr als zwanzig Menschen lagen Seite an Seite. Das Ungeziefer im Heu bemerkte sofort unsere Anwesenheit. Schon bald waren wir alle völlig zerstochen von Läusen, Flöhen - und vor allem von Bettwanzen. Die Nächte waren unerträglich; jeder rannte hinaus. Während des Tages versuchten wir verzweifelt, unsere Kleidung zu waschen und danach in der Sonne zu trocknen.

Ungefähr zwei Wochen später wurde Mutter, Großmutter, Zbyszek und mir eines der Bauernhäuser zugewiesen. Abgesehen von drei Betten fehlte in unserem Zimmer jegliches Mobiliar. Zbyszek und ich teilten uns ein Bett, die beiden Frauen schliefen im zweiten; das dritte Bett war von einem Kriegsinvaliden belegt, der seine Beine verloren hatte. Jede Nacht kroch er zur Wand, um sich daran den Rücken zu kratzen.

Eines Tages blieb ich allein mit ihm im Zimmer. Ich wachte auf und sah eine dunkle Welle von seinem Bett aus über den Fußboden Zentimeter für Zentimeter auf mich zukommen. Ich guckte genau hin: Es waren Läuse, auf der Suche nach neuem Futter. Ich schrie mir die Lunge aus dem Leib. Jemand alarmierte Großmutter. Sie kam und brachte mich ins Krankenhaus, wo ich wegen Ungeziefer-Vergiftung behandelt wurde. Bald darauf brachten sie uns zu einem anderen Bauernhaus. Letztendlich wurden wir in einem anderen Distrikt angesiedelt, einige Kilometer in der Steppe, nahe einem kasachischen Aul.

Mutter hatte sich immer noch nicht ganz von der Ruhr erholt. Dennoch musste sie arbeiten gehen. Zu Beginn arbeitete sie als Traktorfahrerin. Die Traktoren liefen auf Zahnrädern und wackelten fürchterlich. Aber wir hatten unglaubliches Glück. Es stellte sich heraus, dass eine examinierte polnische Krankenschwester auf der Krankenstation arbeitete. Ihr Name war Wanda Naumowa. Sie bot meiner Mutter Arbeit auf der Krankenstation an, zusammen mit einer Art medizinischer Ausbildung. Mutter ergriff diese Gelegenheit sofort beim Schopfe.

Die Ausbildung dort muss wohl ziemlich gut gewesen sein, denn nach einiger Zeit ernannte man sie zur Leiterin des Erste-Hilfe-Postens an der Goldmine von Zholymbek, ein paar Kilometer nördlich von unserem Wohnort. Sie ging dorthin, während wir in Kaztzick blieben. Ich erinnere mich an Laster mit Gold-Erz, die auf der Naturstraße zwischen Zholymbek und Shortandy fuhren. Zbyszek und ich sammelten die Krumen auf, aber nach dem Ausbruch des Krieges zwischen der Sowjetunion und Deutschland im Jahre 1941 wurden die Laster zur Front abgezogen und die Goldtransporte wurden eingestellt.

Ab dem ersten September gingen wir wieder zur Schule. Mutter nähte uns die Pionierabzeichen – rote Sterne – auf unsere Kleidung, damit wir uns nicht von den anderen Kindern abhoben. Dadurch blieben wir aber nicht von Verfolgung verschont.

Eine Lehrerin, eine untersetzte kleine Frau namens Maria Ivanovna, war die Polit-Kommissarin der Schule; ihr unterstand die Krasnyi Ugalok, die Rote Ecke, ein Gedenkraum mit den Porträts der sowjetischen Helden, darunter die Genossen Stalin, Lenin, Woroschilow, Timoschenko und Budyonny. Schon vor dem Krieg hatte es ein Lied gegeben, in dem es hieß: „Sollte morgen der Krieg ausbrechen, sollte morgen ein Marsch stattfinden – lasst uns schon heute bereit zum Marschieren sein – unser Stalin mit uns, Timoschenko der Held, und der Krieger Woroschilow!"

Ich stand einmal vor einem riesigen Porträt Budyonnys und bewunderte vor allem seinen langen, fließenden Bart. Maria Ivanovna bemerkte mich, trat nahe an mich heran, und fragte: „Was denn, liebst du den Genossen Budyonny?"

„Er erinnert mich an jemanden."

„Und an wen erinnert er dich?"

„Ich kannte auch mal einen General."

„Einen General!"

Sie begann mit mir zu streiten. „Was für ein General? Es gibt keine Generäle. Wir haben eure Generalität zerschlagen – und eure Armee – ein und für allemal! Davon ist nichts übriggeblieben."

Ich schreckte vor ihrem Wutausbruch zurück. Maria Ivanovna rief die anderen Kinder.

„Ihr sollt wissen, dass dieser Junge hier ist, damit er umerzogen wird", sagte sie. „Sein Vater ist ein Verräter, weil er kapituliert hat."

Natürlich ergab das alles keinen Sinn. Vater diente nicht in der Sowjetarmee, Genosse Stalin kollaborierte mit dem Genossen Hitler. Aber ich war nur ein kleiner Junge, deshalb konnte ich nichts als schluchzen. Die Kinder umringten mich, sie ließen mich nicht aus dem geschlossenen Kreis heraus. Später redete Mutter ein ernstes Wort mit der Lehrerin. Maria Ivanovna war danach immer noch gemein zu mir, belästigte mich aber nicht mehr.

Nicht weit vom Wald entfernt, auf der westlichen Seite der sovkhoz, war der Aul von Kazalh. Die Hütten der Bewohner waren mit in der Sonne gebrannten Ziegeln aus Kuhdung und Lehm erbaut. Viele davon hatten einen Windfang. Damit sie überhaupt aus dem Haus herauskamen, öffneten die Türen nach innen. Auf dem Dach jeder Hütte lag das Gestänge einer Jurte. Im Frühjahr führten die Kasachen ihre Schafe zum Grasen hinaus auf die Steppe und nahmen ihre Jurten mit. Einige Monate lang lebten wir in einer solchen kasachischen Hütte.

Unser Gastgeber war ein alter Mann namens Kïndjïbai. Er trug einen Spitzbart und, wie jeder Kasache, schätzte er Tee sehr. In diesen Zeiten war kirpichnyy chay der einzig erhältliche Tee. Kïndjïbai stellte den Samowar auf einen niedrigen, runden Tisch und wartete, bis der Tee glühend heiß war. Dann goss er sich Tee aus dem Samowar ein und trank ihn. Sommers wie winters trug er Schaffellkleidung, aber wenn er den kirpichnyy chay trank, begann er zu schwitzen. Dann zog er nach und nach seine Kleidung aus, bis er mit nacktem Oberkörper da saß. Manchmal erzählte er uns davon, wie gut es ihm früher gegangen war. Er kam aus einer sehr wohlhabenden Familie, mit unzähligen Schafen und Kühen. In unserer Gesellschaft scheute er nicht davor zurück, darüber zu klagen, wie die Sowjets den Kasachen alles genommen hatten – ihren Besitz, ihre Nationalität, ihre wirtschaftliche Unabhängigkeit.

Wir kamen Ende Mai in Kasachstan an. Der Winter brach aus heiterem Himmel über uns herein. Berge von Schnee bedeckten die nahegelegenen Wälder, so dass nur noch die Spitzen der höchsten Birken sichtbar waren. Dann kamen die purgi, die Blizzards. Manchmal gingen die Menschen während eines Schneegestöbers hinaus, taten ein paar Schritte zwischen den Häusern und verschwanden spurlos. Im Frühling, nachdem der Schnee geschmolzen war, fand man ihre leblosen Körper in der Steppe. Sie hatten sich verlaufen und waren erfroren. Die Nachbarn spannten Leinen zwischen den Häusern, um zu verhindern, dass man sich verlief.

Zbyszek und ich fuhren auf Skiern herab vom Dach eines zweigeschossigen Hauses, in dem wir für eine Zeitlang wohnten. Wir mussten die Skier selbst machen. Zuerst stahlen wir Fichtenholz aus den Wäldern und schnitten es zu Planken zurecht. Danach kochten wir sie lange in Wasser, bis sie weich und biegsam geworden waren. Am Ende machten wir die Einkerbungen und befestigten die Bindungen, die Schnallen und die Verschlüsse an den Planken, damit die Füße sicheren Halt hatten.

Auch wenn sie nicht perfekt waren – diese Skier benötigten wir dringend, denn sonst hätten wir den zwei Kilometer langen Schulweg durch die schneebedeckte Steppe nie bewältigen können. Einmal kam ich aus der Schule nach Hause, zog Stiefel und Handschuhe aus und entdeckte überall Frostbeulen an meinen Händen und Füßen. Es waren Frostbeulen zweiten Grades. Draußen hatte ich sie nicht einmal bemerkt. An den Folgen dieser Frostbeulen litt ich für den Rest meines Lebens.

Eines Tages hörten wir ohrenbetäubende Explosionen. Etwa Kanonen? Nein, es waren Risse, die sich im Schnee auftaten. Die weißen Berge, die die Wälder bedeckten, begannen auseinanderzubrechen. Große Ströme von Wasser ergossen sich aus ihnen heraus. Das Wasser floss in die alten Schluchten und verschwand ganz schnell. Innerhalb einer Woche oder zwei verdrängte die Sommerhitze die Kälte.

Die Menschen in der sovkhoz erhielten tägliche Brotrationen – die rabochiye (Werktätigen) erzielten 500 Gramm, die izhdiventse (Familienangehörigen) erhielten 200 Gramm. Das Brot enthielt oft schimmelige Hirse, wodurch es bitter wie Wermut schmeckte. Theoretisch konnten sich die Menschen jeden Tag anstellen, um ihre Rationen in Empfang zu nehmen, aber in der Praxis sah es so aus, dass der Nachschub an Brot häufig mehrere Tage ausblieb, vor allem nach dem Ausbruch des deutsch-sowjetischen Krieges. Gemüse und Obst waren nicht verfügbar, so dass wir alle bald Skorbut bekamen. Unsere Zähne wurden locker, das Zahnfleisch blutete und schmerzhafte Geschwüre bedeckten unsere Körper, besonders am Nacken und an den Beinen. Es gab keine wirksame Behandlung dagegen, nur einen wenig wirksamen Balsam.

Wir hungerten. Zwei Jungen aus der Nachbarschaft trugen ständig Zahnbürsten und Dosen gefüllt mit Kerosin mit sich herum. Von Zeit zu Zeit tunkten sie die Zahnbürsten in das Kerosin und saugten daran. Ihre Beine sahen aus wie Holzstäbchen, ihre Bäuche waren aufgequollen. In einem anderen Haus lebte eine alte Jüdin. Sie sah aus wie ein Skelett. Wenn sie vor ihrem Haus saß, streckte sie ihre Schienbeine so aus, dass man ihre Genitalien sehen konnte. Uns Jungs amüsierte das, aber in Wirklichkeit war es ein trauriger Anblick. Ich weiß nicht, was aus ihr geworden ist. Viele Menschen starben an Unterernährung. Ein Kasachstan-Foto von Oma Lucyna hat überlebt. Aus der molligen, gutaussehenden Frau, die sie vor dem Krieg gewesen war, war ein Skelett geworden, das den Gefangenen aus nationalsozialistischen Konzentrationslagern ähnelte.

Dank des Erfindungsreichtums von Großmutter Lucyna mussten Zbyszek und ich niemals Hunger leiden. Mutter erhielt ihre Brotrationen als Werktätige und darüber hinaus weitere Zuwendungen als Leiterin des Erste-Hilfe-Postens in Zholymbek. Wenn jemand unter diesen harten Bedingungen krank wurde, gab er oft sein letztes Ei für ein Heilmittel. Mit anderen Worten: Im Exil Krankenschwester zu sein war wie ein Lotteriegewinn.

Was Oma Lucyna betraf, so ist daran zu erinnern, dass sie die Ehefrau von Opa Czeslaw, dem Direktor einer Landwirtschaftsschule in Polen, war. Als solche hatte sie viele nützliche Fertigkeiten erlernt. So verstand sie sich zum Beispiel auf die Imkerei. Die Nachricht, dass sie Bienenzüchterin war, verbreitete sich schnell im sovkhoz.

Oma wurde zur Verwaltung zitiert, die sie beauftragte, eine Imkerei zu errichten – die erste überhaupt in Kaz-tzick. Oma stimmte zu und sagte den dortigen Beamten, was sie dazu brauchte. Sie betonte, die Bienen bräuchten einen besonderen Schutz im Winter. Die Verwaltung versicherte ihr auf typisch sowjetische Weise: „Kein Problem! Das wird alles erledigt!" Und in der Tat errichtete Großmutter eine Imkerei. Sie wurde westlich von Kïndjïbais Haus angelegt, jenseits des Birkenwäldchens.

Was war das eine Freude – wenn niemand hinsah, bekamen wir jetzt frische, weiche Honigwaben. Weil es dort keinen Wachtposten gab, die Imkerei lag zu weit von allem entfernt, konnten wir sie öfter stibitzen. Manchmal brachten wir Kïndjïbai einen ganzen Topf Honig. Als der Winter kam, wurden die Bienen in eine der Hütten gebracht, aber ohne zusätzlichen Schutz. Oma schrie und bettelte, aber ohne Erfolg. Die Bienen starben und die Imkerei überstand nur eine Saison.

Am Ende bekamen Zbyszek und ich sogar noch einen Job. Rings um den sovkhoz lagen riesige Weizenfelder. Deren Erträge waren aber nicht für die örtliche Bevölkerung gedacht, sondern wurden nach Shortandy abtransportiert. Allerdings standen dafür nur zwei Laster zur Verfügung und diese brachen andauernd zusammen. Nach der Ernte produzierten die Mähdrescher Tonnen von Weizen, für die gar keine Transportmöglichkeit mehr bestand. Wir wurden mobilisiert, um das Steppengras mit spitzen Spaten herauszustechen und, nachdem der Boden geglättet worden war, den Weizen auf den Boden zu schütten.

Der Winter kam und bedeckte den Weizen. Als es Frühling wurde und alles abgetaut war, waren diese gigantischen Weizenberge verrottet, aber immerhin hatten Zbyszek und ich Arbeit gehabt. Wenn niemand hinsah, gingen wir zu dem Weizenberg und nahmen uns eine Handvoll Weizen. Aber Stehlen war ein ernsthaftes Verbrechen. Wir taten also so, als ob wir getrockneten Kuhdung holen und unter unseren Hemden verstecken würden. Darunter versteckten wir den Weizen und brachten ihn nach Hause. Kuhdung sammeln und Weizen stehlen waren unsere Aufgaben im Sommer.

Kapitel 4: Kriegsende

Eines Tages kam ich von der Schule zurück zu Kïndjïbais Hütte und sah – Opa Czeslaw! Er war weiß wie die Wand und nur sein großer Schnurrbart sah immer noch beeindruckend aus. Er saß auf einer Pritsche und wusch sich die Füße in einer Waschschüssel. Ich begann zu schluchzen und hörte stundenlang nicht mehr auf.

Nachdem General Sikorski einen Vertrag mit Stalin geschlossen hatte, wurden viele Polen aus den Gulags freigelassen. Opa Czeslaw, der damals neunundfünfzig war, kam nach Shortandy, um sich zur Armee von General Anders zu melden. Das war das letzte Mal, dass er uns sah – seine Frau Lucyna, seine Tochter Zophia und uns, seine Enkel. Bald rückte er mit den Truppen Richtung Teheran ab, durch das Kaspische Meer. Nach dem Krieg schickte uns jemand ein Foto: Da stand Opa in der Uniform eines einfachen Soldaten, vor dem Militärfriedhof von Tel Aviv. Kurz darauf starb er an Typhus und wurde auf genau diesem Friedhof beerdigt.

Einige Monate der patriotischen Euphorie folgten. Nach dem Sikorski-Stalin Vertrag wurde Mutter die Bevollmächtigte für die Regierung in diesem Gebiet. Wir erhielten die ersten Lieferungen von der UNRA und Mutter war für die Verteilung verantwortlich. Darunter waren Dosen mit Fisch – wunderbare amerikanische Makrelen – aber auch Decken, Jacken, Uniformen, Kampfanzüge. Für uns Kinder war diese Kleidung zu groß, aber die Frauen wussten, wie man sie ändert, und so stolzierten wir Jungs in Kampfanzügen durch die Gegend.

Dann kam noch ein Besuch an. Es war Opas Nichte, Anka Jaroszewicz, die uns durch Vermittlung des Roten Kreuzes gefunden hatte. 1939, sie war damals erst siebzehn, war sie in einer Razzia vom KGB gefangen genommen worden. Die KGB-Funktionäre ergriffen sie so, wie sie dort stand, in ihrer Schuluniform, und deportierten sie in den Altai Bezirk. Nach dem Sikorski-Stalin-Pakt erhielt sie die Erlaubnis, ihre Familie zu suchen. So kam sie nach Kaz-tzick. Danach meldete sie sich zusammen mit zwei anderen jungen Frauen zur

Armee von General Anders. Aber der KGB intervenierte, und alle drei wurden zurückgeschickt. Ohne Rücksicht auf politische Abkommen entschied immer noch der KGB, wer die Ehre erhielt, sich für die polnische Armee zu melden. Seine Politik bestand ganz einfach darin, junge Menschen in der UDSSR zu behalten.

Nachdem die polnische Armee abgerückt war, wich unsere patriotische Euphorie einer dunklen Apathie. Neue Hoffnung keimte erst mit der Ankunft von Wanda Wasilewskas prosowjetischer „Union polnischer Patrioten" auf. Mittlerweile war Anka Jaroszewicz zur sogenannten Armia Nad Okq, der Oka-Fluss-Armee, einberufen worden, einer polnischen Abteilung der Roten Armee. Sie wurde den Füsilieren zugeteilt, einem Bataillon, das besonders schlimm für Frauen war. Als das Bataillon 1945, nachdem es Warschau erreicht hatte, aufgelöst wurde, verbrannte Anka prompt all ihre Kriegsauszeichnungen und zog sich völlig von der Welt zurück. Als die Familie sie schließlich fand, war sie an Schizophrenie erkrankt, als Folge einer nicht behandelten reaktiven Psychose. So endete der Krieg für Anka.

Die Ironie des Schicksals bestand allerdings darin, dass ihre Rekrutierung durch die Füsiliere uns einen Vorteil verschaffte. Exklusiv erhielten nämlich die Familien der Oka-Fluss-Armee die Erlaubnis, in die Ukraine überzusiedeln – zur sogenannten „Verbesserung der Lebensbedingungen". Auf großen Umwegen gelangten wir mit einem Spezialtransport dorthin. Oft stoppte unser Zug. Ich erinnere mich daran, dass wir einmal bei den Feldern der berühmten Schlacht von Kursk anhielten. Die Panzer waren dort bis zum Horizont verstreut. Zbyszek und ich wanderten durch dieses Meer von Wracks.

Zu guter Letzt kamen wir bei der sovkhoz namens Zarya Kommunizma („Die Morgendämmerung des Kommunismus") an, ungefähr zwei Kilometer entfernt von der Stadt Piatykhatky, im Gebiet von Kharkov. Zuerst wohnten wir mit fünfzehn Fremden in einem einzigen Zimmer – wirklich eine „Verbesserung der Lebensbedingungen." Wir gingen auch nicht mehr zur Schule. Ich arbeitete als Lastwagenfahrer, Zbyszek als Holzfäller. So verbrachten wir drei lange Jahre in der „Morgendämmerung des Kommunismus".

1945 endete der Zweite Weltkrieg, und der Tag unserer Rückkehr nach Polen war gekommen. Es war Spätherbst. Mutter – die jetzt die polnische Konsulin in Dnepropetrovsk war – wollte die Sowjetunion nicht eher verlassen, bis sie möglichst allen polnischen Exilanten geholfen hatte. Sie arbeitete ohne Pause – trotz ihrer weit fortgeschrittenen Tuberkulose, die sie zehn Monate später ihr Leben kosten sollte.

Oma Lucyna, Zbyszek und ich kehrten ohne sie nach Polen zurück. Wieder einmal reisten wir in Viehwagons – mit zwei Pritschen übereinander, einem Loch im Fußboden als Toilette, und all den anderen Widrigkeiten. Aber dieses Mal hatten wir genug zu essen, köstliche Dosen der UNRA, gefüllt mit Fisch oder Fleisch! Brot wurde uns an den Bahnhöfen an den Zug gebracht. Die Reise dauerte mehrere Monate, weil der Zug oft auf Nebengleise umgeleitet wurde, um den Soldaten Platz zu machen, die nach Deutschland zurückkehrten.

Im Februar 1946 überquerten wir bei Premy'sl die polnische Grenze. Auf den Feldern exerzierten polnische Soldaten zu Pferde, mit den charakteristischen gelben Krempen an den Hüten. Polnische Armeeabzeichen, polnische Kavallerie. Es war eine Schwadron der Wojsko Ochrony Pogranicza, der Grenzschutztruppe. Alle im Zug sprangen auf, wie ein Mann. Tränen rannen über unsere Wangen und wir sangen, „Noch ist Polen nicht verloren."

Sovkhoz – staatlicher Landwirtschaftsbetrieb in der UDSSR.
Aul – Bezeichnung für eine Siedlung oder ein Dorf bei den Turkvölkern.
UNRA – United Nations Relief and Rehabilitation Administration – die 1943 gegründete Nothilfe- und Wiederaufbauverwaltung der Vereinten Nationen.

Auswahl der Texte, Übersetzung und Edieren aus dem Polnischen: Dr. Joanna Kurowska

Übersetzer ins Deutsche: Frank Joußen

Sein Weihnachtswunsch
Alan Jankowski

Die Weihnachtsfeiertage sind für mich immer eine unvergessliche Zeit des Jahres gewesen. Ob es die Zeit mit der Familie war, die besonderen Geschenke eines geliebten Menschen oder einfach nur der Geruch von Großmamas Essen, jedes Weihnachten hat für mich immer etwas gehabt, an das ich mich gerne erinnere. Die Weihnachtsgeschichte, die ich erzählen möchte, ist mir besonders ans Herz gewachsen. Sie ereignete sich vor vielen Jahren, als ich noch ein alleinstehender Typ in meinen zwanziger Jahren war. Eine Sache, die dieses Weihnachten von anderen abhebt, war die Menge an Schnee und kaltem Wetter. Dies war einer der schlimmsten Winter, die wir jemals hatten.

Deshalb war es sicherlich keine Überraschung, als ich eines Nachmittags früh von der Arbeit nach Hause geschickt wurde. Der Schnee hatte am späten Vormittag begonnen, und um die Mittagszeit schneite es bereits heftig. Der Chef hatte kurz darauf entschieden, uns gehen zu lassen. Und weil es der letzte Arbeitstag vor Weihnachten war, freute ich mich darauf, früh nach Hause zu kommen und einen entspannten Nachmittag zu genießen. Womit ich nicht gerechnet hatte, war die zunehmende Heftigkeit des Schneefalls und die lange Heimfahrt. Ich benötigte fast drei Stunden, um eine Strecke zurückzulegen, für die ich ungefähr zwanzig Minuten hätte brauchen sollen.

Als ich endlich in die Stadt zurückkam, wurde die Fahrt etwas erträglicher, weil fast keine Autos mehr auf der Straße waren. Anscheinend war jeder, der Verstand besaß, sicher drinnen, wo es warm und gemütlich war. Trotz des wenigen Verkehrs war die Fahrt mühsam, weil der Schnee weiterhin schnell und stetig fiel. Als ich schließlich nur noch einige Straßen von meinem Zuhause entfernt war, tanzten Bilder vom Öffnen einer Weinflasche und Fernsehen Schauen in meinem Kopf. Aber als ich um die nächste Ecke bog, sah ich etwas völlig Unerwartetes. Auf dem schneebedeckten Bürgersteig stand ein kleiner Junge. Er konnte nicht älter als sechs oder sieben Jahre sein. Er trug einen Mantel mit Kapuze, aber es war klar, dass er schon eine ganze Weile draußen gewesen war, weil der Schnee an seiner Kapuze hing. Geschockt davon, dass ein Junge seines Alters bei diesem Wetter allein draußen war, fuhr ich sofort an die Seite der schneebedeckten Straße. Ich stieg aus und näherte mich dem Jungen.

„Hallo", sagte ich, „wie heißt du?"

Der Junge drehte sich wortlos ab. So wie seine Augen aussahen, schien er geweint zu haben, obwohl man das wegen des Schneefalls nicht mit Bestimmtheit sagen konnte.

„Wie heißt du?" wiederholte ich, und diesmal hockte ich mich in Augenhöhe vor ihn in den Schnee.

Der Junge blieb stumm mit dem Rücken zu mir stehen. Ich konnte fühlen, wie die Kälte des Schnees meine Arbeitsschuhe durchdrang und wusste, dass ich ihn nicht hier draußen lassen konnte. Ich musste entweder seinen Namen herausfinden und seine Mutter anrufen oder ihn zur nächsten Polizeiwache bringen. Ich streckte meine Hand aus und ergriff sanft seinen Arm.

„Nein!" schrie er auf. Der Junge wehrte sich und versuchte weg zu laufen, wobei er beinahe in den Schnee gefallen wäre. Ich ergriff ihn schnell mit meiner anderen Hand und hob ihn vorsichtig hoch.

„Nein!" schrie er, „ich kann nicht weggehen!"

Ich hielt ihn behutsam fest und versuchte, vernünftig mit ihm zu reden.

„Was ist denn los?" fragte ich ihn etwas besorgt, „du kannst nicht hier draußen im Schnee bleiben."

Der Junge zögerte einen Moment, dann schien er sich zu beruhigen. Langsam drehte er sich zu mir um. Ich konnte die Tränen in seinen Augen sehen, die hinter den Schneeflocken auf seinem geröteten Gesicht landeten.

Der Junge stand wortlos im fallenden Schnee. Einen Augenblick später begann er zu sprechen. „Es ist mein junger Hund", schluchzte er, „ich habe meinen kleinen Hund verloren."

Ich erkannte sofort den Ernst der Lage. Ein verlorengegangener Hundewelpe war eine ernste Sache, vor allem in einem Schneesturm. Nach etwas gutem Zureden überzeugte ich ihn, in mein Auto einzusteigen. Sofort stellte ich das Radio leiser und schaltete die Heizung höher.

„Wir finden deinen kleinen Hund", beruhigte ich ihn.

Eine Million Gedanken schossen mir durch den Kopf, als ich das Auto wieder auf die Straße lenkte. Vor allem überlegte ich, wie es so ein kleiner Junge geschafft hatte, sich aus dem Haus zu schleichen und wer wohl in diesem Moment nach ihm suchte. Ich dachte daran, wie ich nachher seine Eltern finden könnte, und welche Sorgen ihnen jetzt durch den Kopf gehen mussten. Aber am wichtigsten war: Wir mussten diesen Hundewelpen finden!

Allmählich, als wir so durch die Gegend fuhren, begann der Junge zu erzählen. Ich erfuhr, dass sein Name Doug war und dass er sich aus dem Haus davongestohlen hatte, um seinen neuen Hundewelpen Gassi zu führen. Dabei hatte Doug den Griff an der Leine gelockert, und der junge Hund war entwischt. Das war offensichtlich vor über einer Stunde passiert. Angesichts des Schnees, der seitdem gefallen war, würde er nicht einfach zu finden sein, obwohl ich mir nicht vor-stellen konnte, dass der Hund weit gekommen war. Aber ich wusste, wir mussten ihn finden.

Doug presste seine Nase gegen das Beifahrerfenster, die ganze Zeit während wir durch die Straßen meines Viertels fuhren. Ich kann mich noch daran erinnern, wie sein Atem immerzu das Glas beschla-gen ließ und wie er diesen Dunstschleier immer wieder mit seinen kleinen Händen wegwischte. Nach fast einer Dreiviertelstunde be-gann ich die Hoffnung zu verlieren. Wir waren mehrmals ohne Erfolg um die gleichen Wohnblocks herumgefahren. Der Schnee türmte sich immer höher auf, aber schlimmer war noch, dass die Sonne schnell unterging. Ich hatte gerade den Gedanken, zur örtlichen Polizeiwache zu fahren, um ihnen die Sache zu überlassen.

„Schau!" rief Doug plötzlich aus, „guck doch!"

Ich konnte nichts durch das beschlagene Fenster sehen, aber ich fuhr schnell rechts ran. Doug sprang aus dem Auto und ich folgte ihm so schnell es ging. Das Ende einer roten Leine führte in eine kleine Schneewehe. Wie Doug die Leine erblickt hatte, ging über mein Vor-stellungsvermögen. Nur ein Junge, der seinen geliebten Hundewelpen vermisst, konnte so etwas sehen.

Ich folgte dahin, wo die Leine in den Schnee führte. In der Schneewehe war ein kleines Loch vom Atem des Welpen. Offensichtlich war der Hund noch am Leben. Ich griff in das Loch und zog einen kleinen braunen Mischlingswelpen heraus. Sein Fell war mit kaltem Schnee bedeckt. Er zitterte erbärmlich, reagierte ansonsten aber nicht.

„Sparky!" rief Doug aus, „Es ist Sparky!"

Ich führte Doug zum Auto zurück und setzte ihn wieder auf den Beifahrersitz, mit seinem Hundewelpen auf dem Schoß. Dann holte ich aus dem Kofferraum eine alte Notfalldecke, die ich immer im Wagen hatte. Ich stieg wieder ins Auto, wickelte den kleinen Hund in die Decke und gab ihn dem Jungen zurück. Für einen Moment saß ich still da und überlegte den nächsten Schritt. Sparky war am Leben, schien sich aber kaum zu bewegen.

Ich fuhr los zum nächsten Münztelefon. Ein alter Freund von mir hatte eine Tierarztpraxis in der nächsten Stadt. Mit etwas Glück würde er zu Hause sein und einwilligen, trotz des Schnees, für eine gute Tat auszurücken.

„Hallo", antwortete eine Stimme.

„Fröhliche Weihnachten, Pete. Gary hier", begann ich. „Ich muss dich um einen großen Gefallen bitten. Ich habe hier einen sehr kranken Hundewelpen und brauche jetzt deine Hilfe."

„Seit wann bist du ein Tierliebhaber?" fragte Pete.

„Er gehört nicht mir", antwortete ich, „sondern einem kleinen Jungen."

„Komm in zwanzig Minuten zur Praxis", war die Antwort.

Ich stieg wieder ins Auto ein und fuhr los durch den Schnee, während Doug Sparky fest auf seinem Schoß hielt. Bei diesem Zustand der Straßen brauchten wir ungefähr eine halbe Stunde. Als wir vor der Praxis vorfuhren, war Pete schon da. Nachdem ich geparkt hatte, schnappte ich mir das Bündel aus Decke und Hundewelpen und führte Doug ins Gebäude. „Pete, das ist Doug", sagte ich. „Und das ist Sparky", fügte ich hinzu, als ich ihn Pete übergab.

„Hallo Doug."

Pete packte den Welpen vorsichtig aus und sah ihn sich näher an. Der Hund zitterte immer noch und reagierte kaum.

„Er war mindestens eine Stunde draußen, soweit ich weiß", begann ich, „er ist meinem Freund Doug hier weggelaufen. Und Doug habe ich gefunden, als er nach ihm suchte."

„Hast du seine Eltern benachrichtigt?" fragte Pete.

„Noch nicht", gab ich zur Antwort, „Doug weiß die Nummer nicht, aber darum können wir uns später kümmern."

„Ich gehe mit Sparky nach hinten", meinte Pete zu uns, „du bleibst hier mit Doug."

Pete wickelte den kleinen, zitternden Hund in die Decke ein und trug ihn ins weiter hinten gelegene Labor, während Doug und ich im Warteraum blieben. Ich tat mein Bestes, um den Jungen aufzumuntern, indem ich ihm einige meiner langweiligsten Witze erzählte, ihm Lieder vorsang und einfach unter den gegebenen Umständen mein Bestes gab. Langsam kam er wieder zu sich, als ich ihm permanent versicherte, dass Sparky in guten Händen war und wieder in Ordnung kommen würde. Auf jeden Fall hoffte ich das, weil ich spüren konnte, wie viel er Doug bedeutete.

Nach ungefähr einer halben Stunde tauchte Pete wieder auf. Er schaute ein bisschen ernst drein, versicherte uns aber, dass Sparky sich erholen würde, obwohl er ihn über Nacht und für mindestens einen weiteren Tag zur Beobachtung dabehalten müsste. Anscheinend war er stark unterkühlt und hatte viel Flüssigkeit verloren.

„Und übrigens, ich habe mir die Freiheit genommen, Dougs Mutter zu verständigen. Die Nummer steht auf Sparkys Hundehalsband", fügte Pete hinzu. „Sie müsste bald hier sein."

Warum hatte ich nicht daran gedacht? Und tatsächlich: Nach fünfzehn Minuten ging die vordere Tür auf und eine junge Frau kam herein. Sie trug eine Jacke mit Kapuze, auf der Spuren von Schnee waren. Sie blieb kurz in der Tür stehen, um sich den Schnee abzuschütteln und lief dann rüber zu ihrem Sohn.

„Oh Doug, ich habe mir solche Sorgen um dich gemacht." Sie beugte sich nach unten und umarmte den Jungen.

„Ich wollte doch nur mit Sparky rausgehen, Mami."

„Dougy", sagte sie, und drückte ihn fest an sich. „Du weißt, dass du das Haus nicht allein verlassen sollst."

„Mami, dieser Mann hat mir geholfen, den Welpen zu finden", informierte Doug sie und zeigte auf mich.

„Ich weiß, wie viel er dir bedeutet. Kommt er wieder in Ordnung?"

„Ich hoffe es", mischte Pete sich ein, „er ist eine ganze Zeitlang der Kälte ausgesetzt gewesen und leidet an Unterkühlung. Ich muss ihn noch ein oder zwei Tage hier behalten."

Dougs Mutter stand auf, schlug die Kapuze der Jacke zurück, was ihr langes, blondes Haar zum Vorschein brachte. Sie war ungefähr in meinem Alter, mit großen blauen Augen. Sie blickte in meine Richtung und lächelte.

„Und Sie sind der Mann, der meinem Sohn dabei geholfen hat, seinen verlorenen Welpen zu finden", sagte sie mit einem warmen Lächeln. „Ich kann Ihnen wirklich nicht genug danken."

Alle im Raum stellten sich gegenseitig vor und wir machten ein bisschen Small Talk. Ich fand heraus, dass Pam eine alleinerziehende Mutter war, die ihren Mann vor ein paar Monaten bei einem Autounfall verloren hatte. Sie arbeitete hart, um die Familie zu ernähren und hatte vor kurzem den Hundewelpen gekauft, um ihren Sohn aufzumuntern, der gerade während der Weihnachtszeit wegen des Verlustes seines Vaters eine schwere Zeit hatte.

Nach einer Weile löste sich die Gruppe auf, und ich freute mich nicht darauf, allein in den Schnee hinauszugehen.

„Gary", sagte Pam, „Doug und ich hätten es sehr gerne, wenn Sie uns heute Abend beim Essen Gesellschaft leisten würden. Ich mache einen großen Topf Rindergulasch. Und ich akzeptiere so schnell kein ‚Nein' als Antwort!"

Ich dachte kurz an meine Pläne für diesen Abend. Es wäre schön, zur Abwechslung einmal ein selbst gekochtes Essen zu bekommen. Außerdem freute ich mich darauf, Pam besser kennen zu lernen und kam gut mit Doug aus. Ich glaube, Pam spürte das.

Als wir die Praxis verließen, versicherte Pete uns, dass er uns über Sparkys Befinden auf dem Laufenden halten würde. Ich folgte Pam und Doug in meinem Wagen zu ihrem Haus. In der Tat lebten sie nur ein paar Blocks von meiner Wohnung, nicht weit von der Stelle entfernt, an der ich vor Stunden auf Doug gestoßen war.

Pam ging uns voran in ein bescheidenes, aber gemütliches kleines Haus, das sie sich nur mit ihrem Sohn teilte. In der Mitte stand ein kleiner, aber hellleuchtend dekorierter Tannenbaum. Als Pam ihren klobigen Wintermantel abgelegt hatte, konnte ich nicht umhin, ihre gute Figur wahrzunehmen. Sie war wirklich eine attraktive junge Frau.

Ich bot ihr in der Küche meine Hilfe an. Aber ich konnte nicht viel tun, außer Doug beim Tischdecken zu helfen. Pam hatte Bier im Kühlschrank, das natürlich gut zum Eintopf passte. Als ich mit Pam in der Küche darauf wartete, dass das Essen fertig wurde, schleppte Doug anscheinend sein ganzes Spielzeug an, um es mir zu zeigen. Es sammelten sich hauptsächlich Spielzeugautos und ein paar Spielzeugpistolen auf dem Küchenboden. Ich half ihm, die Sachen zurück zu tragen, während seine Mutter das Essen servierte – damit sie nicht ärgerlich wurde, obwohl Doug in seinem Element zu sein schien.

Das Essen war fantastisch. Ich hatte seit einiger Zeit keinen selbstgemachten Eintopf mehr gegessen und er war das Warten wert gewesen. Nach dem Essen wandte sich die Unterhaltung der Weihnachtszeit zu und ich machte den Fehler, Doug nach seinem Weihnachtswunsch zu fragen.

„Alles, was ich möchte, ist meinen Hund Sparky zurückzubekommen", antwortete er feierlich.

Gleich wünschte ich mir, ich könnte meine Worte herunterschlucken. Ich hätte von selbst darauf kommen müssen, dass dieser Junge sich nichts sehnlicher wünschte, als seinen geliebten Hundewelpen wohlbehalten zurückzubekommen. Ich hoffte aufrichtig, dass sein Wunsch in Erfüllung gehen möge.

Als die Zeit gekommen war, dass Doug ins Bett und ich nach Hause gehen musste, fragte Pam mich, ob ich ihnen morgen wieder beim Abendessen Gesellschaft leisten wollte. Es würde Heiligabend sein und ich hatte in diesem Jahr wirklich keine anderen Pläne, weil es das erste Jahr nach meiner Scheidung war und meine eigene Familie nicht in der Stadt wohnte. Ich nahm ihr Angebot an.

Als ich nach Hause kam, ging ich früh ins Bett. Es war schön gewesen, Pam und Doug kennenzulernen, aber es war ein anstrengender Tag gewesen. Am nächsten Tag wurde ich früh wach. Ich wirtschaftete den größten Teil des Vormittags im Haus herum, weil ich nicht vor dem späten Nachmittag zurück bei Pam und Doug erwartet wurde. Kurz vor Mittag klingelte das Telefon. Es war Pete.

„Fröhliche Weihnachten, Gary", sagte die Stimme am Telefon.

„Dir auch, Pete", antwortete ich. „Was macht Sparky?"

„Ich habe hier einen sehr gesunden und verspielten Hundewelpen, der auf die Übergabe an seinen Besitzer wartet. Ich dachte mir, dass du Pam und Doug irgendwann heute sehen würdest."

Pete sagte mir, er würde den Welpen gegen ein Uhr vorbeibringen. Als er an der Tür klopfte, machte ich auf. Ein sehr verspielter Hundewelpe rannte herein und schlidderte über meinen Holzfußboden.

„Bist du sicher, dass das derselbe Welpe ist, den wir dir gestern gebracht haben?", schoss es aus mir heraus.

Pete lachte auf. „Er brauchte nur einen Tag Ruhe und Erholung."

„Er wird einen kleinen Jungen heute sehr glücklich machen", fügte ich hinzu.

Ich dankte Pete immer wieder, bevor ich ihn verabschiedete. Ich beobachtete einen kleinen draufgängerischen Sparky, der auf dem polierten Holzfußboden umher rutschte, nur auf der Suche nach Abenteuern. Als es für uns Zeit wurde, zu Pam und Doug zu fahren, nahm ich Sparky unter den Arm und eine Flasche Wein in die andere Hand und machte mich auf den Weg.

Auf der Autofahrt war es schwierig, Sparky ruhig zu halten. Er sprang abwechselnd vom Boden zu meinen Füßen zum Fenster der Beifahrerseite und presste seine Nase gegen das Glas, fast genauso wie es sein Herrchen am Tag zuvor gemacht hatte.

Kurze Zeit später trafen wir aber an unserem Ziel ein und ich klingelte.

Pam öffnete die Tür. Sie trug ein dunkelrotes Kleid und es fiel mir noch einmal auf, wie attraktiv sie aussah. Sobald die Tür offen war, setzte ich Sparky auf dem Fußboden ab. Er lief sofort rein.

„Sparky", rief Pam aus. Während sie sprach, lächelte sie mich listig an.

„Sparky!" hörte ich Doug von drinnen rufen.

„Fröhliche Weihnachten", sagte ich und reichte Pam die Weinflasche.

Als ich den Raum betrat, las ich reine Freude in Dougs Gesichtszügen. Ich kann mich nicht daran erinnern, je ein glücklicheres Kind gesehen zu haben, selbst zu Weihnachten.

Das Abendessen war eine ähnlich fröhliche Angelegenheit. Pam hatte ein sehr gutes Essen mit Brathähnchen, Kartoffelpüree mit Bratensoße und grünen Bohnen zubereitet. Es war schwer, Sparky davon abzuhalten, von Dougs Schoß aus auf den Tisch zu krabbeln, aber es machte niemandem wirklich etwas aus.

Anschließend spielten wir alle drei mit dem Hund im Wohnzimmer. Die Veränderung bei Sparky und Doug im Vergleich zum Vortag war bemerkenswert. Ich genoss die Gesellschaft mit dieser Familie so sehr, dass ich traurig war, als Doug zu Bett gehen musste. Nachdem Pam Doug und Sparky nach oben gebracht hatte, saßen sie und ich noch für eine Weile im Wohnzimmer. Pam hatte ein paar Kerzen angezündet, und zur sanften Hintergrundmusik aus dem Radio saßen wir auf dem Sofa und machten Small Talk. Plötzlich beugte Pam sich zu mir und berührte meine Hand.

„Wissen Sie, ich kann Ihnen nicht genug danken", sagte sie. „Sie haben dieser Familie während der letzten Tage so viel gegeben. Durch Sie ist der Weihnachtswunsch meines Sohnes wahr geworden."

Ich legte meine Hand auf die ihre.

„Wissen Sie, manchmal werden Wünsche wirklich wahr", erwiderte ich leise.

Als sie mich mit ihren großen blauen Augen anschaute, hatte ich das Gefühl, dass Dougs Wünsche nicht die einzigen waren, die an diesem Weihnachtsfest wahr werden würden.

Übersetzer: Frank Joußen

Morgen schreit er, heute antwortet sie
Michael O´Meara

Wieder eine verlorene Schlacht, denkt er bei sich, als er in sein Zimmer geht, um seine Sachen wegzubringen. Warum ist er immer der Dumme? Was ist so wichtig, dass es nicht bis morgen warten kann? Kommt die Königin heute noch, um sein Schlafzimmer zu inspizieren? Wenn sie es für unaufgeräumt befindet, wird sie dann einen „königlichen Befehl" erlassen und sagen: „Ab mit seinem Kopf?" Mit der traurigsten Armesündermiene, die er zustande bekommt, trottet er nach oben zu seinem Schicksal – Entschuldigung, natürlich in sein Schlafzimmer. Vor seinem geistigen Auge sieht er, dass sie lächelt. Er braucht nicht ihr Gesicht zu sehen, um zu wissen, dass das so ist; er weiß, dass das so ist. Wie kommt es, dass Mütter so unfehlbar sind; woher wissen sie, womit du durchkommen willst, noch bevor du es selbst weißt?

Als er sein Zimmer betritt, schaut er aus dem Fenster: Die Sonne scheint, und er weiß, und ob er das weiß, dass all seine Freunde schon drüben in Foleys Feld sind und sich fertigmachen, um Fußball zu spielen. Bevor sie anfangen, werden sie die Mannschaften wählen.

„Wo ist Meara?", werden sie fragen. „Er sagte, er würde sofort hier sein, sobald er seine Schultasche weggebracht hätte", wird jemand antworten. Sie werden nach ihm Ausschau halten – keine Spur von Meara – und dann die Teams ohne ihn wählen. Der zum Schiedsrichter ernannte Junge wird das Spiel anpfeifen, der Ball wird hereingeworfen – und das Spiel wird beginnen. Rufe wie „hier drüben" oder „zu mir, zu mir" werden die Luft erfüllen.

Und wo ist Meara? Zuhause, natürlich; er guckt aus dem Fenster. Dann kommt ein Klopfzeichen an der Decke unter ihm und der Ruf: "Beeil ich da oben, dein Abendessen ist bald fertig." – Allmächtiger Gott, denkt er, sie muss wie Superman sein und über einen Röntgenblick verfügen. Er sieht sich im Zimmer um – überall Klamotten, verstreute Bücher und Comics, das ungemachte Bett. Er fühlt sich zum

Heulen, wenn er an den Spaß denkt, den seine Freunde gerade haben. „Warum ich, warum ich, warum ich? Warum habe ich das Pech, so eine Tyrannin zur Mutter zu haben? Ich wette, die anderen haben dieses Problem nicht. Ich wette, deren Mütter schert es nicht, wie unaufgeräumt das Zimmer ihres Sohnes ist. Oder vielleicht räumen sie es für ihn auf. Ja, genau! Das ist es, was sie tun, weil sie erkennen, wie glücklich sie dran sind, so einen Sohn wie dich zu haben."

Nach und nach sammelt er die Bücher und Comics ordentlich auf, danach die Klamotten und Schuhe, dann macht er das Bett. Er schaut auf seine Uhr – zwanzig Minuten sind vergangen. Das Spiel ist mittlerweile aus, es macht keinen Sinn mehr, heute Abend noch zu Foleys Feld zu gehen. Es ist sowieso Zeit fürs Abendessen, man kann selbst hier oben den Duft der gebratenen Würstchen und des gerösteten Brotes riechen. Sein Magen grummelt, deshalb nimmt er zwei Stufen auf einmal und rennt runter.

Am nächsten Morgen erfährt er von seinen Freunden, dass das Fußballspiel in Foleys Feld gar nicht stattgefunden hat. Aus irgendeinem Grund mussten alle Jungs zu Hause bleiben und ihr Zimmer aufräumen. Erstaunlich, denkt er, planen Mütter solche Sachen zusammen - oder sind sie durch eine Art Telepathie verbunden, um so etwas hinzukriegen? Das muss es sein, Mütter sind gar keine richtigen Menschen, sondern eine Art von Aliens, die nur deshalb existieren, damit Jungs ihre Zimmer in Ordnung halten. Ausgefuchste Bande, diese Aliens!

Übersetzer: Frank Joußen

Ohne – Julia Osborne

Als ich die Straße entlangging, traf ich mich aus der anderen Richtung kommend. Meine Haare sahen genauso aus wie vor zehn Jahren, das Hemd war auch dasselbe. Ich folgte mir selbst in den Supermarkt und schaute zu, wie ich über Flaschen von Shampoo rätselte.

„Kauf dieses", sagte ich mir. „Das ist die Marke, die du immer nimmst."

Allmählich erkannte ich, dass ich mich irrte.

Schwarze Strümpfe wie diese hätte ich nie getragen.

Wenn ich das Gestrüpp oft genug durchsuche, finde ich vielleicht eine Spur von ihr. Da muss es irgendetwas geben...ein Bändchen...einen Armreif. Ich suchte nicht genug bisher. Das war das Problem. Alle sagten mir, höre auf, du kannst nicht immer weiter suchen, immer wieder! Aber ich kann das. Ich durchsuche die Dünen, die Heide, unsere Koppeln. Dabei teile ich mit den Fingern Gräser und Zweige, werde von den Wandelröschen gekratzt. Jeden Moment erwarte ich etwas zu finden, erwarte...die Angst...die Vorfreude...Heute finde ich...

Der Sumpf schwappt um meine Knöchel, meine Knie. Ich kann nicht tief hineinsehen. Das Wasser ist schlammig, es hilft mir nicht. Der Regen spült den Mutterboden fort, die Bäche, die Flüsse, die Seen werden verlandet. Ich stehe im Wasser und wühle mit den Zehen wie ein Ureingeborener, der nach Zwiebeln sucht. Du wartest am Ufer. Komm raus, du bettelst. Oh bitte, komm raus aus dem Wasser.

Wir machen einen Tagesausflug zum Strand. Das Auto ist mit allem vollgepackt...einer Decke, einem Schirm, dem Picknick-Essen, Flipflops und Badetüchern, Hüten, Puppe...Lucy geht ohne ihre Puppe nirgendwohin. Komische alte Puppe, völlig verschlissen vom vielen Kuscheln, vier Jahre alt, genau wie Lucy.

Unsere Farm ist nicht weit vom Strand. Die Straße windet sich durch Heide und Sumpf, ist umrandet von Myrtenheiden, die sich dem Wind gebeugt haben, bis sie endlich an der Lagune endet, an den hohen Dünen, an der herrlichen Küstenstrecke. Was wir für ein Glück haben, so nah an den Bergen und dem Meer zu leben!

Wo ist Lucy? Wo ist sie hin? Ich dachte, sie wäre bei dir! Ich dachte, sie wäre bei dir! Schnell, ach schnell. Ich schnappe die Puppe. Sie ist nicht weit weg, guck! Hier ist Puppe! Sie geht nirgendwohin ohne Puppe! Aber das hat sie gemacht, sie ist weg, und die ganzen Menschen, der ganze Suchtrupp…Wie könnte sie einfach verschwinden? Nein, nein, nein…Ich kann nicht gehen, ich kann nicht nach Hause. Noch nicht.

Es ist spät. Der Mond ist am Himmel. Die Leute aus dem Suchtrupp holen Taschenlampen.

Dein Gesicht sieht alt aus, als ob das Fleisch von den Knochen nach vorne abrutschen und alles zusammen durch die Last tausendjähriger Trauer zu Boden fallen würde. Fünf Jahre. Du schaust mich an. Ich stehe auf dem Weg zwischen dem Gartentor und unserer Veranda. Ich suche noch. Ich kann mir nicht helfen. Ich versuche es zu tun, wenn du nicht da bist, denn es macht dich so traurig. Du hast auch gesucht, aber nicht wie ich. Du sagtest mir, wir müssen es akzeptieren…die Polizei, unsere Verwandten und Freunde, die Berater, sie sagten alle: Akzeptieren. Aber ich tat es nicht, wollte es nicht tun. Ich denke, vielleicht ist sie…Oder ich denke, vielleicht hat jemand…

Die Stimme meiner Oma summt in meinem Gedächtnis, im Singsang:

…ich verlor meine geliebte kleine Puppe, oh je,
als ich in der Heide spielte eines Tags;
Und ich beweinte sie länger als eine Woche, oh je,
Ich konnte aber nie finden, wo sie lag.

Du schaust mich an, wie ich am Gartentor stehe, erwischt mit meinen zusammengeknoteten Fingern, dreckig vom Wühlen. Ich denke, vielleicht findet sie den Weg nach Hause, irgendwie, wie eine Katze, die verloren ging…Ich will ihre Arme um meinen Hals haben.

„Du kannst nicht so weitermachen!" bettelst du. „Was ist mit uns? Wir sind am Leben! Du musst jetzt für uns leben. Du kannst nicht ewig suchen…" Ich tue es aber.

Ich rechne alles im Kopf nach. Wir saßen auf der Decke zwanzig Schritte von den Wellen entfernt. Hinter uns sind die Dünen nochmals zehn Schritte entfernt. Wenn man über die Dünen geht, sind da Eichen und Efeuranken, dann fängt die Heide an.

Manchmal liefen Lucy und ich in die Heide mit einem Eimer, um Blumen zu sammeln…kleine rosafarbene Knopfblumen, zartblau blühende Kriechpflanzen und süße Boronien. Es gibt Stellen, wo es so dicht ist, dass ich sie tragen musste. So groß, dass die Sträucher höher sind als ich. Aber ich kenne die Richtung; wenn ich vom Weg abkomme, macht es nichts. Und wir sind nie weit gelaufen. Einmal hockten wir zusammen, und ich zählte dreißig Pflanzensorten innerhalb eines Quadratmeters. Wir liebten die Heide und die Stille da drin.

Wenn ich Lucy suche, nehme ich immer die Puppe mit. Als Gesellschaft. Als Talisman.

Auf der Veranda kommst du zu mir, mit ausgestreckten Armen. „Hör auf mit dem Suchen", sagst du. „So verlierst du auch mich."

Ich denke, die Weihnachts- und Neujahrsfeiertage waren ungefähr die besten Zeiten überhaupt. Unsere Familien versammelten sich alle unter einem Dach; ich vermute, dass wir zwischendurch doch zum Schlafen nach Hause gingen, aber mir verschmilzt alles in meinem Gedächtnis. Als ob es eine einzige lange Feier war! Tante Annie spielte Klavier und wir sangen und scherzten und tanzten; tranken viel Wein, Bier und Zitronenlimonade; aßen Truthahn, Schweinebraten, Lollies, Nüsse, Plumpudding, Eis. Manchmal gingen wir auch zum Gottesdienst am Heiligabend. Aber nicht oft. Als Lucy ein kleines Baby war, schlief sie in meinen Armen. Und ich lehnte meinen Kopf an deine Schulter.

Die Farm hatte deinen Eltern gehört. Es passte ihnen, in ein Haus in der Stadt zu ziehen und uns die Farm zu überlassen. Dreißig Jahre eine Milchkuhherde zu melken reicht jedem, sagten sie. Manchmal halfen Lucy und ich, die Kühe abends in den Hof zu führen. Wir gingen raus zur Koppel, um die kräftig gebauten Friesen abzuholen. Sie kamen uns schon entgegen, sie wussten, es war Zeit. Langsam schlenderten sie in Richtung der Molkerei. Mir fällt nichts Schöneres ein, als mit der Herde zu laufen, mit einer Hand zwischendurch auf einem großen, knöchrigen Kuhhintern. Die Kühe waren so groß, aber lieb. Sie liefen in die Abteile, jede kannte ihren eigenen Platz und ihre Reihenfolge unter den anderen. Manchmal gab es einen nervösen

Tritt mit dem Huf, dann das langsame, leise Wiederkauen, als die Melkmaschine tuckerte und saugte, um den riesigen Edelstahlbehälter mit ach so weißer Milch zu füllen. Schöne Kühe.

Ich sitze auf dem Wohnzimmerboden und halte meine Knie fest. Du machst jetzt alle Molkereiarbeiten alleine. Erst um ein Uhr morgens schließt du das Geschäftsbuch und machst das Licht aus.

„Hör auf zu schaukeln", sagst du. „Kannst du nicht einfach damit aufhören?"

Jeden Tag sage ich mir, ich suche nur noch einen Tag, dann gebe ich auf. Aber das tue ich nie. Vielleicht weiß jemand…

Im Geschäft sehe ich die blonden Haare meiner Tochter, drüben bei jener Frau, und ich eile dahin, um nachzusehen, lege eine Hand auf die Schulter des Kindes, damit es sich zu mir umdreht. Aber sie ist es nicht. „Was erlauben Sie sich?" sagt die Mutter empört. Ich erlaube mir was. Ja, was ich tue, was ich sage, wie ich gehe. Alles erlaube ich mir.

Einmal stieg ich in einen Zug und fuhr nach Sydney. Nur drei Stunden im Zug, denn…könnte es nicht möglich sein, wäre es nicht möglich?

Komm mit mir, kleines Mädchen. Ich zeige dir einen zauberhaften Ort. Komm mit mir, ich zeige ihn dir. Ja, Mamas Freundin, ja, Mamas Freund. Ich habe vergessen, Schuhe anzuziehen. Ach, und Geld, ich habe nichts dabei. Nein, ich habe keine Fahrkarte! Verzeihen Sie, ich weiß, was ich mache – ich suche meine Tochter – mein kleines Mädchen. Ich höre sie weinen, jede Nacht. Haben Sie ein Telefon bitte…?

Während ich auf dich warte, geben sie mir Tee und Kekse. Ich tunke meine Kekse ein, sauge den warmen Tee daraus, dann vergesse ich den Keks und er fällt in die Tasse. Ich wische mir die Haare aus den Augen, strecke meine dreckigen Füße unter den Stuhl.

„Warum, um Himmels Willen, hast du das gemacht?" sagst du und nimmst mich am Arm. „Ich habe mir Sorgen gemacht. Das darfst du nie wieder tun…"

Es ist ein ungleiches Paar, das sich in den Glastüren spiegelt. Er, klein, gepflegt und schlank. Sie, barfuß und zierlich. Menschen starren uns an, als du mich zur Straße und zum Auto steuerst. Ich stelle mir vor, sie denken, wie konnten sie jemals…? Früher habe ich mir auch manchmal so was gedacht. Ich stellte mir vor, neben dem da drüben aufzuwachen. Oh, nein danke! Und während du schliefst, wickelte ich meinen Arm um dich. Aber jetzt nicht mehr. Wir haben uns seit Monaten nicht mehr berührt. Es könnte sogar Jahre her sein, ich erinnere mich nicht. Ich bin zu sehr damit beschäftigt, alles auszurechnen. Zwanzig Schritte von der Flutlinie weg, zehn Schritte von den Dünen. Und nah genug an Zuhause, könnte ein Kind denken; ein kurzer Spaziergang durch die Heide, und ich bin da. Ich überrasche Mama und Papa. Ich decke den Tisch mit Tassen und Tellern und mache den Tee, und sie werden sich so freuen. Ich habe die Puppe vergessen!

Zu tief, zu dicht, zu weit, zu spät.

Lucy, bist du da? Wo bist du? Hör auf zu spielen und antworte sofort. Ach, da bist du ja! Du hast mir einen Schrecken eingejagt, weil du dich so lange versteckt hast. Komm jetzt, kochen wir das Abendessen für Papa. Du kannst den Pudding rühren.

Der erste Polizist ist ziemlich jung. Er hat noch nicht die Hängebacken und den Umfang eines älteren Durchschnitts-Polizisten bekommen. „Erinnern Sie sich genau, wann Sie Ihre Tochter zuletzt gesehen haben?"

Ja, ja, ich entsinne mich. Sie war dabei, eine Sandburg zu bauen, hat Wasser aus einem Eimer geschüttet. Sie…

Jetzt übernimmt der ältere, hängebackige Polizist die Befragung. „Wann? Versuchen Sie sich zu erinnern WANN, nicht nur WAS sie getan hat."

Ich erinnere mich nicht. Nein, ich weiß es nicht. Wir aßen zu Mittag. Ich war am Lesen, vielleicht machte ich die Augen zu, aber nur für einen Moment. Ich dachte, sie sei beim Vater. Ich könnte geschlafen haben, aber nur für eine Sekunde!

Es dauert nur eine Sekunde.

Helfen Sie mir, helfen Sie mir.

Wir tun das Menschenmögliche. Wir suchen den Sumpf ab. Die Hunde sind dabei. Wir haben die Straße gesperrt, die Autofahrer werden gefragt. Es läuft im Fernsehen und Radio…Viel mehr können wir nicht tun…Gehen Sie nach Hause…Ruhen Sie sich aus.

Du stehst auf der Schwelle ihres Zimmers. Ich erwische dich dort, unerwartet. Jeden Tag stelle ich Blumen auf ihren Frisiertisch, neben ihre Haarbürste und die kleinen Porzellantierchen. Ich wische den Staub, täglich fahre ich mit dem Tuch über die Möbel, damit es schön bleibt. Sie wird jetzt neun Jahre alt sein.

Ich erwische dich dort und denke, auch du besuchst diesen Schrein. Ich sage, „Du auch?"

Dein trauriger Blick streift durch ihr Zimmer, ohne mich anzuschauen, und ich sehe, du bist mit dem Weinen fertig.

„Wir sollten das alles ausräumen", sagst du mir. Aber ich drücke meine Hände auf die Ohren, weil ich nichts mehr hören will. Na ja, meine Trauer ist für uns beide ausreichend groß. Und ich bleibe dort, auf meinen Fersen schaukelnd, lange nachdem du gegangen bist.

Für die Farm bekommen wir keinen besonders guten Preis, als wir sie verkaufen. Die Farbe vom Haus blättert ab, und ich habe den Garten vernachlässigt. Die Pflanzen wuchern, verheddern sich, ersticken einander. Auf den Koppeln wehen die blauen und gelben Fahnen der Wolfsmilch.

Wir verloren unser Milchkontingent, ich weiß aber nicht wann.

Eines Tages kehrtest du mit deiner großen Handfläche alle meine Tablettenflaschen zusammen und ließest sie krachend in die Mülltonne fallen.

„So!" schriest du. „Das hätte ich schon vor Jahren tun müssen!"

Eine nach der anderen holte ich die Flaschen raus, und um dich fürs Wegschmeißen zu bestrafen, nahm ich die Deckel ab und schluckte sämtliche Tabletten, eine nach der anderen.

Einer nach dem anderen habt ihr alle an meinem Bett gestanden. Du, deine Mutter, Vater. Der Arzt, die Krankenschwestern. „Sie wird sich erholen", kündigten sie an, einer nach dem anderen. „Sie haben sie gerade noch rechtzeitig gefunden!"

„Aber ich habe sie nicht gefunden!" Meine Lippen sind so trocken, dass die Haut klebt und reißt, die geflüsterten Worte sterben in der Luft.

Keiner hört. Ich flüstere.

Ihre Wangen waren ganz weggespült, oh je…

Ich flüstere.

Übersetzerin: D C Hubbard

Ein Tag wie jeder andere
Andrea Müller-Schmuki

Linus (13)

Felizia steht in der Küche – wie so oft. Wann hat Mama zuletzt gekocht? Oder sonst wer? Ich kann mich nicht dran erinnern. Doch heute ist Felizias Geburtstag. – Nun, wahrscheinlich würde sie keinen anderen an den Herd lassen! Gerade, weil heute ihr Geburtstag ist.

Leise husche ich in die Küche. Als ich hinter Felizia stehen bleibe, um Karotten zu stibitzen, dreht sie sich um und klopft mir lachend auf die Finger. „Schleichen kannst du noch immer nicht! Und das ist Dekoration!" Sie setzt die aus Karotte geschnitzte Rose vorsichtig zurück auf den Salatteller. Die Schnitzabfälle landen irgendwie in meiner Hand. „Oder möchtest du lieber ein Stück Gurke?", neckt sie weiter. Ich verziehe den Mund. Gurke! – Nein, danke.

„Du bist gleich fertig mit Kochen?", frage ich mit einigem Unbehagen. Sie nickt gut gelaunt und schmeckt die Soße ab. Eine Pilzrahmsoße, obwohl sie selber Pilze gar nicht mag. Ich hebe den Deckel des Topfes daneben an: Zuckererbsen. Das Wasser läuft mir im Mund zusammen, und mein schlechtes Gewissen wächst. Ich mach's nicht besser, wenn ich schweige. Wie ich es hasse, dass immer ich die schlechten Nachrichten überbringen muss. „Silvan kommt einen Zug später!"

„So wie jedes Mal!", seufzt Felizia resigniert, doch ihre gute Laune scheint ungetrübt.

„Er wird keinen Bus mehr bekommen haben", sagt Felizia beiläufig. Sie stellt die Salatsoße in den Kühlschrank und tritt wieder an den Herd. „Er kann zu Fuß gehen!" Ich klinge wütender als ich bin. Felizia blickt mich eindringlich an, und ich senke den Kopf. „Ich hab' Mamas Autoschlüssel versteckt!", murmle ich so leise, dass ich mir nicht sicher bin, ob Felizia es überhaupt gehört hat. Ein Lächeln huscht über ihr Gesicht. Es fehlt nicht viel und sie hätte mir wie einem Hund über den Kopf gestreichelt und gesagt: „Gut gemacht, mein Junge." Stattdessen nickt sie nur kurz, schaltet die Kochplatten und den Backofen aus. Ich bin ihr dankbar dafür. – Nicht für das Ausschalten. Dafür, dass sie mir nicht wie einem Hund den Kopf krault.

Felizia nimmt das Fleisch aus dem Ofen. Eine weitere Stunde da drin – und es würde schmecken wie bei Mama. An einem ihrer guten Tage. Felizia lässt den Backofen ein wenig auskühlen und verschließt die Bratenform mit Alufolie. Ich mopse indessen einen Tomatenschnitz von 'nem Salatteller – von Papas Salatteller: keine Rote Beete! Dann gehe ich aus der Küche.

Luisa (46)

Ausgerechnet heute! Natürlich, es ist Felizias Geburtstag, aber darum geht es nicht! Muss Anton ausgerechnet heute länger arbeiten? Und Silvan kommt auch noch nach Hause. Das gibt nur wieder Streit. Wie ich das Streiten leid bin!

Wüsste man, was einen erwartet, würde kein vernünftiger Mensch Kinder kriegen. Oder heiraten. Ich fülle mein Glas mit Martini, rede mir ein, es sei mein erster. Aus der Küche höre ich gedämpft die Stimmen der Kinder. Felizia kocht. Wie fast jeden Tag. Es riecht köstlich, doch ich bin nicht hungrig. Wie fast jeden Tag. Ich nehme einen großen Schluck Martini und spüre, wie der Alkohol mir die Kehle wärmt. Ich lehne mich zurück, schließe die Augen.

Silvan war kein einfaches Kind: ein typisches Schreibaby, Dreimonatskoliken, später Tobsuchtsanfälle, bis sechs keine Nacht durchgeschlafen, Prügeleien auf dem Schulhof, täglicher Streit mit Felizia. Doch wenn sie irgendetwas wollten, haben sie sich immer zusammengetan. In der Pubertät wurde es nicht einfacher mit Silvan.

Und Felizia: Als sie acht war, hat sie sich nichts mehr sagen lassen. Nein, eigentlich schon früher. Ich will mich nicht beklagen. Sie nimmt mir vieles ab – nur nicht die täglichen Diskussionen mit Linus wegen Fernsehen, Computer, Konsolenspielen und Handy...

Ich schenke mir Martini nach und leere das Glas in einem Zug. Anton kommt nach Hause. Heute kommt er wieder einmal nach Hause. Ich stehe auf, bleibe zunächst einen Moment lang stehen. Schließlich dreht sich nicht mehr alles, und ich wanke in die Küche. Dort steht der Wein. Felizia würde ihn nicht auf den Tisch stellen, das weiß ich. Ich greife nach der Flasche, nehme sie mit ins Esszimmer. Felizia trägt das Essen auf. Linus sitzt fröhlich am Tisch und redet mit seinem Papa. Wie lange wohl? Linus ist in letzter Zeit unberechenbar. Teenager!

Silvan (19)

Ich komme extra den weiten Weg...und keiner hält es für nötig, mich abzuholen! Felizia sorgt ja sowieso selber fürs Abendessen, also könnte Mama...aber nein! Natürlich nicht! Und Papa wird wahrscheinlich noch gar nicht zu Hause sein...sofern er überhaupt nach Hause kommt. „Arbeit" - dass ich nicht lache!

Ich öffne die Tür, betrete das Esszimmer. Alle sitzen schon am Tisch. Sogar Papa! Es wäre einfacher gewesen, wenn er...Nein, es ist ja schön, dass er wenigstens an Felizias Geburtstag zu Hause ist. Ich gehe um den Tisch herum an meinen Platz, drücke Felizia ein Buch in die Hand. Sie schaut es erstaunt an. „Inhaltsarme Schönschreiberei!", kommentiert sie trocken. Ich lache amüsiert auf. Nur Felizia schafft es, Goethe als inhaltsarm zu bezeichnen. Und als Schönschreiberei. Es wird sie kaum von ihren Fantasy-Büchern abbringen. Ein wenig Kultur schadet aber auch ihr nicht. Felizia zwinkert mir amüsiert zu. Sie freut sich über das Geschenk, auch wenn sie das nicht sagt.

Das Abendessen riecht köstlich. Ich bediene mich selber. Papa würde es nie in den Sinn kommen...Mama ist mit ihrem Wein beschäftigt, Felizia liest die ersten Seiten im Buch. Früher hätte das Streit gegeben. Heute scheint es keinen mehr zu kümmern.

Papa wendet sich Felizia zu, das Buch hat sie zur Seite gelegt. „Was trägst du da eigentlich?" Der Tonfall verrät mir, dass er ein Thema aufgreift, über das er schon vor meiner Ankunft geredet hat. Ich schau mir Felizia an. Sie trägt hauteng Jeans, ein weißes Shirt, das weit geschnitten ist, sodass es ihr über die Schulter rutscht, und einen roten Schal. Felizia trägt nicht mehr gern Schals, seit sie damit gewürgt wurde. Ein Versehen! Hmpf! In dieser Familie passieren zu viele Versehen.

Felizia reagiert nicht auf Papas Provokation. Ich bewundere sie dafür. Linus springt aber wütend auf. „Und du bist ständig bei der

178

Fashion Week, wie?" Ich schaue mir Felizia genauer an. Das Shirt war ein Weihnachtsgeschenk von Linus – den Schal hat sie von mir. Ich war zu sehr in Gedanken, um Papas Entgegnung zu hören. Linus zischt jedoch wütend: „Seit wann bist du denn Chefredakteur bei einem Modemagazin?" Er betrachtet abschätzig Papas spießiges Hemd und dreht sich zum Gehen. „Papa, unsere Modeikone! Papa, unser großes Vorbild – in allen Bereichen!"

Anton (51)

Was mache ich hier eigentlich noch? Bestimmt war ich zu wenig da, als die Kinder noch klein waren. Aber wann sind sie mir so fremd geworden? Silvan studiert Philosophie. Philosophie! Wohin soll das nur führen? Felizia war mir schon immer ein Rätsel. Und Linus...Wann hat er eigentlich den Stimmbruch bekommen? Und seit wann ist er so aufbrausend? Dass er einfach vom Tisch weggeht. Und Luisa sagt nichts, tut nichts dagegen!

Ich blicke zu meiner Frau. Mein Blick bleibt an ihrer zitternden Hand und den leeren Gläsern hängen. Wahrscheinlich wären wir längst geschieden, wenn ich etwas häufiger hier wäre – oder wenn ich einfach einmal hier gewesen wäre, bevor Luisa...Sie schenkt sich Wein nach, verschüttet dabei die Hälfte. Wenigstens setzt sie nicht gleich die Flasche an. Es wäre nicht das erste Mal. Ich weiß, sie reißt sich zusammen. Sie sitzt mit am Tisch.

Ich wende mich Silvan zu. „Was machen Nietzsche, Kant und Co?" „Sind immer noch tot!", kommentiert Silvan wortkarg. Passiv-aggressiv, dreist, patzig hat man das früher genannt, heute gilt das wahrscheinlich als cool. „Du studierst Philosophie?!" Ich grinse Silvan hämisch an. „Du möchtest also auch ein Philosoph werden wie Nietzsche oder Kant. Das Einzige, was du aber über sie sagen kannst, ist, dass sie tot sind?" Silvan verzieht spöttisch das Gesicht. „Ich möchte werden wie sie? Also tot? Ist es das, was du sagen willst?" Ich öffne den Mund, schließe ihn wortlos wieder.

Linus kommt zurück. Diesem Umstand verdanke ich, dass ich nicht ausraste. – Noch nicht. Linus setzt sich schweigend an seinen Platz, isst weiter. Keine Minute vergeht, da steht Luisa auf, wankt in die Küche. Glasflaschen stoßen gegeneinander. Der Wein ist ihr offensichtlich nicht stark genug. Felizia und Linus tauschen einen vielsagenden Blick.

Luisa nimmt wieder Platz. Gegessen hat sie noch kaum etwas. „Kannst du nicht wenigstens einen einzigen Abend mit uns zusammen am Tisch sitzen bleiben und essen?", murre ich missvergnügt. „Ach sei still!", entrüstet sich Silvan. „Mama ist krank. Und du bist schließlich derjenige, der uns mit seiner ewigen Nörgelei auf den Keks geht und an allem etwas auszusetzen hat!"

Felizia (16)

Diese ewige Streiterei! Ich bin froh, dass Silvan nicht mehr hier wohnt. Nicht, weil es dadurch ruhiger und friedlicher wäre. Ganz im Gegenteil. Seit er weg ist, streiten sich Mama und Papa nur noch – wenn sie denn überhaupt miteinander reden! Wenn Papa mal hier ist!

Linus...Ich blicke zu meinem kleinen Bruder, der zwischen Papa und Silvan zu vermitteln versucht. Er versucht immer zu vermitteln. Ich hab' das längst aufgegeben. Er ist eben ein Idealist.

Mama starrt mit hartem Blick vor sich hin und nuckelt an ihrem Glas. Ich fühle mich gefangen in meinem Leben. 16. Heute bin ich 16. Ich kann hier nicht weg. Oh, wie ich Silvan beneide! Nein, ich kann hier nicht weg. Nicht, weil ich erst 16 bin. Nicht, weil ich noch zur Schule gehe. Nein, es ist wegen Linus.

Ich stelle mir vor, ich sei eine entführte Prinzessin und Mama der Drache, der mich gefangen hält. Aber nein: Die Rolle der hilflosen Prinzessin passt so gar nicht zu mir. Und Mama würde einen schlechten Drachen abgeben: weder furchteinflößend noch wachsam. Doch wenn sie jetzt aufstehen und den Geburtstagskuchen bringen würde, würde sich ihre Alkoholfahne in Drachenfeuer verwandeln...Nein! Keine Kerzen. Kein Geburtstagskuchen. Außer mir denkt ohnehin keiner dran!

Ich stehe auf und räume den Tisch ab. Wer gekocht hat, räumt auch die Küche auf. Ich bin zwar die Einzige, die sich an diese Regel hält, allerdings bin ich in letzter Zeit auch die Einzige, die kocht.

Nicht, dass ich erwartet hätte, es könnte heute anders sein. Wieso auch! Papa hat mir ja noch nicht einmal zum Geburtstag gratuliert!

Was macht das schon? Es ist nicht weiter schlimm. Es – ist – nicht – weiter – schlimm!

Ein wirklich fürsorglicher Sohn – Dr H V Easwer

So wie die Planeten um die Sonne kreisen, so kreiste in den Achtzigerjahren das Leben der Jungs von Karamana in Thiruvananthapuram um den Jaisimha Cricket Club. In diesen Zeiten war es nicht schwer, den Club zu finden, der die Außenanlagen der örtlichen staatlichen Sekundarschule für sich beanspruchte.

Für die meisten, die für den Club spielten, war der Kricketplatz das Zentrum ihres Lebens, weil sie davon träumten, Kapil Devs und Gavaskars zu werden, sehr zum Verdruss ihrer Eltern, die andere Pläne für die Zukunft ihrer Söhne hatten und wollten, dass diese ihre Zeit nicht vergeudeten, sondern schulische Ziele verfolgten, um einen der heißbegehrten Posten in der Regierung zu bekommen. Balaji träumte auch den Kricket-Traum und pfiff auf akademische Erfolge; ein einfaches „Bestanden" zu erreichen war schon zu viel für ihn. Sein Vater verzweifelte an dieser Kricket-Besessenheit seines Sohnes und tat alles dafür, dass er seine Zeit nicht auf dem Spielfeld vergeudete. Als strenger Zuchtmeister folgte Balajis Vater ihm überallhin, um sicher zu stellen, dass er regelmäßig die Schule besuchte, aber Balaji wusste viele Wege, um seinen Vater auszutricksen und seiner Leidenschaft zu frönen.

Es war ein Nachmittag im Juni, und die Sonne ließ sich nur kurz zwischen den Monsunschauern blicken. Einige von uns lungerten beim Tempel von Karamana herum in Erwartung eines weiteren Kricketspiels, als Balaji mit seinem Fahrrad vorbeikam.

„Wählt mich in eine Mannschaft", rief Balaji uns zu. „Ich werde um vier Uhr nachmittags am Kricketplatz sein, nach meinen Prüfungen", erklärte er seinem Mitspieler Siva, der in Balajis Alter war.

„Aber deine Prüfungen sind doch erst um fünf Uhr vorbei, " entgegnete Siva. Balaji blinzelte uns nur zu und radelte davon.

Kaum war er weg, erschien ein sehr zornig aussehender Mann in den Fünfzigern; es war Balajis Vater. Stirnrunzelnd verlangte er von uns eine Erklärung. „Ist er zu den Prüfungen gegangen?" Wir nickten unisono, aber er schien uns diese Antwort nicht abzukaufen.

Es war Punkt vier Uhr. Balaji kam auf den Platz und ein weiteres Kricketspiel begann, mit ihm hinter den Stäben. Es vergingen nur wenige Minuten, bis eine mit einem Dhoti bekleidete Gestalt am anderen Ende der Spielfeldumrandung auftauchte. Unnötig zu erwähnen, dass es Balajis Vater war. Augenblicklich löste sich die Gestalt hinter den Stäben in Luft auf. Balajis Vater näherte sich drohend dem Spielfeld. Es war wiederum Siva, der ihm entgegentrat. „Wo ist er?", polterte der Vater, worauf Siva unschuldig erklärte: „Paakkavae ellai. Ich habe ihn gar nicht gesehen."

Das erzürnte Balajis Vater nur noch mehr. Er kam Siva bedrohlich nahe und sagte, „Lüge mich nicht an. Da hinten steht doch sein Fahrrad." Wir umringten Siva in der Befürchtung, der ältere Mann könnte ihn in seiner Wut schlagen. „Vilayadi Nassaama pongada. Richte dich doch selbst mit diesem Spiel zugrunde", murmelte der Vater und ging. Balaji tauchte aus dem Nirgendwo wieder auf und das Spiel lief weiter, als ob nichts geschehen wäre.

Niemand konnte uns um das Vergnügen eines Kricketspiels bringen.

Jahre vergingen und ich verließ Thiruvananthapuram, um mein Medizinstudium aufzunehmen. Balaji ging nach Chennai, um dort sein Glück zu suchen. Der Jaisimha Cricket Club wurde aufgelöst, als die Kinder von Karamana das Fernsehen „entdeckten" und die Eltern Privatlehrer „fanden", die ihre Sprösslinge nach der Schule unterrichteten.

Balaji strampelte sich ab und wurde schließlich Vertriebsleiter, sehr zur Enttäuschung seines Vaters. Das Jahrhundert ging zu Ende, und eines Tages traf mich sein Vater zufällig im Hotel Annapurna in Karamana. Er schüttete mir sein Herz aus und erzählte mir von seinen Problemen mit Balaji. Er suchte verzweifelt nach einer Braut für Balaji, der ja nur eine Stelle als „Verkäufer" hatte. - während so viele andere junge Männer seines Alters, deren Jobs sie rund um die Welt reisen ließen, IT-Spezialisten mit ansehnlichen Monatsgehältern waren.

„Mädchen mögen es nicht, wenn Jungs keine IT-Jobs haben", meinte er. „Wie habe ich meinen Sohn angefleht, Ingenieur zu werden. Ich werde langsam alt und ich möchte doch so gerne erleben, dass er sesshaft wird – und das alles nur wegen seiner Kricket-Besessenheit!" Ich konnte nur einige Worte der Beruhigung murmeln und ihn dann seiner Sorge um seinen Sohn überlassen.

Weitere Jahre vergingen. Eines Tages erhielt ich ein Pager-Signal von der Intensivstation des Krankenhauses, an dem ich meine Facharztausbildung absolvierte. Ich war überrascht, Balajis Vater dort vorzufinden, der nicht sprechen und seine rechte Seite nicht bewegen konnte. Ein CT des Gehirns ergab, dass er durch einen Schlaganfall gelähmt war. Er war schnell auf die Intensivstation gebracht worden, wo sein langer Genesungsprozess begann.

Balaji eilte seinem Vater zu Hilfe; er kümmerte sich, zusammen mit ein paar Freunden, rührend um ihn, während der Vater in dieser langen Zeit Physiotherapie und Logopädie über sich ergehen lassen musste, um die neurologischen Schäden wiedergutzumachen. Wochen vergingen, der alte Mann erholte sich allmählich und konnte langsam wieder allein mit alltäglichen Dingen zurechtkommen. Balajis Anwesenheit war eine enorme Hilfe, weil er sowohl die Rolle eines Physiotherapeuten als auch die eines Pflegers übernahm.

Ich hatte Balajis Vater schon fast vergessen, als er eines Tages auf einen Stock gestützt in mein Sprechzimmer trat und mich anstrahlte. Ich war erfreut, ihn fast wiederhergestellt zu sehen. Die Augen des alten Mannes füllten sich mit Tränen. Mit einigen Sprachproblemen meinte er zu mir, „Das habe ich nur meinem Sohn zu verdanken." Ich biss mir auf die Zunge, wohlwissend, dass dies nicht der Moment war, um ihm zu sagen, dass er vorher nie so gedacht hatte.

„Gut, dass ihr Sohn zur Stelle war und nicht in einem weit entfernten Land, wie das heute so vielen Eltern geschieht", sagte ich.

Die Mitglieder des Jaisimha Cricket Clubs haben es nie geschafft, sich im indischen Kricket auszuzeichnen, aber jemand wie Balaji kann von sich behaupten, sich in der Fürsorge für die Menschen um ihn herum ausgezeichnet zu haben – und das ohne irgendwelche tollen Universitätsabschlüsse oder lukrativen Jobs als Globetrotter!

Kapil Dev – gilt als einer der besten Allroundspieler der Cricket-Geschichte und war bei über 100 Spielen Kapitän der indischen Nationalmannschaft.
Sunil Manohar Gavaskar – gilt als einer der besten „opening Batsmen" der Cricket-Geschichte und war über achtzigmal Kapitän der indischen Nationalmannschaft.

Übersetzer: Frank Joußen

Unschuldige Sünde – Neil Brosnan

Ein neues Zuhause, sagten sie, im September, sagten sie. Aber was sollte das bedeuten? Außerdem wäre September nur sieben Wochen hin. Es wäre ein Ort, wo sie zur Schule gehen würde und auch die beste medizinische Versorgung bekäme – alles unter einem Dach, sagten sie. Jane wollte aber kein neues Zuhause, sie war ziemlich glücklich wo sie war. Das heißt, besser war es schon, damals, bevor das Baby geboren wurde…

Fünf Jahre waren inzwischen vergangen, seitdem die Geburt ihres Bruders, kurz vor ihrem siebten Geburtstag, das Gleichgewicht von Janes Leben zerstörte. Das Refugium des Schlafes wurde das erste Opfer. Nacht für aufzehrende Nacht verursachte Babygeschrei Episoden von geflüsterten aber lebhaften Streitigkeiten, gefolgt von zugeschlagenen Türen, heftigen Schritten auf der Treppe und fieberhaftem Geklirre von Küchenutensilien, bevor endlich eine viel zu kurze Ruhe eintrat. Die darauffolgenden Geräusche waren noch entnervender: das Laufen auf Zehenspitzen, knarrende Holzdielen und quietschende Scharniere. All dies zusammen unterstrich die Einsamkeit von Janes kleinem Schlafzimmer, weitab vom restlichen Haushaltsgeschehen.

Die Anwesenheit von Trevor brachte ein abruptes Ende für Janes Lieblingsbeschäftigung: das Schauen von Cartoons im Fernsehen bei voller Lautstärke. Nach und nach wurde das Vorlesen von Gutenachtgeschichten seltener, und ihre geliebten Abendspaziergänge mit dem Vater am See verblassten zu einer vagen Erinnerung. Es kam Jane vor, als ob Trevor nun die Achse war, um die sich die ganze Welt drehte.

Er war das perfekte Kind, ein Kind, worauf Eltern stolz sein konnten, das sie überall zu jedem mitnehmen konnten. Trevor konnte laufen, konnte einen Ball kicken und er konnte kleine Aufgaben im Haus für die Mutti ausführen. Niemand sprach davon, einen Platz für ihn im Internat zu suchen. Alle liebten Trevor, und bald würden sie ihn bestimmt noch mehr lieben.

Jane beobachtete ihren Bruder nun vom Ende des Holzstegs am See aus. Mutti wäre böse, wenn sie wüsste, dass die Kinder sich dort befanden. Denn dieser Teil des Sees war ihnen verboten. Jeder wusste, dass sich das dunkle Gewässer dort zu seiner größten Tiefe wirbelte.

Jane stöhnte. Es war alles so unfair. Da stand Trevor und warf mit Vergnügen einen Stein nach dem anderen auf ein Stück Treibholz, das auf der Wasseroberfläche schwamm, während sie gezwungen war, auf ihrem fahrbaren Gefängnis zu sitzen und von dort aus allem zuzusehen. Wenn sie wenigstens noch Scruffy als Gesellschaft gehabt hätte, wäre das Leben fast erträglich gewesen. Wie sie den kleinen Hund geliebt hatte, und wie er sie im Gegenzug angehimmelt hatte. Scruffys Liebe war bedingungslos gewesen: Wenn die sanften dunklen Augen zu ihr aufschauten, sahen sie nur die Person, nie den Zustand. Wenn sie für ihn mal einen Ball oder einen Stock warf, huschte der kleine Mischling ihm hinterher, um ihn zurückzuholen. Er stellte sich dann auf die Hinterbeine, um den Preis in Janes guter linker Hand abzuliefern.

Scruffy hatte alle geliebt, sogar den zweijährigen Trevor. Obwohl das Kleinkind geneigt war, an Scruffys Ohren und Schwanz zu ziehen, wehrte sich Scruffy nie. Seine Reaktion darauf war, sich hinter einem Sessel oder Sofa einen sicheren Platz zu suchen, bis sein Peiniger eine neue Beschäftigung gefunden hatte.

Es war ungefähr um diese Zeit, dass Trevor krank wurde. Jane hatte zugeben müssen, dass sie eine seltsame Genugtuung verspürte, wenn er während einer seiner schlimmsten Asthmaattacken nach Luft ringen musste. Geduldig hatte sie es ertragen, dass seine Anfälle die Aufmerksamkeit der Eltern noch viel mehr auf ihn lenkten, in freudiger Erwartung unplanmäßiger Leckerbissen, die ihr als Trost zugestanden wurden. Eis, Gummibärchen, mal ein Tütchen Kartoffelchips. Damit sie ruhig bleibt, sagten sie, bevor sie zurückeilten, um sich um die dringenden Bedürfnisse ihres Favoriten zu kümmern.

Dann kam der Arzt mit der erschütternden Ankündigung: Trevor war allergisch gegen den Hund. Kein Wort fiel über Vaters Pfeife oder Mutters Zigaretten. Ach nein, Scruffy trug die Alleinschuld. Alle drei Erwachsenen behaupteten, dass der Hund weg musste. Aber wohin mit ihm?

Wir finden ein neues Zuhause für ihn, hatte Vater vage genuschelt.

Draußen auf dem Land, fügte Mutter als Schlussstrich hinzu. An dem Abend drückte Jane Scruffy ein letztes Mal ganz fest an sich, bevor sie mit der Lärmkulisse von Trevors Gekeuche, das aus dem Elternschlafzimmer gegenüber hallte, weinend einschlief.

Am nächsten Morgen ließen die Eltern Jane länger als sonst im Bett liegen. Sie hörte, wie das väterliche Auto wegfuhr, wunderte sich aber, als es schon nach etwa einer halben Stunde in die Einfahrt zurückkehrte. Ihre Ohren strengten sich an, die heftige Debatte zwischen den Eltern in der Küche zu hören. Irgendeine Erwähnung von Land konnte sie aber nicht ausmachen, dafür fiel das Wort Tierarzt mehrmals.

Er ist viel glücklicher jetzt. Hunde lieben es auf dem Land, beteuerte Mutti beim Frühstück. Während die Mutter sich aber ersichtlich über Scruffys Glück freute, schien Vater weniger begeistert zu sein. Danach vermied er tagelang den Augenkontakt mit seiner Tochter.

Nach Scruffys Abreise brachte jeder Ausflug auf das Land die erneute Hoffnung, dass der Aufenthaltsort des kleinen Hundes bestätigt werden würde. Bei jeder heißersehnten Tour horchte Jane nach entferntem Bellen oder hielt Ausschau nach einem flüchtigen Blick eines wedelnden Schwanzes. Sie wurde aber immer enttäuscht. In der Tat hatte sie von Anfang an das Schlimmste vermutet und sich fast mit der harschen Realität abgefunden, dass es Scruffy nicht mehr gab. Sie hatte im Fernsehen gesehen, dass Tierärzte oft mehr tun, als nur kranke Tiere heilen. Aber mit einer Mischung aus kindlichem Trotz und Optimismus gab sie die Hoffnung nicht auf.

Es war die Ruhe, die Jane zurück in die Gegenwart auf dem Holzsteg holte. Denn Trevor wurde plötzlich unwahrscheinlich still. Der Sommertag wurde nun von den rivalisierenden Melodien vieler unsichtbarer Singvögel bereichert, Welten entfernt von den irritierenden Geräuschen von Kampfflugzeugen und explodierenden Bomben, die Trevor nachmachte.

Ihre Augen brauchten etwas Zeit, bis sie Trevor orten konnten. Er hatte sich vom Seeufer entfernt und seine Tarnjacke war kaum auszumachen im dichten Gestrüpp am Rand des Wäldchens, das den See von einer Hauptverkehrsader und dem Rest des Universums trennte.

Ohne Vorwarnung fing Trevor an, zu springen und zu schreien – irgendetwas über Spinnen und Ameisen. Er schien keine Reaktion von seiner Schwester zu erwarten und fiel wieder auf alle Viere, um seine Forschung im Dickicht fortzusetzen.

Ein plötzlicher Aufruhr im Wasser unter ihr lenkte Janes Aufmerksamkeit von Trevor ab. Ein aufgeschrecktes Moorhuhn schien auf der Wasseroberfläche zu trippeln, bevor es laut gackernd in Richtung des gegenüberliegenden Ufers sauste. Die Ursache seiner Panik-Attacke war schnell auszumachen: Ein männlicher Schwan paddelte unter dem Holzsteg heraus, seine Flügel hoch ausgebreitet und seinen Hals aggressiv vorgestreckt. Dem großen Vogel, der dieses Revier für sich beanspruchte, folgten seine Partnerin und die sechs graubraunen, flauschigen Kinder auf dem Fuße. Jane bereute, dass sie nicht einmal eine Brotkruste dabei hatte, um sie ihnen anzubieten. Jane liebte alle Vögel, insbesondere aber Schwäne. Diese graziösen Kreaturen waren ihre Favoriten, seitdem in glücklicheren Zeiten ihr Vater ihr das Märchen ‚Das hässliche Entlein‘ vorgelesen hatte. Wie sie sich gewünscht hatte, eines Morgens wach zu werden und zu entdecken, dass sie sich, wie das Entlein, durch ein Wunder in einen prächtigen Schwan verwandelt hatte! So oft hatte sie davon geträumt, aufzuwachen und zu entdecken, dass sie nun zwei starke Beine hatte, eine rechte Hand, die auf ihr Gehirn reagierte, und einen Mund, der lächeln konnte – oder wenigstens seinen Ausdruck ändern konnte, weg von der ständigen Grimasse, die sie so hasste.

Vor der Geburt Trevors war sie sich ihrer Behinderung gar nicht so bewusst gewesen. Damals schien es ihr, als ob das Leben ihrer Eltern um das ihre gekreist wäre. Und manchmal hatte Vater sie seine kleine Prinzessin genannt, besonders nachdem er ihr Aschenbrödel vorgelesen hatte. Jane hatte auch überlegt, wie es gewesen wäre, eine Schwester zu haben, oder gar eine hässliche Stiefschwester. Gewiss wäre das eine Verbesserung gegenüber Trevor gewesen. Diese Tage waren aber lange vergangen und mit ihnen auch ihr Glaube an die wundervolle Macht von Zauberstäben und guten Feen. Statt eines Versprechens wurde die Zukunft immer mehr zur Drohung.

Um besser zu sehen, blinzelte sie; sie beobachtete, wie die Schwäne ans Ufer glitten. Das stolze Männchen führte, während das Weibchen von hinten ihren schützenden Blick über die kleine Parade hielt. Trevors Rückkehr aus seinem kleinen Dschungel war ein unglücklicher Zufall. Mit einem Freudenschrei nahm er Besitz von seiner Uferfestung und begann einen gnadenlosen Angriff gegen die Invasion seines Königreichs. Stöcke, Steine, Plastikflaschen und so gut wie alles, das nicht verwurzelt, vernietet oder vernagelt war, kam als Geschoss zum Einsatz gegen die arme Schwanenfamilie. Daran gewöhnt, dass freundlichere Menschen ihnen Brot oder andere Leckerbissen zuwarfen, schnellten die Vögel Richtung Land, während die von Trevor abgeschossenen Projektile noch viel zu kurz vor den Opfern ins Wasser fielen. Erschrocken schaute Jane zu, wie der Sicherheitsabstand immer kleiner wurde. Sie wollte ihnen zurufen, die Schwäne warnen, ihrem Bruder drohen. Sie wollte irgendetwas tun, nur kamen keine Worte heraus.

Auf einmal änderte sich die Lage zu Gunsten der Schwäne. Bevor der Feind sich in Reichweite begeben hatte, war Trevor die Munition einfach ausgegangen. Er verließ seine Festung und zog sich zurück, um im Wäldchen seinen Vorrat wieder aufzustocken und einen endgültigen Angriff gegen die kleine, unaufhaltbare Flottille vorzunehmen. Obwohl Trevor im Dickicht versteckt war, konnte Jane seinen Fortschritt an den herausgerissenen Stecklingen verfolgen, die in seine gierigen Hände gelangten.

Ein paar Minuten später konnte Jane aufatmen. Nicht nur hatten die Schwäne ihre Kursrichtung geändert, um in die Mitte des Sees zu schwimmen, auch Trevors Aktionismus ließ merklich nach.

Obwohl die Pause sehr willkommen war, war sie nur von allzu kurzer Dauer. Die Ruhe aus Richtung des Wäldchens wurde plötzlich von einem ohrenbetäubenden Schrei durchrissen. War das Trevors neuester Kampfschrei? Trevor raste aus dem Gebüsch, seine Arme schlugen wild um seinen Kopf und er rannte mit voller Geschwindigkeit auf den Holzsteg zu. Niemand kannte Trevors Repertoire an Rollenspielen besser als Jane, aber diese Possen waren ihr völlig neu. Er preschte vorwärts und heulte wie ein Indianer, während seine Finger wie Klauen an einem unsichtbaren Spinnennetz rissen. Dann hörte sie es, trotz der Schreie, trotz des schweren Stampfens von Trevors Schuhen auf den alten Holzdielen: das unverkennbare Schwärmen vieler wütender Wespen. Trevor führte sie direkt auf Jane zu. Sie musste unbedingt etwas unternehmen und zwar sofort.

Verzweifelt griff sie mit ihrer guten linken Hand in den Korb, der hinten an der Rollstuhllehne hing. Ihre Finger suchten tief da drin, hinter ihrem Rücken. Sie konnte jetzt die einzelnen Wespen klar erkennen, genauso wie den Schrecken verbreitenden Blick in Trevors Augen. Ihre Finger umfassten den gesuchten Gegenstand; sie zog ihn mit Mühe heraus, um ihn zu werfen, wie sie früher immer für Scruffy einen Ball geworfen hatte.

Jane schaute zu, wie der Action Man von Trevor durch die Luft flog, in Richtung seines Kopfes. Trevor reagierte einen Tick zu langsam: Die Figur traf ihn an der rechten Wange. Dadurch schwankte er seitwärts gegen die morsche Reling des Stegs. Als das zerbrechliche Holz splitterte, schwebten die beiden Figuren, der Junge und das Spielzeug, einen Moment in der Luft, bevor sie mit einem laut widerhallenden Platschen auf dem Wasser aufschlugen. Jane saß stockstill, während einige Wespen ihr um die Ohren schwirrten, bevor sie zurück ins Nest flogen.

Jane betätigte den Rollstuhlmotor und manövrierte sich zum Rand des Stegs, wo sie deutlich sehen konnte, wie Trevors letzter Atemzug an die Wasseroberfläche stieg. Es dauerte ein paar Minuten, bis das Wasser ganz still wurde. Sie wartete aber noch ein paar Minuten ab, bevor sie ihre Mutter auf ihrem Mobiltelefon anrief.

Übersetzerin: D C Hubbard

Zwielicht – Rochelle Potkar

Vimla sah zu, wie die Sonne sanft durch die Farnkrautwedel am Rand der Veranda versank und war sich kaum der Anwesenheit von Tara bewusst.

Deren Sohn, Varun, war auch dieses Jahr nicht gekommen.

Er war dienstlich in die U.S.A. beordert worden und versprach seitdem, fast jedes Jahr, sie zum Diwali-Fest zu besuchen. Im letzten Jahr hatte er mit einer komisch verdreht klingenden Stimme erklärt, er könne nicht kommen wegen einer ‚mitleidlosen Frist für ein Projekt‘, und im Jahr davor war Vimla an Typhus erkrankt gewesen und unsicher, ob sie ihn bei sich haben wollte. Was, wenn er sich anstecken würde? Daraufhin hatte er sehr bereitwillig abgesagt.

In den Jahren zuvor musste Varun sich ‚ein Leben in den Staaten aufbauen‘ und hatte einfach nicht das Geld für teure Flugtickets besessen.

„Du musst dich zusammenreißen", krächzte Tara in Vimlas Gedankengang hinein. Immergrüne Pflanzen tanzten mit ihren violetten Blüten in Tontöpfen zu ihren Füßen.

Vimla schaute Tara mit glänzenden Augen an. „Weißt du, er würde sowieso spät nach Hause kommen, wenn er hier in Indien arbeiten würde. Aber zumindest würde er nach Hause kommen." Sie gab sich große Mühe, das verräterische Zittern zu verbergen, das sich weit hinten in ihrer Kehle bemerkbar machte.

Tara blieb stumm.

Als Vimla vor sieben Jahren in ‚das Heim‘ gekommen war, war Tara die Letzte gewesen, mit der sie sich angefreundet hatte. Jetzt aber schien das Band zwischen ihnen das stärkste zu sein.

In den ersten Monaten, in denen sie ihre Zimmergenossin gewesen war, hatte Vimla kaum etwas von dem preisgegeben, was ihr im Kopf herumging. Sie hatte keine Sorgen oder Probleme diskutiert. Keine Beschwerden oder Meinungen mitgeteilt. Sie hatte mit Tara nur die üblichen Nettigkeiten ausgetauscht.

Tara hingegen war ein Großmaul. Ihr Leben war ein offenes Buch. Ihre Bemerkungen waren beißend. Sie erklärte jedem in dem Heim, der es hören wollte: „Ich sehne mich nach nichts. Ich will nichts. Und das habe ich erkannt, nachdem fast alle Beziehungen, die ich je hatte, gescheitert waren. Ich bin zu hartgesotten für Überraschungen oder Schocks, und niemand kann mich mehr enttäuschen." Und dann grinste sie die Zuhörenden an – die Mitbewohnerin, die Pflegerin, die Köchin, das Zimmermädchen oder den Hausdiener, die zustimmend nickten.

Selbst in diesem Zwielicht entging Tara Vimlas errötetes Gesicht nicht. Tara wusste, dass sie nicht über ihren Sohn sprechen würde, selbst wenn sie sich in den Schlaf weinen oder die ganze Nacht mit geröteten Augen wachbleiben müsste.

Erst als Vimlas Melancholie zu einer dunklen Wolke geworden war, die die folgenden Wochen mit Traurigkeit zu überschatten drohte, würde sie Tara leicht an der Schulter berühren und eine Äußerung machen wie: „Ich schätze, ich bin einfach zu traurig" oder „ich muss darüber hinwegkommen."

Das war die größtmögliche Beichte, die größte Katharsis, zu der sie imstande war.

Von diesem Zeitpunkt an würde Vimla wieder in Ordnung sein und am nächsten Tag weitermachen, als ob nichts geschehen wäre. Ihre Traurigkeit würde sich erst wieder an einem Geburtstag zeigen, an den sie sich erinnerte, oder an Tagen wie diesen – sofort nach einem Feiertag.

Als Vimla zum ersten Mal auf diese Art mit ihrer Trauer herausrückte, war das schon genug, um Taras Neugierde zu befriedigen und führte dazu, dass sie fast ganz das Interesse daran verlor. Mitgefühl trat dann an die Stelle von Neugier.

Tara hatte in ihren jungen Jahren einen Mann geliebt, den sie auch geheiratet hätte, wenn er nicht zur Armee gegangen wäre und sein Leben in einem sinnlosen Grenzkonflikt verloren hätte.

Sie war kurz danach eine arrangierte Heirat mit einem entfernten Vetter eingegangen. Aber das hatte auch nicht lange gehalten. Als er erkannte, dass sie keine Kinder bekommen konnte, hatte er die Trennung verlangt. Tara kehrte zu ihrer Mutter zurück, die nach dem Tod ihres Vaters allein lebte. Jahrelang war sie den Vorhaltungen ihrer

Mutter ausgesetzt, die ihr immer wieder ihre bedauernswerte Lage vorwarf.

„Schau dir deinen Bruder an", sagte sie dann immer, „Zwei Kinder, ein Haus, ein Auto und ein nettes Haustier."

„Einen lebhaften Hund könnten wir auch haben", gab Tara dann stets zur Antwort.

Schließlich starb ihre Mutter im Alter von neunzig Jahren an Trübsinn, und Tara, anstatt mit ihrem Bruder um ihren Anteil am elterlichen Haus zu streiten, ging weg und begann, mit ihrem kümmerlichen Einkommen ein eigenständiges Leben zu führen. Sie hatte von dem Heim gehört – einem Zufluchtsort inmitten eines Waldes, in dem die Vögel immer zwitscherten, ein Fluss an der einen Seite vorbeifloss und an der anderen ein altes Fort lag.

Seither waren elf Jahre vergangen. Tara hatte die Herzen der Mitbewohnerinnen mit ihren Witzen und ihrer Offenheit erwärmt und in sich selbst eine neue Lebenskraft entdeckt, von der sie nicht gewusst hatte, dass sie sie besaß – die Freude daran, sich unbeschwert äußern zu dürfen.

„Kinder sind nur gutmütige Parasiten" war ihr Lieblingsspruch, den sie mit der entsprechenden Mimik verdeutlichte. Sie öffnete und schloss den Mund wie eine Termite, die ihren Kiefer um ein Stück Holz legt, um es zu verschlingen. Sie verrenkte ihre Arme und Beine in einem komischen Tanz, so dass die Bewohnerinnen schallend lachten und sich gegenseitig auf den Rücken schlugen, weil sie sich an ihre eigenen bitteren Erfahrungen erinnerten. Obwohl jetzt der Effekt dieses Witzes auf ein bloßes Lächeln reduziert war, machte er immer noch eine stillschweigende Kameradschaft spürbar.

Herr Patel, dessen Kinder sich über die verschiedensten Teile des Erdballs zerstreut hatten, tadelte Tara jedes Mal wegen dieser Meinung, wenn er das letzte Stückchen seiner Banane zum Frühstück aß, bevor er sich dann zitternd auf seinen Spazierstock gestützt erhob. Alle anderen am Tisch stimmten dann immer mit ein. Es war ein Chor, der jeden Tag angestimmt wurde und der dadurch zu einem Gag geworden war, weil er mit tödlicher Sicherheit immer zum exakt gleichen Zeitpunkt gemacht wurde – am Ende des Frühstücks.

Auch Vimla hatte die tiefe Gruft ihres Herzens geöffnet, als sie sich für diesen Witz erwärmt hatte.

Zu diesem Zeitpunkt erfuhr Tara, dass Varun nicht Vimlas einziges Kind war. Es gab auch noch eine Tochter, Mahi, die in Australien lebte. Warum kam sie nie zu Besuch?

„Sie hat einen sehr anstrengenden Beruf – sie ist Rechtsanwältin", sagte Vimla dann für gewöhnlich, „und es ist sehr schwer, Familie und Beruf zu verbinden. Außerdem ist ihr australischer Ehemann nicht besonders erpicht auf die Familie seiner Frau. Telefonate oder Emails sind Ok, aber Besuche…"

Varun war jedenfalls zum zweiten Diwali-Fest gekommen und hatte zögerlich einen Nachmittag in dem Heim verbracht. An diesem Tag war Tara nicht da gewesen, weil sie eine Freundin besucht hatte, aber sie hörte später von den Mitbewohnerinnen, dass er sich dazu herabgelassen hatte, an einem peinlich verlaufenden Mittagessen teilzunehmen und später vor seiner Abfahrt allein mit seiner Mutter gesprochen hatte. Und obwohl seine Zeit nie mehr für einen persönlichen Besuch gereicht hatte, gab es Briefe und Telefonate von Mutter und Sohn, bevor der Kontakt wieder völlig einschlief.

„Kinder sind Parasiten", murmelte Tara sogleich, weil sie Vimlas dunkle Gedanken erriet, als diese die Nachttischlampe löschte. Es ging nicht so sehr um das Verhalten des Sohnes, sondern um das der Mutter – das beunruhigte Tara. Warum konnte Vimla damit nicht einfach klarkommen? Darüber hinwegkommen? Es hinter sich lassen!

Vimla und Tara verbrachten vierzehn Tage auf diese melancholische Art, ohne viel zu reden, aber darauf wartend, dass die andere das Schweigen brechen würde.

Im folgenden Monat kam ein Eilbote zu Tara. Er überbrachte ihr eine Rückfahrkarte nach Kerala. Tara hatte schon lange darauf gewartet, einen alten Cousin zu besuchen und jetzt, am Ende seines Lebens, hatte er selbst nach ihr geschickt. Sie selbst brauchte dringend Urlaub, aber das erwähnte sie Vimla gegenüber nicht.

„Ich werde in ein paar Tagen zurück sein", sagte sie, als sie eine kleine Tasche packte und sich schnell davonmachte.

Als sie einen Monat später zurückkehrte, war Vimla nur noch trauriger geworden. Varun hatte angerufen, um ihr mitzuteilen, dass er im nächsten Jahr auch nicht kommen würde. Die Projekte in den Staaten waren schwieriger geworden; und außerdem stand er für eine Beförderung an.

Das war kurz vor der Rezession.

Vimla saß allein und gedankenverloren in ihrem gemeinsamen Zimmer und ließ die Arme über die Lehne baumeln. Tara entschied sich bewusst dagegen, sich selbst die Laune zu verderben und Vimla zu besänftigen. Sie begab sich stattdessen auf einen Koch-Feldzug, auf dem sie der Köchin alles beibrachte, was sie bei ihrem kurzen Besuch in Kerala gelernt hatte. Sie machten appams, idlis, rasam, Fisch moilee, grünen Curry mit Papaya, vadas, neer dosas, payasam und organisierten sogar so eine Art Fest.

Diesmal war es Vimla, die auf Tara zukam und mit sehr fester Stimme erklärte: „Du hattest Recht. Kinder sind Parasiten." Dann, als ihr die Stimme versagte: „Erst kommen sie in dein Leben…wie kleine Engel. Sie wachsen aus deiner Hand heraus wie Topfpflanzen. Sie wollen dich. Sie brauchen dich. Sie atmen dich. Dann werden sie größer und größer, mit ihren eigenen Ideen und Vorstellungen. Du versuchst dich immer noch anzupassen. Sie sagen dir, dass du keine Ahnung hast, und du glaubst ihnen. Sie sagen dir, die Welt habe sich verändert. Sie erzählen dir alle möglichen Geschichten von Gott weiß wo her. Du glaubst sie alle. Dann hören sie auf, mit dir zu reden. Selbst wenn du nachfragst, heißt es immer nur, ‚nichts oder nicht viel'. Als ob du es nicht kapieren würdest oder als ob es nichts ausmachen würde, ob du es kapierst oder nicht. Das ist der Zeitpunkt, an dem du erkennst, dass du der Parasit bist, der sich auf sie stürzt, damit sie dir etwas geben. Irgendetwas. Vertrauen, Versprechen, Zuwendung, Zeit, Gefühl, Wärme. Irgendetwas. Egal was."

Tara atmete tief ein. Zum ersten Mal sah sie eine Spur von Bitterkeit in Vimla. Ihre Freundin sah schrumpelig aus.

Tara streichelte ihr über die Wange und nickte. „Das ist der Grund, warum ich nie Kinder hatte und auch keine vermisse. Als ich daran dachte, den Brigadegeneral zu heiraten, dachte ich oft darüber nach, wie unsere Kinder wohl sein würden. Aber sobald ich den Gedanken an Heirat fallengelassen hatte, habe ich auch jeden Gedanken an Kinder aufgegeben", schnaubte sie, „Mal abgesehen davon, dass die Natur mir sowieso keine vergönnt hat. Ein paar Jahre lang dachte ich an Adoption. Aber an dem Tag, an dem ich zur Adoptionsstelle gehen wollte, hatte ich eine sehr starke Vorahnung. Und dann kam der Anruf von meiner Tante, die mir mitteilte, dass ihr Sohn, mein Ehemann, mich wegen einer anderen Frau verlassen wollte."

Sie gingen auf ihr Zimmer. Vimla legte sich aufs Bett, drehte sich von Tara weg und wischte sich das Gesicht ab, das nicht trocken bleiben wollte. In der Dunkelheit überließen sich beide dem Unausgesprochen-Sein ihrer Gefühle.

Am nächsten Morgen entschlossen sie sich dazu, sich den morgendlichen Spaziergängen der Männer anzuschließen. Die Jungs waren froh über die neue Gesellschaft, vor allem Herr D´souza, der gerne flirtete. Er zog Vimla und Tara damit auf, dass sie Zweifel bekommen hätten, ob die Männer nicht doch wegen ihres regelmäßigen Wanderns gesünder lebten.

„Diese Frauen wollen sich einen Wettkampf mit uns liefern", sagte er mit reifer, öliger Stimme zu den anderen.

Vimla und Tara gingen immer etwas vor ihnen her, um sich einen Moment des Atemholens unter dem breiten Banyan-Baum zu gönnen. Sie waren schon auf dem Rückweg, als die Jungs diesen Halt erreichten.

Drei Monate später hatte Herr D´souza Geburtstag, und das Heim überlegte sich gerade, wie sie am Abend feiern wollten, als Chutka, der Hausdiener, in den großen Speisesaal kam und verkündete, dass Vimla Besuch hatte. „Er ist da drüben."

Vimla ging widerstrebend zur Mitte des Raumes und schrie auf. Tara löste sich ebenfalls aus der Menge.

Ein großer, stattlicher und gutgekleideter Mann umarmte Vimla. Er küsste sie auf die Stirn und sagte mit weicher Stimme zu ihr: „Es tut mir leid, Mama. Ich war wirklich sehr beschäftigt. Aber in Amerika zu arbeiten ist kein Vergnügen. Wir kehren nach Indien zurück, und ich bin hier um einen Job zu suchen…und ein Haus."

Die Rezession erwähnte er nicht, als Vimla nach seinem Arm griff und ihn in den Speisesaal zog. Herr D´souza hatte schon mit seiner Litanei von Geburtstags-Witzen begonnen und nach dem donnernden Gelächter an ihrem Tisch breitete sich eine fröhliche Stille aus. Tara hörte, wie der junge Mann Vimla die Neuigkeiten erzählte:

„Suzenna und ich erwarten Zwillinge, und du weißt, wie es ist, nicht wahr Mama? Wir brauchen dich wirklich. Würdest du zu uns kommen?"

Würde sie mitgehen?

Tara sah Vimla beim Packen zu, sie riss die noch feuchten Kleider von der Leine und stopfte sie in den Koffer. „Varun hat eine Wohnung gemietet. Die Familie wird in einem Monat wieder endgültig hier wohnen. So viele Dinge müssen noch erledigt werden", sagte sie. Sie überließ Tara ihren Lieblingsschal, außerdem ein paar Kekspackungen, zwei unbeschriebene Schreibhefte und einen neuen Kamm.

Varun wartete schon draußen. Vimla wandte sich noch einmal Tara zu. Ihr Gesicht war ein Flickwerk aus Sorgen und Ängsten. „Pass gut auf dich auf, Tara", sagte sie, „ich kann mich nicht von den schönen Erinnerungen einer Mutter trennen. Das bin halt ich…der Parasit."

Und in ihren Augen sah Tara das Licht der Freundschaft für immer erlöschen.

Diwali – bedeutendes hinduistisches Lichterfest, das wegen seines fröhlichen Charakters oft mit Weihnachten verglichen wird.
Appams, idlis, rasam, moilee, vadas, neer dosas, payasam – südindische Spezialitäten.

Übersetzer: Frank Joußen

Auf des Messers Schneide
Frank Joußen

Kann man jeden Menschen so weit bringen, dass er einen anderen töten will? Seit meinem zehnten Lebensjahr kann ich diese Frage bejahen.

Meine Eltern besaßen ein kleines Elektrogeschäft in einer Kleinstadt. Folgerichtig waren sie dort wohlbekannt. Man möge denken, dass auch ich als ihr einziges Kind dort wohlbekannt war und viele Freunde hatte. Nun ja, weil ich schon als kleiner Junge oft im Geschäft aushalf, kannten mich viele Leute, das stimmt, aber als Einzelkind und Einzelgänger hatte ich nur wenige Freunde. Ich war zufrieden, alleine zu sein. Wenn ich tagsüber Gesellschaft wünschte, brauchte ich ja nur ins Geschäft zu gehen. Am liebsten war mir der Laden aber nach Geschäftsschluss. Dann schlich ich mich aus meinem Zimmer im zweiten Stock hinunter, um mir meine Lieblingsplatten laut anzuhören. Ich knipste nur kurz das Licht an, bis ich die große Stereoanlage eingeschaltet und die gewünschte Platte aufgelegt hatte. Dann schaltete ich das Licht wieder aus, ging in das kleine Büro nebenan, und hörte mir nicht nur die Beatles oder Joe Cocker und all die anderen an. Nein, ich sang auch aus voller Kehle mit und spielte Luftgitarre – mit links, wenn ich Paul McCartney war, mit rechts bei all den anderen Gitarristen.

Heute bin ich mir sicher, dass meine Eltern von diesen privaten „Rockkonzerten" wussten und mich schmunzelnd oder achselzuckend gewähren ließen. Damals jedoch hatte ich Angst, dass meine Entdeckung zu einem Riesenkrach geführt hätte. Wäre ich an dem bewussten Abend entdeckt worden, wäre das allerdings ein Segen und kein Fluch gewesen. Aber wie der Teufel es wollte, war meine Lieblingsplatte gerade zu Ende, der Tonarm hatte sich selbstständig von der Platte erhoben und mit einem kleinen Klick mitgeteilt, dass er seine Ruheposition erreicht hatte. Ich wollte nun Schluss machen und erhob mich mühsam von den Dielenbohlen, die nur in meiner Fantasie die

Welt bedeuteten. Ich hatte das Licht ausgeschaltet und wollte zurück in den Laden treten, als ich hörte, wie die Haustür geöffnet wurde. Weil zwei Türen zwischen dem Laden und der Haustüre lagen, hatte ich wohl das Klingeln nicht gehört. Aber jemand muss die Treppe hinuntergekommen sein und sie für einen Kunden geöffnet haben.

So dachte ich jedenfalls, aber als sich die Tür vom Hausflur zum Laden öffnete, hörte ich zwei mir unbekannte Stimmen, nicht nur eine.

„Dann nimm die Stereoanlage, die du immer wolltest, und den neuen Farbfernseher – und dann sind wir quitt! - Bist. Du. Jetzt. Zufrieden?"

Bei den letzten Worten erst erkannte ich eine der beiden Stimmen – es war die meiner Mutter. Aber ihr Klang wirkte durch dieses schrille, halb ängstliche, halb wütende Schreien verzerrt, als ob die Töne durch Lautsprecher mit eingerissenen Membranen kommen würden.

„Bist du verrückt, Weib? Ich hab´ den Peter, deinen Ehemann, großgezogen – das Kind, das ich nie gewollt´ hab´; die Frau geheiratet, die ich nich´ geliebt hab´. WER BEZAHLT DENN DAFÜR?" Diese Stimme klang gänzlich unbekannt für mich. Die entscheidenden Wörter, die den Sprecher letztendlich verrieten, waren vernichtend. Die Wörter machten meine Oma und meinen Papa für die ganze Misere seines Lebens verantwortlich.

„Das ist keine Art, über meinen Ehemann zu sprechen! Den Vater deines Enkels! Du hast uns lange genug tyrannisiert!"

Die Worte meiner Mutter verstand ich jetzt viel deutlicher. Sie schien sich ihrer Sache sicher zu sein. Und ihre einsilbigen Antworten auf meine oft gestellte, kindliche Frage, warum sie denn den Opa nicht so mögen würde, ergaben auf einmal einen klaren Sinn. Für einen Moment sprach draußen vor meiner Bürotür niemand. Dann hörte ich schwere Schritte und das schnelle Verschieben von Möbeln: Ein großer, kräftiger Mensch räumte die ganze Schallplattentheke aus dem Weg, um näher an die dahinterstehende Person heranzukommen. Als die Stimme meines Großvaters wieder erklang, war sie langsamer, akzentuierter. Und äußerst bedrohlich.

„Das. Hast. Du. Nicht. Umsonst. Gesagt. Dafür. Wirst. Du. Büßen. JETZT!"

Die ganze folgende Szene schien in Zeitlupe abzulaufen. Nachdem ich den Brieföffner vom Schreibtisch ergriffen hatte, presste ich mich an die Wand neben der Tür. Meine Ohren dröhnten, und ich konnte die Laute von nebenan nicht mehr deutlich hören. Vielleicht hatte mein Großvater diese letzten Worte viel schneller gesprochen, aber ich nahm sie verlangsamt wahr – so als hätte man den Schallplattenspieler mitten im Lied von 78 Umdrehungen pro Minute gewaltsam auf 33 herunter gedreht.

Zeitlupe oder nicht. Ich war bereit. Den Brieföffner fest umklammert, war ich wild entschlossen, aus dem Büro zu stürmen, meinen Großvater anzufallen, ihm den Brieföffner in den Leib zu rammen und ihn zu töten. Er war drauf und dran, meiner Mutter etwas unaussprechlich Böses anzutun; ich musste das verhindern – und das war's.

Mein Großvater war 1,85 groß, wog anderthalb Zentner und trug immer eine dicke, abgewetzte Lederjacke, die er wohl noch aus seiner Zeit als Lastwagenfahrer besaß. Damals hatte er zusammen mit seinem Beifahrer eiserne Herde, Stahlträger oder was auch immer an schweren Gewichten mühelos gestemmt. Meine Chancen, einen solchen Gegner zu töten oder auch nur zu verletzen, waren also denkbar gering. Das spielte aber keine Rolle. Ich hatte die volle Absicht, ihn zu töten. Mehr noch: Wenn sich die Zeit weiter verlangsamt und ich, sagen wir, noch eine volle Stunde Zeit zum Überlegen gehabt hätte, wären mir immer noch keine Zweifel an der Richtigkeit meines Vorhabens gekommen. Ich hätte meine Tat niemals bereut.

„Los, nimm das! Und auch das! Und jetzt RAUS!"

Nach ein paar gotteslästerlichen Flüchen stürmte mein Großvater, beladen mit einer großen Stereoanlage und einem tragbaren Fernseher, aus dem Laden.

Wenn ich vierzig Jahre später darüber nachdenke, weiß ich, dass ich stolz auf meine Mutter hätte sein müssen. Ich hätte zu ihr gehen und sie umarmen sollen – sofort, da im Laden, oder später, als sie weinend auf der Couch saß und auf die Rückkehr meines Vaters wartete. Aber ich war ein traumatisierter Zehnjähriger, der eben noch den festen Vorsatz gehabt hatte, einen Menschen zu töten.

Die Trauer der Zwei – Ashlie Allen

Das letzte Mal, als ich meinen Bruder sah, krümmte und wand ich mich auf dem Boden. Wir waren zusammen in unserem elterlichen Haus in Nagara in Japan. Unsere Mutter war vor kurzem gestorben, und meine Psyche war schwer angeknackst. Ich sagte unverzeihliche Dinge – Dinge, die mich genauso verletzten wie ihn: „Ich will sterben! Mir ist ganz egal, was mit mir passiert! Ich nehme es jedem übel, dass er am Leben ist. Ich hoffe, dass alle sterben werden!"

An diesem Tag ohrfeigte mein Bruder mich – sehr hart. Ich suche immer noch, wenn ich an einem Spiegel vorbeigehe, nach dem Handabdruck dieser Ohrfeige in meinem Gesicht. „Halt den Mund!", zischte er, seine Stimme bösartig vor Trauer und seelischem Schmerz. Seither haben wir nicht mehr miteinander gesprochen – seit vierzehn Monaten. Vielleicht ist er inzwischen Vater geworden. Vielleicht hat er sich scheiden lassen. Ich weiß nicht, ob mein Bruder mich noch liebt, oder ob ich nur eine böse Erinnerung bin, an die er nur dann denkt, wenn er sich selbst bemitleiden möchte. Vielleicht bemitleidet er aber auch mich. Ich vermisse meine Mutter zu sehr, als dass mich seine Gefühle interessieren. Manchmal verdiente ich es, tot umzufallen.

Nachdem mein Bruder mich geschlagen hatte, wurde ich psychotisch. Ich lag auf dem Rücken und wurde von einem verrückten Lachen geschüttelt, während meine Hände meine Rippen umfassten und meine Knie gegen meinen leeren Magen drückten. Ich erinnere mich, dass ich damals dachte, wie befreiend es sei, endlich die Tiefe meines Leids und meiner Trauer zu zeigen - ohne Rücksicht, ohne Furcht. Mein Bruder stand über mir; sein Gesicht war verzerrt vor Verachtung, als er zusah, wie ich zerbrach.

Nachts, wenn ich vor lauter Stress keine Ruhe finde, kann ich sehen, wie er mich mit dem gleichen eisigen Blick anstarrt.

Vor einer Woche klingelte das Telefon, und ich dachte, es sei mein Bruder. Am anderen Ende fragte eine Frau, ob ich zum Valentinstag Blumen für einen geliebten Menschen kaufen wolle. „Ich habe niemanden, dem ich sie schicken könnte", antwortete ich ihr und legte auf. Falls mein Bruder anrufen würde, so sage ich zu mir selbst, würde ich antworten. Dann sage ich eine Liste von Entschuldigungen auf, verliere aber wieder den Mut, weil das alles nicht ausreicht, um die Schuld und den Hass auszudrücken, die zwischen uns stehen. Ich sage mir auch ständig, dass ich ihn noch liebe. Eigentlich bin ich mir keiner Sache mehr sicher.

***

Als ich sechs Jahre alt war, fiel ich vom Geländer an unserer Eingangstür und erlitt einen Schädelbruch. Meine Mutter war im Lebensmittelladen; als ich das ganze Blut sah, fing ich an loszuschreien. Es war mein Bruder, der sofort nach draußen gerannt kam, um meinen blutenden Kopf zu halten. Er sagt, ich sei damals dem Tod sehr nahe gewesen. Ich erinnere mich nicht mehr an vieles, aber ich weiß noch, dass ich lächelte bei dem Gedanken, dass alle um mich getrauert hätten. Er saß neben mir im Krankenhaus und zitterte am ganzen Körper. Die Ärzte gaben mir eine Beruhigungsspritze, aber durch meine Müdigkeit hindurch konnte ich noch wahrnehmen, wie traurig er aussah. Ich weiß auch noch, dass er immer wieder meine Hände küsste, bis sie taub waren. Er wollte mich mit meinen Schmerzen nicht ohne seine Liebe allein lassen.

***

Als mein Bruder nach unserem Streit gegangen war, stolperte ich nach draußen. Ich schrie seinen Namen heraus, obwohl ich ihn nicht mehr sehen wollte. Vielleicht wollte ich ihn einfach nicht vergessen. Vielleicht hatte die Trauer dazu geführt, dass ich die Namen meiner engsten Familienangehörigen hinausschreien musste. Der Himmel war pflaumenblau und Blätter wirbelten über die Einfahrt. „Mama!", schrie ich, weil ich dachte, sie wäre in Form von Blättern zurückgekommen. Ich jagte den wirbelnden Blättern mit ausgestreckten Händen hinterher. Ich jagte sie, bis ich das Sackgassenende unserer Straße erreicht hatte und die Nachbarn mich fragten, was ich denn da tue. – Sie fragen mich immer noch, was ich tue, wann auch immer ich nach draußen gehe. Niemand traut mir etwas Vernünftiges zu in meinem Schmerz und Verlust, denn ich bin unberechenbar.

***

Meine Mutter sagte mir immer, ich sähe aus wie ein kleines Mädchen. Ich trug mein Haar sehr lang als Kind, und das tue ich immer noch. Als ich in der fünften Klasse war, berührten meine Haare meine Knie. Bevor ich zur Schule ging, kämmte meine Mutter mich und sagte mir, ich sei ein wunderschönes kleines Mädchen. „Ich bin fasziniert, dass mein Sohn wie eine Tochter aussieht", pflegte sie zu sagen. „Es ist bezaubernd und mysteriös. Hat dir jemals einer gesagt, dass du aussiehst wie ein Mädchen?" „Unzählige Male", sagte ich ihr. „Macht es dir etwas aus?", fragte sie mich. „Nein", kam die Antwort. „Nun, in diesem Fall siehst du aus wie ein Mädchen, mein Sohn." Dann mussten wir beide lachen. Schließlich ging meine Mutter dazu über, mir Locken zu machen, bevor ich zur Schule ging. Sobald ich auf die High-School ging, trug ich Lippenstift und Mascara. Niemand kannte mein Geschlecht. Ich sagte, ich hätte keines.

***

In den letzten Monaten ist meine Rastlosigkeit schlimmer geworden. Deshalb habe ich angefangen, rezeptfreie Beruhigungsmittel zu nehmen, die mir Erleichterung verschaffen sollen. Sie wirken zumindest in zwei Nächten pro Woche. Die übrigen fünf Nächte verbringe ich damit, die Entschuldigungen herunterzubeten, die ich meinem Bruder sagen möchte; Worte, die niemals ausreichen werden, um unsere todtraurigen Herzen zu heilen, und die ich ihm schon vor Monaten hätte sagen sollen.

***

Als wir gemeinsam aufwuchsen, hatte mein Bruder viele Freunde. Er brachte sie mit nach Hause, und sie blieben die ganze Nacht auf und redeten. Manchmal verprügelten sie sich gegenseitig, und unsere Mutter schrie, bis jeder sich die Ohren zuhielt, mich eingeschlossen. Ich war meistens im Keller und bürstete meine Haare. „Hört auf, euch zu verletzen", hörte ich meine Mutter schimpfen, „ich werde euch alle töten!"

Meine Mutter war nicht zur Stelle und drohte nicht damit, meinen Bruder zu töten, als er mich schlug und seinen Handabdruck in meinem Gesicht hinterließ.

***

Mir wird langweilig, und ich gehe jede Nacht zwei Stunden lang die Treppe rauf und runter. Im letzten Monat habe ich fünfzehn Pfund abgenommen. Ich staune jedes Mal, wenn ich in den Spiegel schaue; ob das positiv oder negativ ist, weiß ich nicht. Mein Spiegelbild sieht nicht mehr gesund aus. Mein Haar reicht jetzt bis zu den Fersen, und mein Gesicht ist unnatürlich schmal – zumindest für einen Mann. Ich werde immer mehr zur Tochter meiner Mutter. Wenn sie hier wäre, würde ich sie bitten, mein Gesicht wie das einer Geisha zu schminken und mich „Frau" zu nennen.

**

Mein Vater starb, als ich zwei Monate alt war. Er erlag einem Herzleiden, bevor ich alt genug war, um auf seinen Schoß zu klettern und „Papa" zu sagen. Meine Mutter weinte ganze zwölf Jahre lang. Ich erinnere mich, dass ihr Schluchzen nachts monströse Züge annahm. Eines Nachts im Winter, als ich zwölf war, ging ich an ihrer geöffneten Schlafzimmertür vorbei und sah, dass sie den schwarzen Anzug meines Vaters trug und dessen Ärmel küsste. „Masa". Sie flüsterte einen Namen. Ich wusste, dass es der Name meines Vaters sein musste, obwohl es das erste Mal war, dass ich ihn hörte.

Oft schaute sie sich ein Fotoalbum an, das sie in der obersten Schublade ihrer Kommode aufbewahrte. Manchmal lachte sie dabei, zu anderen Zeiten zischte sie oder wurde ganz ruhig – so, als ob sie mit einer hässlichen Erinnerung konfrontiert wurde, gegen die sie wehrlos war. Einmal trat ich in ihr Schlafzimmer, als sie die Bilder betrachtete, und sie schlug sofort das Album zu und brummte mich an, ich solle nicht näherkommen. „Du darfst nicht in Kontakt kommen mit Erinnerungen, die dich bedrücken würden", sagte sie. „Ich möchte nicht, dass du merkst, wie sehr du deinem Vater ähnelst. – Mir fällt es schon nicht leicht, deshalb weiß ich, dass es dich zu sehr aufregen würde." Natürlich gehorchte ich; aber tief in mir drin wusste ich, dass ich mich nicht an die Bitte meiner Mutter halten würde.

Nach zwei Monaten versündigte ich mich gegen meine Mutter und nahm das Fotoalbum aus der Schublade. Ich lief damit in den Keller, und als ich es öffnete, fielen mir die Bilder in den Schoß. Ich verteilte sie auf dem Fußboden, bis ich ein Bild mit einem bekannt aussehenden Gesicht entdeckte. Es war mein Vater, der mich hochhielt. Seine Augen blickten direkt in die Kamera, und er sah sehr glücklich aus. Seine schwarzen Augen glänzten, genauso wie sein gestutztes Haar. Seine olivenfarbige Haut schien zu leuchten, und sein Gesicht hatte eine perfekte Herzform. Ich studierte das Bild und stellte fest, dass wir denselben traurig aussehenden Mund hatten, dieselbe Empfindsamkeit und Schüchternheit in den Augen. Wir hatten auch den langen Nacken gemeinsam, und sein Körper war genauso klein und grazil wie meiner.

An einer Wand des Kellers hing ein Spiegel. Ich lief dorthin und hielt das Foto neben mein Gesicht. Die Ähnlichkeit war beängstigend. Ich erinnere mich, wie krank ich mich fühlte vor lauter Sehnsucht und Traurigkeit. Ich erinnere mich, wie hilflos und wehrlos ich mich fühlte, so wehrlos wie meine Mutter in ihrem Trauma. Ich stöhnte und sprach den Namen meines Vaters laut aus. „Ich habe dein Gesicht. Ich habe alles von dir. Warum kannst du mich jetzt nicht festhalten und mich aufmuntern? Ich bin so traurig, weil ich keine Erinnerung an dich habe." Ich frage mich, ob ich mich vor innerer Qual gekrümmt hätte, wenn ich meinen Vater so gekannt und geliebt hätte wie meine Mutter.

***

Gestern klingelte das Telefon, und ich hob nicht ab. Bevor ich zu Bett ging, sah ich, dass der Anrufbeantworter mir eine Sprachnachricht anzeigte. Nach einigem Zögern drückte ich doch die Abspieltaste. „Wir haben seit Monaten nicht mehr miteinander gesprochen. Ich bin neugierig: Vermisst du mich? Vielleicht ja nicht, aber wir sollten trotzdem reden. Ich werde morgen früh im Tokyo-Café sein und nicht eher weggehen, bis du auftauchst. Zumindest will ich nicht eher weggehen, bis…Ich werde warten. Bis dann." Anfangs hatte ich noch gestanden, aber während die Nachricht wiedergegeben wurde, wurde ich immer kleiner und saß schließlich auf meinen Knöcheln. Ich spürte eine Träne auf meiner Wange, erschrak und kippte gegen die Wand wie eine umgestürzte Statue.

***

Als ich ein Kind war, kämmte Ukita, mein Bruder, mir gerne die Haare. Wenn ich morgens meinen Zopf aufmachte, war er schon zur Stelle, ergriff die Haare hinter meinen Schultern und bearbeitete sie mit einem Kamm. „Kiyoshi Jien", sagte er dann immer, „du sprichst kein Wort, wenn ich an deinen Haaren ziehe. Hasst du deine Stimme?" Ukita flüsterte mir auch gerne Geheimnisse in mein Haar. Einmal flüsterte er, dass er seine Unschuld an ein chinesisches Mädchen verloren habe. Ein anderes Mal flüsterte er, er sei unglücklich und glaube, Selbstmord sei graziös.

Meine Mutter war hart zu Ukita, als wir Kinder waren. Er war der Älteste, deshalb betrachtete sie ihn als den Mann im Haus. Wir sind fünf Jahre auseinander. Mutter erzählte mir immer, er habe mich gehasst, als ich geboren wurde. Sie sagte, er habe geweint und gemeint, die Liebe sei ihm abhandengekommen. Dennoch wurde das Band zwischen uns über die Jahre hinweg gefährlich eng. Immer, wenn er abends mein Zimmer verließ, um in sein eigenes zu gehen, fing ich an zu weinen. Ich wollte, dass er mich wieder zum Lachen brachte oder meine Schulter anstieß und sagen würde: "Na los, das ist lustig, lach doch wieder." Ich mochte es, wie er nach dem Lachen wieder traurig aussah und die Freude des Augenblicks zu sterben begann.

Eines Tages wurde meine Mutter wütend auf Ukita und schlug ihn. Er war auf dem Weg zur Schule, und die Kraft des Schlags war so groß, dass sein Rucksack von seinem Rücken hinunterglitt und er taumelte. Er saß auf dem Boden, den Kopf gesenkt, als ob er sich schämen würde, dass der Schlag ihn so hart getroffen und schwach hatte aussehen lassen. Ich lugte durch den Türspalt. Ich sah, wie sie ihn wieder schlug und ihm sagte, er sei leichtfertig. „Du bist nicht lustig", schrie sie. „Hör auf, über alles zu lachen und nimm unser Leben ernst. Dein Bruder und ich sind alles, was du hast." Sie musste wohl sein Lachen in meinem Zimmer gehört haben. Sie wusste nicht, dass er nur lachte, um davon abzulenken, dass er sich nach ihrer Zuneigung sehnte. Er lachte auch, weil er nicht wusste, wie er sonst sein Schluchzen kaschieren sollte. Ich sah jedes Mal seine Tränen. Mein Bruder vermisste unseren Vater.

Zu dieser Zeit erzählte Ukita mir immer eine Geschichte. Sie handelte von einem Mann und seinem Sohn. „Eines Tages bekam der Sohn Nasenbluten. Der Sohn hatte niemals zuvor Nasenbluten gehabt. Um ihm zu zeigen, dass Nasenbluten normal ist, schlug der Vater hart gegen seine eigene Nase, bis diese blutete. Dann lachten beide, während das Blut auf ihre Lippen und auf ihre Kinne tropfte. Als der Sohn das nächste Mal Nasenbluten bekam, fürchtete er sich nicht mehr, und sein Vater blutete mit ihm." Ukita hat es nie gesagt, aber ich glaube, dass dies eine wahre Geschichte über ihn und unseren Vater war. Er hatte nämlich jeden Abend Nasenbluten. Mutter kam dann immer zu ihm ins Badezimmer und sagte, „Kopf hoch, mein Sohn. Kopf hoch". Wenn die Blutung aufgehört hatte, hörte ich, wie er flüsterte: „Niemand blutet mit mir. Niemand sonst versteht das." Im Gegensatz zu mir sah Ukita genauso aus wie meine Mutter. Er hatte dieselben kalten Augen, in denen eine bösartige Wut schlummerte. Er hatte ein ovales Gesicht und eine kleine Nase, und er hatte einen prallen Mund und hohe Wangenknochen. Ukita war schön. Er war so schön, dass es mich schmerzte, ihn anzusehen und zu wissen, dass sein Körper altern und verfallen und seine Schönheit vergessen sein würde.

***

Nach dem Tod meiner Mutter behielt ich ihre Kleider. Ihr Geruch hatte sich in sie eingebrannt, und ich brauchte diesen Geruch, um ein Gefühl für sie zu haben. Es war schon länger her, seit ich ihre Kleider angesehen hatte. Ich konnte sie durch den Schrank hindurch riechen. Vanille-Kirsch war der Duft, mit dem meine Mutter sich jeden Morgen einsprühte, wenn der Frühnebel im jungen Sonnenlicht glitzerte. – Geh nicht dorthin. Ich öffnete den Schrank. In ihren Kleidern wohnte der Tod. Ihr roter Kimono mit Kirschblüten war wunderschön, und ich wollte ihn anziehen. Ich band mein Haar zu einem Knoten zusammen und saß vor dem Spiegel. Etwas fehlte. Mein Gesicht war blass und ausdruckslos. Ich hatte keine Kosmetika, deshalb blieb nur eine Möglichkeit. Das Blut tropfte von meiner Nase in meine Handflächen. Ich tauchte meine Finger hinein und bemalte mir die Lippen und Wangen. Ich stellte sicher, dass die Schranktür verschlossen war, bevor ich ging. Der Duft von Vanille-Kirsch verfolgte mich den ganzen Weg bis zum Tokyo-Café.

Das Café befand sich in Nagara, meiner Heimatstadt. Es hieß Tokyo-Café, weil der Besitzer aus Tokyo stammte und ein Stück davon mit nach Nagara hatte nehmen wollen. Als ich eintrat, saßen zwei Männer auf Barhockern. Sie waren über die Theke gebeugt und tranken etwas Heißes. Der Dampf der Getränke stieg hoch in ihre geisterhaften Gesichter und machte sie kein bisschen lebendiger. Jeder war übermüdet und brauchte dringend Koffein. Ich war mir nicht sicher, was ich brauchte. Mich hatte der Mut verlassen, als ich eintrat. Ich würde auch keinen haben, wenn ich wieder hinausging, dachte ich. Eine Kellnerin kam zu mir, als ich hinten im Café Platz genommen hatte. „Kaffee?" fragte sie. „Oder lieber etwas Süßes?" Sie hatte zwei kurze Zöpfe und dünnes, schulterlanges Haar; ihre Augen waren dunkelgrün. „Ich warte auf jemanden", antwortete ich. „Wir haben heute Morgen kostenlosen Kaffee bis acht Uhr. Ich würde Ihnen gerne eine Tasse bringen." „Ja, okay". Ich beobachtete die Kellnerin, wie sie hinter die Theke ging und den Kaffee in einen Becher goss. Sie kehrte zurück an meinen Tisch und stellte den Becher vor mich hin. „Sie sind sehr schön, Madam", sagte sie und ging wieder weg. Ich hielt inne und trank noch nicht von dem Becher, sondern starrte ihr nach. Sie hielt mich für eine Frau. Vielleicht war ich meine Mutter.

Ukita kam zur Tür herein. Ich hörte ihn die Kellnerin fragen: „Ist mein Bruder hier?" Die beiden ließen ihre Blicke durch das Café schweifen und meinten dann übereinstimmend, dass er nicht da sei, denn da waren nur zwei Männer mittleren Alters und eine Frau in einem leuchtenden Kimono. Ukita schleppte sich zu einem Tisch mitten im Café. Neben ihm war ein Fenster, und die Morgensonne ließ seine Wangenknochen eingefallen erscheinen, als sie seine außergewöhnliche Physiognomie lebendig werden ließ. Ich war fassungslos. Meine Hände zitterten. Mein Puls spielte verrückt. Ich stand auf, um zu gehen. Ich war verängstigt, mir war schwindelig vor Aufregung, und meine Füße wollten mich nicht tragen. Mein Kaffee tropfte von der Tischkante. Ich hatte nicht bemerkt, dass ich ihn in meiner Panik umgestoßen hatte.

Ukita drehte sich in meine Richtung um. Seine Augen – so voller Traurigkeit, so voller Stress. Aber immer noch so teuflisch, immer noch so voller Wut! Ich erstarrte. Da lag ich wieder auf dem Fußboden und wand mich vor Trauer - und da war Ukita wieder, seine Hand erhoben, um mir einen blauen Fleck im Gesicht zu verpassen - sein Gesicht gerunzelt, als ob er schon die zukünftige Angst und Bitterkeit sehen könnte. Ich wollte nicht zu meinem Bruder hinüberschauen, weil ich mich an diesen schrecklichen Tag erinnerte, an dem unsere Zuneigung für immer zerbrach. Ach, wie unvollkommen kam ich mir vor, wie ich so da stand. Ich war aus dem Gleichgewicht geraten, mit meinem Bruder vor mir, der sich nun aber wieder abwandte, um aus dem Fenster zu schauen. Er suchte nach mir. Ich bin doch hier, wollte ich sagen. Mein Herz wurde von seinem eigenen Rasen erschreckt.

Ich stolperte durch das Café – genauso, wie ich durch die Straße gestolpert war, als ich dachte, meine Mutter im Wirbelwind der Blätter zu erspähen, und bevor ich mich noch besinnen konnte, stand ich ihm gegenüber. Er sah mich an. Wie blass er von nahem war. Die pflaumenfarbigen Ringe unter seinen Augen beunruhigten mich. Es schien so, als ob er am Sterben sei. Wir waren beide verwirrt und sagten nichts. Im hinteren Teil des Cafés machte die Kellnerin die Kaffeemaschine sauber. Dann ging sie an uns vorbei und lächelte. Irgendwo klapperten Teller in einer Spüle, und meine Stimme wurde übertönt. Ukita zog die Augenbrauen zusammen. Er sah, wie sich meine Lippen bewegten. „Erkennst du den Kimono?", fragte ich. Er langte in seine Tasche und nahm eine Schachtel Zigaretten heraus. Er zündete sich eine an und fokussierte mich mit seinen Augen – mit einem gefährlich versteinerten Blick, der vielleicht sogar mörderisch war.

Er ließ seinen Blick von oben bis unten über den Kimono gleiten, bis eine Veränderung auf seinem Gesicht eintrat. Er hielt die brennende Zigarette weg von seinem Gesicht, und seine Augen traten hervor. „Nein", flüsterte er, „warum tust du das?" Ich kniete vor ihm nieder. Ich legte meinen Kopf gegen seine Knie und weinte leise. Er wich leicht zurück und ich fühlte, dass er wusste, wer ihn da um Vergebung bat. Es geschah aber einfach nicht so, wie er sich das vorgestellt hatte. „Ukita Ken." Ich flüsterte seinen Namen. „Ich vermisse dich. Ich möchte dich wissen lassen, wie sehr ich gelitten habe, und wie ich mich nach dir gesehnt habe. Ich schäme mich, dass ich dich früher nicht gemocht habe. Ich habe das, was ich gesagt habe, nicht so gemeint." Als ich spürte, wie mein Bruder mir seine Hand auf den Kopf legte, fing ich an zu schluchzen.

Da war wieder der alte Trost; da war die alte Freude. Es lohnte sich wieder, anderen Menschen zuzuhören, und mein malträtierter Kopf fand zeitweise Ruhe. „Willst du mich wieder schlagen?", fragte ich. „Tu´, was notwendig ist. Sag mir nur, dass du mich noch liebst und noch mein Bruder sein willst." Schweigen. Bewegungslosigkeit. Der würzige Geruch der brennenden Zigarette kam mir in die Haare, und ich roch ihn auch an seiner Hose. Ich fühlte, wie sein Pullover sanft über meine Stirn strich, als er vom Stuhl glitt, um neben mir zu knien. „Kiyoshi Jien". Seine Lippen zitterten, als er meinen Namen keuchte. „Bist du jetzt meine Schwester? Was ist geschehen?" Er rieb mit seinen Fingern über meinen Haarknoten, dann hielt er ihn voller Erstaunen gegen seine Lippen. „Mutter sagte immer, ich sähe aus wie ein Mädchen und ermutigte mich immer, feminin zu sein", sagte ich. „Ich möchte unsere Mutter immer noch glücklich machen – auch wenn ich ihr Lächeln nicht mehr sehen kann." Er ließ seine Hand mein Gesicht erkunden, und seine Augen füllten sich mit Tränen. „Dann werde ich also meinen Bruder nie mehr wiedersehen", sagte er. „Hab Erbarmen mit meinen Sünden, Kiyoshi Jien. Ich bin krank vor lauter Schuld. Ja, und natürlich liebe ich dich noch." Ich nahm seine Zigarette und steckte sie ihm zwischen die Lippen. Er inhalierte den Rauch und blies ihn durch die Nase wieder aus. „Bekommst du immer noch Nasenbluten?", fragte ich. „Zweimal am Tag." „Nun, jetzt hast du jemanden, der mit dir blutet." „Ich werde niemals mehr die Hand gegen dich erheben", antwortete er. „Bitte verlass mich nie mehr. Die Welt ist zu furchterregend ohne dich."

Übersetzer: Frank Joußen

Der Tulpenstrauß
Carolyne Van Der Meer

Brigitta hatte die Erde selbst umgegraben, um die kleinen Beete und die Wege dazwischen anzulegen. Die Astern und Dahlien, die sie letzten Herbst gesetzt hatte, waren nun am Sprießen, und Brigitta lief die Fußwege entlang, um sie zu pflegen. Mit ihren kleinen Händen entfernte sie das Unkraut, das zwischen den Pflänzchen versuchte, sein Unwesen zu treiben.

Ihrem Vater war es gelungen, zwei Sorten Dahlien zu finden. Ein Freund hatte ihm die Zwiebeln für Lemon Elegance geschenkt, eine bösaussehende gelbe Blume mit strähnigen Blütenblättern, deren Stiele nun Richtung Sonne strebten. Die andere Dahlie war die Claire de Lune, auch gelb aber mit acht harmonischen, herzförmigen Blütenblättern, die sich um ein orangenes Zentrum anordneten. Wenn die beiden Sorten im Hochsommer zum Blühen kämen, würden sie als Gleichgewicht zueinander wirken. Brigitta hatte die Claire de Lune um die Ränder des kleinen Beetes gepflanzt, damit sie die Lemon Elegance umschlossen, um sie quasi unter Kontrolle zu halten, als ob sie die bösen Nachbarn zur Ordnung zwingen sollte.

Sie ging weiter zum nächsten Beet. Ihre sechsjährigen Augen begutachteten die Tulpen, die mit ihren vielen Farben und Mustern das Beet belebten. Ihr Vater würde ihr immer sagen, sie sei die jüngste professionelle Gärtnerin, die er kannte. Er würde ihr immer dabei in die Wangen kneifen. „Du bist besser als ich", sagte er. „Dein Daumen ist nicht nur grün, er hat die Farben von allen Blumen in deinem Garten." Sie fühlte sich immer ganz stolz. Im Krieg gab es nicht so viel, worin man gut sein konnte. Dabei hatte sie aber etwas für sich gefunden.

„Brigitta!" Die Stimme ihres älteren Bruders unterbrach die wenigen glücklichen Gedanken, die sie in diesen schwierigen Tagen hatte. „Sie werden uns verraten! Wir müssen was dagegen machen!" Johannes schnappte nach Luft, als er auf sie zu rannte. „Wir müssen es

Mama sofort sagen, und sie muss es Papa sagen. Sie muss ihm eine Nachricht schicken."

„Was bedeutet das?" Brigitta versuchte ihre Stimme ruhig zu halten. „Wer soll was verraten? Und was wissen sie überhaupt?"

„Ich habe im Dorf mit Willem gesprochen. Er meinte, die Schaaps wollen den Deutschen sagen, dass Papa nach Hause kommt. Willem sagte, wenn sie es der SS verraten, würden sie Schutz bekommen." Johannes war noch außer Atem.

Brigitta fühlte sich alt und erschöpft. Obwohl er vier Jahre älter war, kam Johannes immer zu ihr, wenn er Sorgen hatte.

Sie ließ das von ihr aufgesammelte Unkraut auf einen Haufen fallen. „Komm, wir sagen Mama Bescheid. Sie weiß bestimmt, was zu tun ist." Brigitta wusste, dass sie es zuallererst einem Erwachsenen erzählen mussten. Odo, einer der Widerstandskameraden ihres Vaters, wohnte auf der anderen Seite des Kanals. Er hatte ein verkrüppeltes Bein und wurde deshalb nicht in die deutsche Fabrik zur Zwangsarbeit kommandiert. Er war immer zuhause und sorgte für seine Familie – und auch für eine Menge Widerstandsaktivitäten. Brigitta hatte sich schon gedacht, dass Mama sie mit einer Nachricht zu Odo schicken würde, um Bescheid zu sagen, dass Papa auf der SS-Liste stünde und dieses Wochenende nicht nach Hause kommen sollte. Wenn sie ihn finden, erschießen sie ihn, dachte sie. Das war genau, was dem Nachbarn vor nicht allzu langer Zeit passiert war. Er tauchte aus dem Untergrund auf, als die SS ihn zufällig gesucht hatte. Als er gerade über den Zaun stieg, um Papa zu besuchen, hatten sie ihn erschossen. Einfach so. Sie erinnerte sich, wie sein lebloser Körper vom Zaunpfosten hing. Erst in der Nacht gingen die Erwachsenen hin, um ihn runterzuholen und zu seiner Frau zu bringen.

Sie blieb plötzlich stehen. Eine Nachricht wäre besser in etwas versteckt. „Warte", sagte sie zu ihrem Bruder. Schnell nahm sie die Gartenschere und schnitt einen Strauß aus verschiedenen Tulpensorten. „Gehen wir", sagte sie. Mit den Blumen in einem Arm liefen sie und Johannes ins Haus.

Der Blick von Toos drehte sich von dem Suppentopf zu den ängstlichen Gesichtern ihrer Kinder, sie legte die Suppenkelle hin. „Was gibt's?", fragte sie und bemerkte sofort die Furcht in ihren Gesichtsausdrücken. Wie immer hatte die Angst Johannes die Sprache verschlagen. Sie fragte sich, nicht zum ersten Mal, warum ihr ältester Sohn im Notfall kein Wort herausbringen könnte. Und nicht zum ersten Mal legte sie es dem Krieg zur Last. Die Angst brachte immer wieder seine sonst so schnelle Zunge zum Schweigen.

„Mama!", sagte Brigitta. Toos wusste, dass zum wiederholten Mal ihre kleine Tochter die Kontrolle über die Lage auf eine Weise hatte, die weit über ihr Alter hinausging. In wenigen kurzen Sätzen wiederholte sie, was Johannes ihr erzählt hatte. Bevor ihre Mutter eine Lösung finden konnte, schlug Brigitta eine verschlüsselte Nachricht vor, die in den Blumen versteckt zu Odo gebracht werden könnte. „Wir können sie zusammenrollen und in den Stängel einer der Tulpen schieben. Ich weise Odo darauf hin. Er wird's verstehen", sagte sie selbstbewusst.

„In Ordnung, Brigitta", sagte die Mutter. Sie ging zum Frühstückstisch und nahm einen kleinen, dünnen Zettel und einen Füller aus der Tischschublade. Nach einem Moment der Überlegung schrieb Toos eine kurze Nachricht, die Odo sicherlich verstehen würde. „Keine Besucher dieses Wochenende", stand darauf. Während sie schrieb, schaute Brigitta über ihre Schulter und nickte lautlos ihre Zustimmung.

„Wenn du ihm die Blumen reichst, sag ihm einfach, dass wir nicht genug für eine zusätzliche Person am Tisch haben, und dass Bert nicht kommen soll." Odos Sohn Bert war ein Schulfreund von Brigittas älterem Bruder Albertus, und er kam oft zu Besuch. Die Knappheit an Essen war nie überraschend. Toos schaute ihre Kinder an und sagte, „Selbst wenn ein Soldat die Nachricht findet, verrät es nichts. Und die Blumen sind eine Art Entschuldigung." Ihr Lächeln war gleichzeitig resigniert und besorgt. Es war alles glaubhaft, und du würdest auch nicht wollen, dass die Deutschen sich in deine Angelegenheiten einmischten. „Hoffen wir, dass es funktioniert, dass Papa die Nachricht bekommt", sagte Toos mehr zu sich selbst als zu den Kindern.

Brigitta legte ihre Hand auf den Arm ihrer Mutter und sagte mit dem Selbstbewusstsein eines Erwachsenen, „Es klappt, Mama, ich weiß es." Sie nahm den Zettel aus der Hand von Toos. „Wir können ihn nicht einfach auf die Blumen legen. Wir müssen ihn verstecken. Ich zeige dir, wie ich das meine."

Brigitta faltete den Zettel, der so dünn war wie Zwiebelhaut, in der Form eines flachen Zylinders. Dann nahm sie die einzige rote Tulpe, drehte sie kopfunter und hielt sie zwischen ihren Knien fest. Mit winzigen, flinken Fingern schob sie den Zettel in den Stängel hinein, bog ihn, damit er ganz die Form des Stängels annahm. Die Spitze des Zettels ragte gerade genug hervor, um ihn anzupacken und herauszuziehen. „So", sagte sie unter den bewundernden Blicken ihrer Mutter und ihres Bruders. „Das hat mir Papa gezeigt, als er das letzte Mal zu Hause war", sagte sie leise. „Odo kennt das Spiel. Deshalb weiß ich, dass es klappen wird."

„Ich suche mal einen Korb für die Blumen", sagte Toos mit einer ruhigen und emotionslosen Stimme. Sie war gerührt von der Klugheit ihrer Tochter. Aus der Abstellkammer holte sie einen alten Korb hervor. In der Zwischenzeit hatten Brigitta und Johannes die Blumen mit einer Schnur zusammengebunden.

„Hier, Mama", sagte Brigitta. Mit einer Hand unter den Blumenköpfen und der anderen unter den Stängeln hielt sie den Strauß ihrer Mutter hin. Toos stellte den Korb auf dem Boden ab, damit Brigitta die Blumen hineinlegen konnte. Sie hatte die rote Tulpe obendrauf gelegt. Der Zettel war unsichtbar. Mit dem Korbhenkel über ihrem Arm schaute Brigitta von ihrer Mutter zu ihrem Bruder und sagte, „Gehen wir."

„Seid vorsichtig", warnte Toos. „Lauft den Kanal entlang. Dort trefft ihr wahrscheinlich auf keine Soldaten."

Brigitta nickte. Sie kannte die beste Route: Anstatt die Brücke in der Nähe ihres Hauses zu überqueren, sollten sie nach Süden den Kanal entlang bis zur nächsten Brücke laufen. Die Soldaten mochten nicht zu nah an die Kanäle herangehen, deshalb war dieser Weg besser als der an der Straße entlang. Odos Haus war auf der anderen Seite neben der Kirche, zwei Häuser südlich der Brücke.

Als sie liefen, war Johannes ruhig, seine frühere Nervosität war nicht mehr zu erkennen. Er hob Steinchen von der Straße auf und versuchte, sie übers Wasser hüpfen zu lassen. Brigitta schaute ihm zu und hoffte, dass sie natürlich aussahen. Es kam ihr aber so vor, dass, wenn man einen bestimmten Eindruck erwecken wollte, dieser Versuch immer fehlschlug. Sahen sie verdächtig aus? Als sie den Korb mit gespielter Sorglosigkeit durch die Luft schwenkte, versuchte sie, diese Gedanken zu vertreiben.

Angekommen an der Brücke, war Brigitta von dem Gefühl berauscht, davongekommen zu sein. Sie bemerkte, dass ein deutscher Soldat ein Stück weiter an dem Kanal entlang stand, aber sie versuchte, deshalb nicht schneller zu laufen. Es war gut, dass Johannes mit Steine suchen noch beschäftigt war. Er hielt kurz an und schaute sie mit einem Blick an, der sie wissen ließ, dass er bei der Sache war. Er war nervös, stotterte, war manchmal sprachlos, dennoch hatte er nie etwas verpasst. Brigitta lächelte ihn an, und er zwinkerte zurück.

Sie überquerten die Brücke gemeinsam und spazierten ganz nah an der Wasserkante auf der anderen Kanalseite entlang. Als sie an der Kirche vorbeiliefen, sah Brigitta ein Moment lang zum Kirchturm hoch, dann stromabwärts. Der Soldat war schon weitergelaufen, weg von ihnen. Sie nickte in einem diskreten Gruß Richtung Kirchturm und flüsterte einen kurzen Dank.

Als sie Odos Haus erreichten, sahen sie, wie Bert und seine Mutter Katje am Fenster standen. Brigitta klopfte an die Tür, und in wenigen Sekunden machte Katje auf.

„Brigitta! Johannes! Herein mit euch! Na, ihr habt Tulpen aus eurem Garten mitgebracht. Wie schön!" Katje nahm Brigitta den Korb ab. Sofort fiel ihr auf, dass Brigitta ihren Zeigefinger auf dem Stängel der roten Tulpe hielt.

„Ja", sagte Brigitta. „Mama hat gesagt, dass wir morgen nicht genug Essen für eine zusätzliche Person haben, und dass Bert ein anderes Mal kommen soll. Ich hoffe, dass die Blumen helfen, die Absage gutzumachen." Brigitta sprach etwas verlegen; sie war sich immer der Gefahr bewusst, dass jemand eventuell lauschte.

„Ach, bitte, mach dir keine Sorgen. Sag deiner Mutter, es macht doch nichts. Er besucht euch ein anderes Mal." Auch Katje war in das Spiel eingeweiht. „Odo, komm, schau mal die Blumen an, die Brigitta uns aus ihrem Garten mitgebracht hat. Die Tulpen sind wunderschön."

Als Odo in den Flur trat, lächelte er wissend die Kinder an und nahm Brigitta den Korb ab. „Danke, Kleine. Deine Blumen bringen immer Sonnenlicht in den Raum." Ganz kurz berührte er den Stiel der roten Tulpe, damit Brigitta es sehen konnte.

„Wir müssen sofort wieder nach Hause. Die Sonne geht unter, und gleich ist Ausgangssperre."

„Dann lauft mal schnell los, ihr zwei. Wir sehen uns bald wieder", sagte Katje. Sie küsste Brigitta auf die Stirn und drückte Johannes die Schulter.

Später am Abend nach dem Essen saßen Toos und die Kinder still im Wohnzimmer und warteten ängstlich. Als Papa nicht kam, fielen sie erschöpft, aber erleichtert ins Bett. Brigittas Freude, die Person, die sie am meisten liebte, nicht zu sehen, kam ihr gar nicht seltsam vor. Mit einem Lächeln im Gesicht schlief sie ein.

Übersetzerin: D C Hubbard

Die Holzkiste – Andrea Müller-Schmuki

Elias blickt sich neugierig um. Hier war er noch nie. Die Sonne brennt vom Himmel, und Elias hätte am liebsten auf einer Wiese Ball gespielt. Aber hier ist zu wenig Platz, und einen Ball hat er auch nicht dabei. Vielleicht könnte man Verstecken spielen? Die Steine, Bäume und Büsche bieten genügend Möglichkeiten dazu. Elias seufzt und schaut sich die Steine genauer an. Sie sind ein wenig größer als er selber und verleiten geradezu zum Raufklettern und Runterspringen.

„Hör auf, so rumzuzappeln", raunt die Mutter Elias zu. Sie hält ihn an der Hand fest, sodass er bei ihr stehen bleibt. Elias versteht nicht, weshalb sie ausgerechnet heute hierherkommen mussten und nicht zum Spielplatz gehen können.

Elias´ Onkel und Tante sind auch mit ihren drei Kindern hier. Die Drei stehen ganz ruhig bei ihren Eltern. Vielleicht verstehen sie ja, was hier los ist. Sie sind älter als Elias. Selbst Nina, die Kleinste, ist schon fast sechs. Vielleicht würde sie ja mit ihm Verstecken spielen? Ob er sie wohl fragen sollte?

Immer mehr Leute kommen dazu. Elias kennt niemanden davon. Es sind vor allem alte Leute. So alt wie seine Mutter – oder älter. Eine sehr alte Frau steht da und weint. Elias starrt sie an. Er hat sie noch nie gesehen, aber sie kommt ihm irgendwie bekannt vor. Er versteht nicht, was hier los ist. Und Erwachsene weinen doch nicht!

Auch Elias´ Mutter schaut zu dieser alten Frau herüber. Elias glaubt, dass sie die Frau kennt, aber sie geht nicht zu ihr hin. Vielleicht kennt Mama alle Leute hier, denkt Elias. Aber seine Mutter redet mit keinem. Nicht einmal mit ihrem Bruder. Sie steht steif neben Elias, hält den Kopf nun gesenkt.

Mama möchte auch lieber auf dem Spielplatz sein, denkt Elias.

Ein alter Mann, der merkwürdig gekleidet ist, tritt vor die Leute und beginnt zu reden. Elias versteht nicht, was der Mann sagt. Er spricht zwar die gleiche Sprache, aber viele Wörter kennt Elias nicht. Elias langweilt sich und dreht an den Knöpfen seiner Jacke herum. Die Jacke gefällt ihm. Er kapiert dennoch nicht, warum seine Mutter sie ihm heute bei dieser Hitze angezogen hat. Schließlich reißt ein Knopf ab. Seine Mutter schimpft leise, aber nur kurz. Dann sieht sie wieder dem alten Mann zu. Er sagt irgendetwas über das Wandern im Dunkeln. Und über Licht. Endlich ist er mit Reden fertig. Jetzt gehen alle Leute langsam den Weg entlang zu einem großen, merkwürdig aussehenden Gebäude. Davor steht eine Holzkiste. Sie sieht fast so aus wie die Seifenkiste, die Elias mit seinem Papa gebaut hat. Nur die Räder fehlen, denkt Elias und grinst.

Ein Mann liegt in der Kiste. Er ist sehr alt, seine Haut ist grau und blass, seine Augen sind geschlossen.

„Warum liegt da ein Mann in der Kiste?", fragt Elias leise.

„Pssst!" raunt seine Mutter zurück.

Diesmal lässt Elias nicht locker: „Schläft er?"

„Nein, Elias, er ist tot." Die Stimme der Mutter zittert leicht und hat einen Ton angenommen, den Elias nicht kennt. Vorsichtshalber schweigt Elias. Vorerst. Nicht, dass Mama mit ihm streitet, so wie gestern mit Papa!

Elias bleibt vor der Holzkiste stehen. Er schaut sich den Mann genau an. So sieht also ein Toter aus. Die Mutter blickt besorgt zu Elias, doch er hat keine Angst.

„Warum ist der Mann tot?", fragt Elias und denkt für sich: Vielleicht hat er ja auch am offenen Fenster gespielt! So wie Jonas, Elias´ älterer Bruder, vergangene Woche. Ihr Papa hat heftig mit ihm geschimpft und gesagt, wenn er runterfalle, sei er tot.

„Er war alt", entgegnet die Mutter leise.

So ist es also, wenn man tot ist: Man wird alt und grau und runzelig.

„Weint die alte Frau deshalb?" Die Mutter nickt leicht.

„Sie ist auch alt. Hat sie Angst zu sterben?" Elias´ Mutter lächelt schwach und geht weiter. Es stehen noch mehr Leute hinter ihnen.

„Die Frau weint nicht, weil sie Angst vor dem Sterben hat. Sie weint, weil sie den Toten sehr geliebt hat. Er war ihr Mann."

Elias blickt sich um. Es sind viele Leute hier. Sie alle sehen traurig aus.

„Haben all diese Leute den toten Mann liebgehabt?" Elias sieht seine Mutter neugierig an. Sie nickt rasch, ohne ihn dabei anzusehen.

„Und warum sind wir hier?" fragt Elias neugierig.

Seine Mutter antwortet nicht. Sie geht mit Elias an der Hand weiter auf die alte Frau zu. Direkt vor ihr bleiben sie stehen. Mama holt tief Luft und sagt mit einer komischen Stimme: „Mein Beileid, Mutter."

Ein alter Hut – D C Hubbard

Heinrich von Sternheim öffnete die Tür der Flurgarderobe. Oben auf der Ablage standen gestapelt etliche verwaiste und eingestaubte Hutschachteln. Er hatte sie seit Jahren nicht mehr geöffnet, nicht einmal beachtet. Nun griff er nach einer, zog dann schnell seine Hand wieder herunter. Der Mutter würde es nicht gefallen.

„Hüte trägt man nicht mehr", hatte sie ihm eingeredet. „Seit Ende der sechziger Jahre nicht. Junge, du musst mit der Zeit gehen." Er schloss die Garderobentür wieder.

In der Küche setzte er Wasser auf, um sich einen Tee zu kochen. Während er wartete, schaute er zum Fenster hinaus. Das Haus aus dem neunzehnten Jahrhundert, das auf einem Hügel stand, war sein Geburtshaus und die Familienwohnung befand sich in der dritten Etage. Ohne Lift wohlgemerkt.

Er betrachtete das Panorama, das über die Dächer Königsteins bis auf die Stadt Frankfurt hinreichte. An diesem letzten Novembernachmittag hatte sich der Himmel bedrohlich über die Stadt ausgebreitet. Jeden Moment könnten sich, laut Wettervorhersage, die ersten Schneeflocken aus der dicken Wolkenschicht lösen, herunter rieseln und die Landschaft – und seine Stimmung – in eine ganz andere verwandeln. Er seufzte. Noch drückte der Ausblick schwer auf ihn.

Als seine Mutter zu gebrechlich wurde, den Weg über das Treppenhaus nach unten zu laufen und sich wieder nach oben zu schleppen, setzte sie sich jeden Tag auf einen Stuhl zwischen den Geranientöpfen auf den schmalen Balkon mit dem verschnörkelten Schmiedeeisengeländer, um eben diese Aussicht zu genießen. Im Winter nahm sie Platz auf Vaters Lieblingssessel im warmen Wohnzimmer neben dem hohen Fenster. Sie schaute stundenlang hinaus auf die Welt, an der sie nicht mehr teilnehmen konnte, bis sie schließlich einnickte. Heinrich hätte so gerne gewusst, was sie draußen sah, worüber sie nachdenken mochte. Über den Vater? Über die Zeiten, als ihre Welt noch heil war? Es war ihm, als ob sie über ihrem Reich thronte, zwar wohlwollend, aber bestimmend.

Denn er kannte sie immer als eine starke Frau, und sie lebte in einer Zeit, in der nur die Starken überlebten. Heinrich konnte sich vage daran erinnern, dass er vier Jahre alt gewesen war, als der Krieg ausbrach. Vater war Berufssoldat, Heeresoffizier aus einer Familie mit einer militärischen Tradition, die zurück ins 18. Jahrhundert reichte. Vater musste an die Ostfront, und erst später erkannte Heinrich, dass Mutter keine Alternative hatte außer stark zu sein. Nach einigen Fehlgeburten hatte sie nur Heinrich; er blieb auch Einzelkind. Er und Mutter mussten zusammenhalten, wie sie ihm oft genug sagte, komme, was wolle.

Sie starb im selben Monat, als die Nachkriegsweltordnung bröckelte, kurz bevor die Berliner Mauer zusammenfiel. Ein neues Zeitalter war angebrochen, und Deutschland begab sich auf die prekäre Reise des Wiederzusammenwachsens. Was diese Entwicklung für Heinrich bedeuten könnte, war ihm noch nicht klar. Ihm war nur klar, dass er sich nach seinem persönlichen Verlust gänzlich alleine fühlte, verwaist und verlassen, wenn man einen Vierundfünfzigjährigen so beschreiben durfte.

Heinrich ging weiter seinem Beruf am Finanzamt nach, trug Verantwortung für eine ganze Abteilung. Die Arbeit war keineswegs öde, aber in diesem ersten Winter ohne die Mutter machten ihm die langen Nächte zu schaffen. Um sie abzukürzen, arbeitete er länger und kehrte frühestens um acht Uhr in die leere Wohnung zurück.

Warum, wenn er hinaus über die Dächer schaute, dachte er auch stets an seinen Vater? Allein der Gedanke an ihn sorgte dafür, dass Heinrich sich zu seiner vollen Größe aufrichtete. Denn Vater stand immer so gerade, auch als er keine Uniform mehr trug, und auch nachdem der Krieg ihn innerlich klein gekriegt hatte. So ein stolzer Mann. Mutter war es, die strikt dagegen war, als Heinrich der Familientradition nach in die neue Bundeswehr eintreten wollte.

Ausgerechnet der zwölfjährige Heinrich musste es sein, der den Vater im Keller erhängt entdeckte. Das hatte der Vater ihm bestimmt nicht antun wollen. Das Bild ätzte sich aber für immer in seine Psyche. Erst im Oktober, kurz vor ihrem Tod, hatte Mutter ihm gesagt, es wäre besser gewesen, der Vater wäre in Stalingrad geblieben. Die Nacht darauf lag er wach, trauerte erneut über den Tod des Vaters, als ob es gerade geschehen wäre.

Er seufzte leise und klopfte mit der Faust auf die Marmorfensterbank. Dann drehte er sich vom Fenster weg und ging zurück zum Flur. Aus dem Garderobenschrank holte er die rote Schachtel heraus, nahm den Deckel ab und setzte den Hut auf den Kopf. Im Spiegel betrachtete er sich, drehte den Kopf nach links und rechts. Dieser schwarze Fedora war damals Heinrichs Lieblingshut gewesen. Noch war er gut in Schuss. Es wäre auch keine schlechte Idee, den kahlen Fleck am Hinterkopf so zuzudecken. Dadurch sähe er wieder etwas jünger aus, stellte er fest. Er lächelte sich im Spiegel an und zog den Hut etwas herunter auf die Stirn. Dann kippte er seinen Kopf nach hinten und lachte laut.

Aus der Küche pfiff der Wasserkessel. Die Lust auf Tee war ihm aber vergangen. Mit dem Hut noch auf dem Kopf ging er in die Küche und nahm den Kessel vom Gas. Dann griff er nach einer ungeöffneten Flasche Bordeaux, die auf der Küchentheke neben dem Toaster lag. Er öffnete sie und schenkte Wein in eines von Mutters besten Gläsern aus böhmischem Kristall. Er schloss die Augen und ließ den ersten Schluck Wein seinen Gaumen erfreuen. Im Finanzamt arbeitete eine Frau im Büro neben seinem. Eine kinderlose Witwe, mutterseelenalleine. Öfters hatten sie sich nett unterhalten. Vielleicht hätte sie Lust, mit ihm ins Kino zu gehen, oder mal sonntags in den Taunus hinauszufahren. Er versuchte ein Lächeln zu unterdrücken. Ohne Erfolg.

Übersetzerin: D C Hubbard

AUTORENKURZVITEN

Mehreen Ahmed hat in ihrem Heimatland Bangladesch und in Australien studiert und zwei MA Abschlüsse erworben. Ihre Publikationen sind u.a. bei Cambridge University Press, The Sheaf, Story Institute, Cosmic Teapot Publishing, Straylight Literary Magazine, und Nyctophillia.gr. erschienen. Ihr neuestes Buch, The Pacifist, belegte Platz 7 der Amazon Bestsellerliste.

Ashlie Allen ist eine japanisch-amerikanische Autorin und Fotografin. Ihre Werke wurden in zahlreichen U.S. amerikanischen und kanadischen Literaturzeitschriften veröffentlicht. Weitere Informationen unter: https://plus.google.com/u/0/106140744610042541113

"Mr Ben" ist das Pseudonym eines nigerianischen Schriftstellers und Sprechers für verschiedene Radio- und Fernsehproduktionen. Seine Buchpublikationen behandeln hauptsächlich christliche Themenstellungen.

Neil Brosnans Kurzgeschichten wurden in literarischen Zeitschriften, Anthologien und Ezines in Irland, Großbritannien und den U.S.A. veröffentlicht. Er gewann den Bryan Mahon und den Ireland´s Own Preis und ist der Autor von zwei Sammlungen von Kurzgeschichten: Fresh Water & Other Stories (Original Writing, 2010) and Neap Tide & Other Stories (New Binary Press 2013).

Mary T Bradford hat Kurzgeschichten in literarischen Zeitschriften und Anthologien in Irland und andernorts veröffentlicht, z.B. in Ireland´s Own. Sie hat zudem mehrere Romane und Theaterstücke publiziert. Genauere Angaben unter: marytbradford-author.blogspot.ie Das englische Original der vorliegenden Geschichte wurde zuerst veröffentlicht in Family Matters, herausgegeben von Christina Cowling, Frank Joußen und Nivedita (Nivasini Verlag, Chennai 2014).

Antonio Casella wurde in Italien geboren und emigrierte im Alter von 15 nach Australien. Sein erster Roman, Southfalia, erschien 1980. Er spielt ebenso wie The Sensualist, aus dem der vorliegende Auszug entnommen ist, auf Sizilien. Antonio hat den Convocation Prize der Universität von Western Australia gewonnen und war Stipendiat des Australia Council's Writing Studio in Rom.

Dr. Yuan Changming ist ein kanadisch-chinesischer Schriftsteller. Er ist der Autor von sieben Lyriksammlungen und wurde bereits neunmal für den Pushcart Preis nominiert und hat andere Preise gewonnen. Er gibt zusammen mit seinem Sohn, Allen Yuan, die literarische Zeitschrift Poetry Pacific heraus. Mehr als 1.000 seiner Gedichte und Geschichten sind in 40 verschiedenen Ländern erschienen.

Dr. H V Easwer ist Professor für Neurochirurgie in Trivandrum, Indien. Er schreibt Kurzgeschichten und Zeitungsartikel für diverse indische Publikationen. Das englische Original der vorliegenden Geschichte wurde zuerst veröffentlicht in Family Matters, herausgegeben von Christina Cowling, Frank Joußen und Nivedita (Nivasini Verlag, Chennai 2014).

Dr. Jeri Fink ist Autorin, Fotografin und Familientherapeutin / Sozialarbeiterin. Sie hat über 30 fiktionale und nichtfiktionale Bücher verfasst. Ihre Artikel erscheinen online und offline. Sie hat kürzlich die Broken Series vollendet, eine Sammlung von sieben Thrillern über Psychopaten, die nebenan wohnen und zu Mördern werden. Zurzeit arbeitet sie in Kollaboration mit Donna Paltrowitz an einem Projekt über topaktuelle Trends im nichtfiktionalen Bereich.

Leo Hoffmann arbeitete in München, Zürich und Basel als Dramaturgin, bevor sie zu schreiben begann. Sie veröffentlichte mehrere Kurzgeschichten in der Edition Hartmann in Zürich. Die Uraufführungen ihrer Theaterstücke „J.B. oder so lange zu leben ist eigentlich unanständig", „Oh, what a lovely afternoon" und „Luise, der Führer ruft!" fanden in Dresden, München und Aachen statt. Ihr Libretto nach Kleists „Die Marquise von O." erlebte seine Uraufführung an der Opéra de Monte-Carlo (2011).

D C Hubbard kam 1972 nach Deutschland, um ihren Master in Germanistik an der Universität Mainz zu machen und ist hängen geblieben. Sie sieht sich als Wahldeutsche mit amerikanischem Pass. Angefangen in den neunziger Jahren, erteilte sie Englischunterricht und schrieb Übersetzungen. Im neuen Millennium war aber die Liebe zum Wort, zur Geschichte und zu Geschichten nicht länger auszubremsen und sie begann, auf Englisch kreativ zu schreiben. Im Jahre 2012 erschien ihr Erstlingsroman The Peace Bridge. Seitdem traut sie sich zu, Kurzgeschichten in deutscher Sprache zu schreiben. Mehrere Kurzkrimis von ihr sind in Anthologien erschienen.
www.dchubbard-writes.com
Sie bloggt unter der Adresse: www.dchubbardwrites.wordpress.com

Alan W. Jankowski ist U.S. Amerikaner und der Autor von über 100 Kurzgeschichten, von denen einige Preise gewonnen haben. Er hat ebenso Theaterstücke und Gedichte publiziert. Nach dem Attentat auf das World Trade Center in New York City vom 11. September 2001 wurden seine Gedichte oftmals bei Gedenkfeiern vorgelesen. Gleiches gilt für den 10. Jahrestag dieser Tragödie.

Frank Joußen ist Lehrer am Cusanus-Gymnasium Erkelenz. Seine Veröffentlichungen umfassen zwei Sammlungen seiner eigenen Gedichte, die zweite davon zweisprachig und in Kollaboration mit der rumänischen Autorin Ana Cicio. Er hat mit anderen zwei internationale Anthologien mit Gedichten und Kurzgeschichten in Indien herausgegeben; die zweite davon, Family Matters (Nivasini Verlag, Hyderabad) zum gleichen Thema wie das vorliegende Buch. Einzelne seiner Gedichte, Kurzgeschichten und Rezensionen wurden in diversen literarischen Zeitschriften und Anthologien in Großbritannien, Irland, Deutschland, Rumänien, Malta, den U.S.A., Kanada, Indien, Thailand und China veröffentlicht. Einige seiner Gedichte wurden ins Rumänische und ins Chinesische übersetzt. Er hat kurz nach seinem Studium teilzeitmäßig als Übersetzer gearbeitet.

Miodrag Kojadinonić ist ein serbisch-kanadischer Autor und Übersetzer. Er arbeitet gerade an seiner Doktorarbeit in Anthropologie. Seine mehr als 100 Veröffentlichungen wurden in verschiedene Sprachen übersetzt und sind in vielen Ländern erschienen. Die vorliegende Geschichte ist eine von zehn Siegern im Wettbewerb „Intergeneration Storytelling" (Colorado Springs, U.S.A.).

Saumya Kulshreshtha ist Managerin, Communications-Dozentin und freischaffende Autorin. Das englische Original der vorliegenden Geschichte wurde zuerst veröffentlicht in Family Matters, herausgeben von Christina Cowling, Frank Joußen und Nivedita (Nivasini Verlag, Chennai 2014). Sie bloggt unter: www.nascentemissions.com

Bohdan Kurowski wurde 1933 geboren und war erst sechs Jahre alt, als seine glückliche Kindheit abrupt endete. Im September 1939, während sein Vater Witold Kurowski das Land gegen die Nazis verteidigte, marschierten die Sowjets im Osten Polens ein – genau, wie es im Ribbentrop-Molotov Pakt von den Nationalsozialisten und den Sowjets geplant worden war. Im Februar 1940 deportierte der KGB Bohdans Großvater, Czeslaw Dabrowski, auf einen Gulag in den Weiten Russlands. Zwei Monate später holten Funktionäre den Rest der Familie ab. Der vorliegende Text stellt einen kleinen Teil seiner Memoiren dar, die seine Tochter, die polnisch-amerikanische Schriftstellerin Dr. Joanna Kurowska, aus dem Polnischen übersetzt und ediert hat.

Phyllis Lawson wurde in Detroit, im U.S. Bundesstaat Michigan, geboren, aber im Alter von vier Jahren in das winzige Städtchen Livingston im Bundesstaat Alabama verpflanzt und von ihrer Großmutter, Lula Horn, großgezogen. Der vorliegende Auszug aus ihrer Autobiografie Quilt of Souls (Amazon) basiert auf diesen Erfahrungen.

Barbara Leahy stammt aus Cork in Irland. Sie hat bereits mehrere Preise für ihre Kurzgeschichten gewonnen. Das englische Original der vorliegenden Geschichte wurde zuerst veröffentlicht in der irischen Literaturzeitschrift Boyne Berries, danach in Family Matters, herausgegeben von Christina Cowling, Frank Joußen und Nivedita (Nivasini Verlag, Chennai 2014).

Dr. Earl Livings ist ein australischer Schriftsteller, dessen Werk sich auf die Natur, Mythologie und das Heilige konzentriert. Er hat Gedichte und Kurzgeschichten in Australien, Großbritannien, den U.S.A. und Deutschland veröffentlicht. Seine Autorenlesungen führten ihn neben Melbourne in die U.S.A. sowie nach England, Irland und Wales. Er hat seine Doktorarbeit in Kreativem Schreiben verfasst und 17 Jahre lang professionelles Schreiben und Editieren unterrichtet. Zurzeit arbeitet er an einem Roman über das Mittelalter.

Andrea Müller-Schmuki, geboren 1983, wuchs in einem kleinen Dorf in der Ostschweiz auf. Schon als Fünfjährige ersann sie Geschichten. Ihre Begeisterung für Bücher und Theater führte sie schließlich an die Universität Bern, wo sie deutsche Sprach- und Literaturwissenschaft sowie Theaterwissenschaft studierte. Heute unterrichtet sie Deutsch für fremdsprachige Erwachsene in Zürich.

Michael O'Meara ist ein 69-jähriger Rentner aus Irland. Er begann erst vor einigen Jahren, Gedichte, Zeitungsartikel und Kurzgeschichten zu schreiben, hat aber bereits einige Preise für seine Artikel und Kurzgeschichten gewonnen. Er ist Mitglied der Tralee Poetry Society.

Julia Osborne lehrt an der Sydney University. Ihre Kurzgeschichten wurden in literarischen Zeitschriften, Anthologien sowie im staatlichen australischen Rundfunk (ABC) veröffentlicht. 1991 erhielt sie ein Stipendium des Australia Council for the Arts für ihren Roman Falling Glass. 2013 veröffentlichte sie ihren ersten Jugendroman über die Sechziger Jahre, The Midnight Pianist, der sich in den folgenden Jahren zu einer Trilogie weiterentwickelte. Julia lebt an der Ostküste Australiens.

Varsha Pillai lebt in Bangalore, Indien. Sie ist eine ehemalige Journalistin und arbeitet zurzeit an der Adjunct Faculty in Bangalore. Sie schreibt an ihrem ersten Roman. Das englische Original der vorliegenden Geschichte wurde zuerst veröffentlicht in Family Matters, herausgegeben von Christina Cowling, Frank Joußen und Nivedita (Chennai 2014).

Rochelle Potkar ist eine indische Romanautorin und Dichterin aus Mumbai. Ihre erste Kurzgeschichtensammlung, The Arithmetic of Breasts and Other Stories, kam auf die Shortlist des Digital Book of the Year Award 2014. Sie hat zwei Sammlungen von Gedichten veröffentlicht, Four Degrees of Separation und 40 under 40: An Anthology of Post-Globalisation. Ihre Kurzgeschichten und Gedichte sind zudem in zahlreichen Online- und Printzeitschriften im In- und Ausland erschienen. Das englische Original der vorliegenden Geschichte wurde zuerst veröffentlicht in Family Matters, herausgegeben von Christina Cowling, Frank Joußen und Nivedita (Nivasini Verlag, Chennai 2014).

Nahid Rachlins Publikationen umfassen u.a. den Roman Persian Girls (Penguin), und vier weitere Romane sowie die Sammlung von Kurzgeschichten Veils (City Lights). Einzelne Kurzgeschichten wurden in mehr als 50 literarischen Zeitschriften veröffentlicht; zwei von ihnen wurden für den Pushcart Prize nominiert. Ihr Werk wurde ins Portugiesische, Polnische, Italienische, Niederländische, Arabische, und Persische übersetzt. Sie hat Rezensionen verfasst für die New York Times, die Washington Post und die Los Angeles Times. Sie erhielt diverse Stipendien, lehrte kreatives Schreiben und war Jurymitglied für verschiedene Literaturpreise.

Margaret Skipworth arbeitete lange als Zeitungsjournalistin, bevor sie 1995 begann als freie Autorin und Herausgeberin zu arbeiten. Seitdem sind ihre Kurzgeschichten in literarischen Zeitschriften in Großbritannien, Australien, Schweden und Südafrika sowie in Anthologien und von kleineren Verlagen veröffentlicht worden. Sie lebt in Yorkshire, England.

Enja Stumpf erlernte das kreative Schreiben im Literaturcafé des Cusanus-Gymnasiums Erkelenz unter der Ägide von Frau Miriam Ricklefs. Ihre erste Veröffentlichung erfolgte in der Anthologie Endlich. Mitten im Leben. – Schüler-Erfahrungen mit Sterben und Tod, herausgegeben von Gerd Felder. Das englische Original der vorliegenden Geschichte, übersetzt von Frank Joußen, wurde zuerst veröffentlicht in Family Matters, herausgegeben von Christina Cowling, Frank Joußen und Nivedita (Nivasini Verlag, Chennai 2014).

Teresa Sweeney stammt aus der irischen Grafschaft Galway und schreibt Gedichte, Kurzgeschichten und Flash Fiction. Ihre Werke sind erschienen in Roadside Fiction, Number Eleven Magazine, Wordlegs, Boyne Berries, Deep Water Literary Journal and Crannog Magazine. Das englische Original der vorliegenden Geschichte wurde zuerst veröffentlicht in Family Matters, herausgegeben von Christina Cowling, Frank Joußen und Nivedita (Nivasini Verlag, Chennai 2014). Sie bloggt unter: https://www.teresasweeney.com/bio

Carolyne Van Der Meer ist Journalistin, Public Relations Vertreterin und Universitätsdozentin. Sie hat journalistische Artikel, Essays, Kurzgeschichten und Gedichte veröffentlicht in Publikationen in Kanada, Indien, Irland, Italien, Großbritannien und den U.S.A. Ihr erstes Buch, Motherlode: A Mosaic of Dutch Wartime Experience, dem die vorliegenden Geschichten entnommen sind, handelt von Kriegserfahrungen von Müttern im 2. Weltkrieg und wurde 2014 von der Wilfried Laurier University Press, Kanada, veröffentlicht.